AF383005

Wolly W. Watson

Die unglaublichen Abenteuer der

Kai Antonia Mayers

Band 1 – Tödliches Training

© 2018 Frank & Anna Pannwitz
2. Auflage
Coverfoto: pixabay.com (CC0 Creative Commons – freie Nutzung)

Herstellung und Verlag:
BoD – Books on Demand, Norderstedt

ISBN: 978-3-7528-3416-1

Für alle,

die immer an mich geglaubt haben!

Kapitel 1

Außerirdische? Gibt es nicht! So sehe ich das jedenfalls. Aber die drei Typen vor mir behaupten das Gegenteil. Schon komisch, mit was für einer Geschichte sie zu uns gekommen sind.

Dabei hat der Tag ganz gewöhnlich angefangen. Heute ist Samstag und ich konnte endlich ausschlafen. Nach der letzten Woche mit der Mathe- und Deutscharbeit hatte ich es wirklich nötig. Diese ganze Lernerei. Wird das denn nie enden? Naja, noch acht Wochen, dann sind endlich Sommerferien und ich habe die 9. Klasse auch einigermaßen erfolgreich beendet. Meine ich zumindest. Meine Eltern sehen das natürlich ganz anders. »Du musst mehr üben! Denk an Deine Zukunft! Blah, blah, blah ... und so weiter und so weiter«. Ich bin erst froh, wenn ich die Schule endlich hinter mir habe!

Noch ein Jahr, dann ist Schluss! Von wegen Abitur! Was soll ich denn damit.

Aber warum erzähle ich das eigentlich? Ich wollte doch was ganz anderes. Ach ja. Die drei Typen und die ›Außerirdischen‹.

Jedenfalls hat es heute Vormittag geklingelt und zwei Frauen und ein Mann standen vor unserer Tür.

»Hallo! Du bist doch Kai Antonia«, stellte der Mann fest.

»Em ..., ja ...?« antwortete Kai schüchtern.

Vor ihr stand ein älterer Herr von ungefähr 60 Jahren, der recht eigenwillig gekleidet war: Hemd mit einer gepunkteten Fliege, karierte Weste, Tweed Anzug und, was am komischsten war, einer Melone, die er in der Hand trug.

»Dürfen wir reinkommen? Wir würden gerne mit dir und deinen Eltern sprechen«, fragte er, als Kai nicht reagierte.

›Komisch, bei dem Akzent kann das nur ein Brite sein. Was will der denn von uns?‹, dachte Kai verwundert.

»Mama, kommst du mal?«, brüllte sie ins Treppenhaus und betrachtete nun auch die beiden Frauen. Die jüngere musste ungefähr dreißig Jahre alt sein und war für Kais Geschmack ganz normal gekleidet. Die ältere hingegen erinnerte sie an ihre Oma, wobei die Frau vielleicht gerade mal Mitte fünfzig sein müsste. Kai fand, dass ihre Oma immer etwas zu fein angezogen war und so sah auch die Frau aus.

»Mein Gott, was ist denn nun wieder?«, hörte man Kais Mutter aus dem Keller antworten.

»Komm mal, da sind ein paar komische Leute. Die wollen mit dir sprechen«, rief Kai mit voller Lautstärke.

»Sag deinem Vater Bescheid. Ich kann gerade nicht! Und brüll hier nicht so rum!«, antwortete ihre Mutter.

»Wir kommen scheinbar etwas ungelegen«, meinte die jüngere Frau ebenfalls mit einem Akzent.

»Ach was, ich hole meinen Vater. Warten Sie kurz.« Kai ließ die drei vor der Tür stehen und stürmte die Treppe hinauf.

»Wollen wir später noch einmal wiederkommen?«, fragte der Mann. Die drei schauten sich fragend an. »Wir versuchen es jetzt. Soviel Zeit haben wir auch nicht«, meinte die ältere Frau.

»Genau, wir sollten heute unbedingt weiterreisen«, gab die Jüngere recht.

Es dauerte nur einen kurzen Augenblick, da hörte man Kai wieder die Treppe runterkommen. Hinter ihr tauchte ihr Vater auf.

»Sie sind Herr Mayers?«, fragte der Mann.

»Ja. Aber wir kaufen grundsätzlich nichts an der Tür«, erwiderte Kais Vater kurz angebunden.

»Nein, nein. Wir wollen nichts verkaufen«, sagte der Mann.

»Wir müssen unbedingt mit Ihnen und Kai sprechen«, ergänzte die jüngere Frau schnell.

»Wer sind Sie überhaupt?«, fragte Kais Vater irritiert und schaute sich nun alle drei etwas genauer an.

Nun meldete sich die ältere Frau zu Worte. »Oh, bitte entschuldigen Sie unsere Unhöflichkeit. Meine Kollegen sind mal wieder etwas unbeholfen.« Die ältere Frau hatte zwar keinen Akzent, doch ihre Stimme war ein wenig piepsig und passte irgendwie gar nicht zu ihrer vornehmen Erscheinung.

Die jüngere Frau und der Mann sahen sich beschämt an.

»Das sind Mrs. Bowlin und Mr. Antus. Und ich bin Frau Schwartz, ...mit tz.«

»Aha. Und was wollen Sie von uns?« Kais Vater wurde langsam ungeduldig.

»Wir sind von der FoP«, sagte Mrs. Bowlin.

»Der Federation of Planets«, ergänzte Frau Schwartz.

»Sagt mir nichts, dir etwa?« Fragend sah er Kai an.

»Nö! Die Firma kenn' ich nicht«, meinte Kai belustigt.

»Dürfen wir bitte reinkommen. Was wir zu besprechen haben, sollte nicht jeder mitbekommen«, sagte Mr. Antus geheimnisvoll.

»Okay. Aber viel Zeit habe ich nicht. Und egal was Sie uns anbieten: wir kaufen nichts!«, betonte er noch einmal. Er trat beiseite, ließen die Besucher eintreten und führte die Gäste ins Wohnzimmer. Kai wollte unbedingt wissen, worum es ging, und folgte ihnen gespannt.

Das Wohnzimmer war recht modern eingerichtet. Alles war ordentlich und nüchtern gehalten und es gab wenig Farbiges im Raum. Einige Bekannte der Mayers fanden, dass es zu kühl und ungemütlich sei. Nur ein großes, modernes Ölgemälde über dem Sofa verlieh dem Raum einen Farbtupfer. Kais Mutter liebte es - für Kais Vater war es nur ein wildes Geschmiere. Durch einen Rundbogen konnte man in einen Nachbarraum schauen. Dieser war das komplette Gegenteil des Wohnzimmers. Vor einem Kamin, auf dem viele gerahmte Fotos aufgestellt waren, standen zwei Ohrensesseln. Mit den restlichen Möbeln und der leichten Unordnung wirkte es dort sehr gemütlich.

Mr. Antus betrachtete gerade sehr interessiert den riesigen Flachbildschirm, als Kais Vater alle bat, sich doch zu setzen. Die beiden Frauen nahmen auf dem großen Sofa direkt unter dem Gemälde Platz. Mr. Antus wählte das kleine Sofa und Kai entschloss sich, sich zu ihm zu setzen. Sie wusste, dass ihr Vater auf seinen Lieblingsplatz wollte - ein Sessel, der zu einem Fernsehsessel wurde, wenn man ein paar Knöpfe drückte. Frau Schwartz fragte gerade, ob denn auch Frau Mayers dazu kommen könnte, als Kais Mutter in das Wohnzimmer platzte.

»Wer war das denn? Schon wieder welche vom Zirkus?« Kais Mutter erschrak, als sie die Gäste bemerkte.

Alle drei Gäste sprangen wie auf ein Stichwort gleichzeitig auf. Das sah so witzig aus, dass Kais Vater lächeln musste. Frau Schwartz ergriff sofort das Wort und stellte ihre Kollegen und sich selber vor. Als sie abschließend erwähnte, dass es um Kais Zukunft geht, wurden allen hellhörig und Kais Mutter bat, wieder Platz zu nehmen. Sie zog sich einen Hocker heran und setzte sich gespannt den Frauen gegenüber.

»Also, wie ich in Ihren fragenden Gesichtern erkenne kann, sollte ich gleich zur Sache kommen. Trotzdem muss ich eines vorausschicken: was wir Ihnen nun erzählen, ist streng geheim. Und wenn es auch nur schwer zu glauben ist, alles entspricht der Realität.«

»Wir sind keine Spinner!«, fügte Mrs. Bowlin lächelnd hinzu, »diesen Eindruck machen wir leider zunächst immer.«

Kai und ihre Eltern sahen sich ratlos an.

›Was soll das Ganze?‹, dachte Kai, ›Dafür habe ich keine Zeit. Ich will doch heute Vormittag mit Sophie shoppen gehen.‹

»Es ist Ihnen strengstens untersagt, über irgendetwas aus diesem Gespräch mit irgendjemanden zu sprechen«, setzte Frau Schwartz ihre Ansprache fort. »Ein Zuwiderhandeln hätte ernste Konsequenzen - für Sie alle! - Ist Ihnen das soweit klar?«

Nein, natürlich war gar nichts klar! Aber Kai und ihre Eltern waren so verblüfft, dass sie darauf gar nichts zu antworten wussten, sondern sie nickten nur vorsichtig.

»Okay, dann lege ich mal los.« Frau Schwartz holte kurz Luft und begann zu erzählen.

»Um gleich auf den Punkt zu kommen: wir stehen in Verbindung zu anderen Kulturen auf fremden Planeten. Oder wie Sie es nenne würden: zu Außerirdischen. Diese haben sich vor langer Zeit zu einem Planetenverbund zusammengeschlossen, nämlich der FoP. Die Erde ist bisher noch kein vollwertiges Mitglied, da die diese noch nicht die Auflagen der FoP erfüllt. Hierfür müsste unser Planet in Frieden leben und wir müssten einen umfassenden Schutz von Flora und Fauna gewährleisten. Und wie Sie sich sicherlich denken können, sind wir davon leider noch weit entfernt. Und solange die Erdbevölkerung in den Augen der FoP noch nicht reif genug ist, werden wir kein vollwertiges Mitglied und diese Verbindung muss geheim bleiben.«

Hier machte Frau Schwartz eine Pause und schaute Kai und ihre Eltern streng an. Es herrschte absolute Stille im Wohnzimmer. Es schien, als traute sich niemand etwas zu sagen, aber in Wirklichkeit war völlige Ratlosigkeit die Ursache des Schweigens. Daher konnte Frau Schwartz ungestört fortfahren.

»Die FoP möchte aber nicht auf die Fähigkeiten der Erdbevölkerung verzichten. Aus diesem Grund werden jedes Jahr Jugendliche von der Erde eingeladen, um dem Ausbildungszentrum der FoP beizutreten. Hier findet auf einem extra hierfür geschaffenen Planeten die Ausbildung aller Kandidaten statt.«

Endlich gab es eine Regung. Kais Mutter erwacht zuerst aus der Starre. »Bitte, was? Wollen Sie uns veräppeln?«, fragte sie ungläubig.

Auf einmal reden alle durcheinander.

»So 'n Blödsinn habe ich ja noch nie gehört!«, schimpfte Kais Vater.

»Was wollen Sie eigentlich von uns?«, warf Kais Mutter ein.

»Und was habe ICH denn damit zu tun?«, fragte Kai entrüstet.

Mrs. Bowlin holte etwas aus ihrer Tasche und drückte auf einen kleinen Stift. Schlagartig wurde das Wohnzimmer verdunkelt und es erschien mitten im Zimmer ein Hologramm eines Planeten. Erschrocken war sofort wieder Stille im Raum.

»Fangen wir mal hiermit an: Dieses ist zum Beispiel unsere Ausbildungsbasis. Hierauf befindet sich unter anderem das Internat.« Mrs. Bowlin vergrößerte das Hologramm so sehr, dass man das Gefühl hatte, auf der Oberfläche des Planeten zu stehen. Man konnte nun viele Gebäude, sowie einen riesigen Platz sehen. »Hier werden unsere zukünftigen Wissenschaftler, Physikuse und Forscher, sowie die Offiziere unserer Verteidigungsarmee ausgebildet«, erzählte Mrs. Bowlin weiter. Das Hologramm änderte sich so, als würde man sich durch die verschiedenen Gebäude bewegen.

»Es werden jedes Jahr Kandidaten von der Erde auf die Akademie berufen. Immer von einem anderen Kontinent. Um zu entscheiden, wer die Erde vertreten soll, gibt es eine Aufnahmeprüfung.« Nun kam auch Mr. Antus zu Wort. »Um an dieser Abschlussprüfung teilnehmen zu dürfen, findet eine Trainingswoche statt...« - »...und hierzu möchten wir Kai einladen«, vollendete Frau Schwartz den Satz.

Tja so war das. Kaum zu glauben, nicht wahr? Da kommen drei Typen, erzählen was von fremden Planeten, einer interstellaren Gemeinschaft und einem Internat. Und auf das soll ich gehen. Ohne mich, sag ich nur!

Jedenfalls war noch richtig was los bei uns. Mama und Papa waren völlig aus dem Häuschen. Hatten tausend Fragen. Es wurde erklärt und erklärt. Mr. Antus hatte es nicht leicht und kam ziemlich ins Schwitzen. Frau Schwartz hingegen hatte irgendwie immer eine passende Antwort.

Papa wollte erst gar nichts glauben. Als die drei ihn dann doch von der Existenz der FoP überzeugt hatten, war er trotzdem total dagegen, dass ich da mitmache. Zum Glück! Mama war da ganz anders. Sie hatten die drei ziemlich schnell auf ihrer Seite. Mama meinte, dass es ja eine tolle Chance für mich sei. Dann könnte ich ja Medizinerin, oder, wie die es nennen, Physikus werden. Obwohl sie ganz genau weiß, dass ich nicht, wie sie, Ärztin werden will. Irgendwann hat es mir gereicht und ich habe mich davongeschlichen. Das war mir dann doch ein wenig zu viel Science-Fiction.

Und dann diese Geheimniskrämerei. Wir dürfen niemanden was sagen, ansonsten werden sie die Erinnerungen löschen. Also scheinbar so, wie in dem alten Film: dann werden wir alle geblitzdingst oder so, und schwups, alle Erinnerungen sind weg. Na toll!

Möchte gerne wissen, wie sie überprüfen wollen, ob ich etwas verraten habe.

Jedenfalls haben sie uns vier Wochen Zeit gegeben, um uns zu entscheiden. Meine Antwort können die auch gleich haben: ein klares und kräftiges NEIN. Ich brauche keine Trainingswoche und schon gar nicht eine Prüfung!

So, ich gehe nun zu Sophie und erzähle ihr erst einmal von dem ganzen Blödsinn.

Kapitel 2

Sophie war vier Wochen älter als Kai und wohnte nur ein paar Straßen weiter. Vor zwölf Jahren sind sie zusammen in den Kindergarten gekommen und seit dieser Zeit waren sie miteinander befreundet. Dieses blieb auch so, als sie zusammen die Grundschule und seit fünf Jahren gemeinsam die Gesamtschule besuchten. Inzwischen waren sie die aller besten Freundinnen und vertrauten sich alles an. Egal ob es um Jungs ging, Ärger mit den Eltern oder was auch immer.

Als Kai die Gartenpforte hinter sich schloss und sich auf den Weg machte, ging ihr der Besuch immer noch durch den Kopf. ›War das komisch‹, dachte sie. ›Ich weiß immer noch nicht, ob dass alles nicht nur gesponnen ist‹.

Sie war so sehr in ihren Gedanken versunken, dass nicht merkte, dass ihr ein Junge mit seinem Dackel entgegenkam. Es war ihr Nachbar Justus, der seit ein paar Jahren heimlich in Kai verliebt war. Für Kai war er mit seinen 13 Jahren jedoch nur ein kleiner, pickliger Junge und sie ließ ihn immer links liegen. Außerdem mochte sie seinen Hund nicht. Sie fand, dass Snoopy für einen braunen Rauhaardackel nun wirklich ein bescheuerter Name war. Auch wenn Kai Justus in dem letzten Jahr gar nicht mehr beachtete, freute er sich immer, wenn er Kai sah. »Hallo Kai!«, rief er daher schon von weitem. Kai antwortete nicht, sondern ging einfach weiter. Scheinbar hatte sie ihn nicht gehört.

»Kai! Was ist? Träumst du?«, fragte Justus, als Kai ihn fast erreicht hatte.

Als Snoopy an Kais Bein hochsprang, erschrak sie und nahm jetzt auch Justus wahr.

»Nimm deinen blöden Hund weg!«, rief Kai böse.

»Mein Hund ist nicht blöde! - Er mag dich halt«, antwortete Justus und fügte in Gedanken hinzu ›...so wie ich.‹ Dabei wurde er rot. Zu seinem Glück achtete Kai wieder einmal nicht auf ihn, sondern ging einen Schritt beiseite, um von Snoopy wegzukommen.

»Ich habe keine Zeit! Lass mich zufrieden!« Kai wollte Justus schnell abwimmeln. Sie fragte sich schon länger, warum er sie bei jeder Gelegenheit vollquatschen musste. ›Kann der mich nicht endlich in Ruhe lassen?‹, dachte Kai.

Justus schaute enttäuscht und zog seinen Hund zu sich heran. »Ist ja schon gut! Sei doch nicht so zickig«, antwortete er. Kai schüttelte nur den Kopf und ging wortlos an ihm vorbei. Justus schaute hinter ihr her, bis sie in der Seitenstraße verschwunden war, zuckte noch kurz mit den Schultern und schlenderte nach Hause.

Ein paar Straßen weiter, stand Kai schon vor Sophies Haus. Nachdem Sophies ältere Schwester zum Studieren ausgezogen war, hätten sie eigentlich richtig ungestört sein können. Doch seit ein paar Wochen nervte Sophies Mutter die beiden immer wieder. So störte sie jedes Mal, nur um ihnen Tee, Saft oder Kekse anzubieten. Eigentlich ganz nett, fand Kai, aber jedoch nicht alle halbe Stunde. Immer wieder gab Sophie ihrer Mutter zu verstehen, dass sie ungestört sein wollen. Half aber nichts.

Kai hoffte, dass sie heute in Ruhe reden könnten, war sich aber nicht sicher, ob sie Sophie überhaupt ihr Geheimnis anvertrauen sollte. ›Vielleicht meinen die das ja mit dem Geheimhalten wirklich ernst‹, dachte Kai noch kurz, bevor sie klingelte.

Sophie war sofort an der Tür. »Hallo Kai! Da bist du ja endlich. Mensch, es ist gleich Mittag. Wir wollten doch schon längst los sein.«

»Ja, ja. Es hat zu Hause noch etwas gedauert«, meinte Kai knapp und schloss die Tür hinter sich. Kai zog wie gewohnt ihre Schuhe aus und beide gingen in Sophies Zimmer. Es war wie immer ordentlich und aufgeräumt. Kai wunderte sich eigentlich jedes Mal darüber. Bei Kai sah es immer chaotisch aus. Überall Klamotten, Bücher, Zettel und Zeitschriften. Und ihr Schreibtisch war eine einzige Katastrophe - wie ihr Vater immer wieder feststellen musste. Und hier: alles super. Keine Klamotten waren zu sehen, Bücher sorgfältig im Regal einsortiert, und ein Schreibtisch, an dem man wirklich arbeiten konnte. ›Naja, so ist Sophie halt. Vielleicht ergänzen wir uns ja deshalb so gut‹, dachte Kai und setzte sich neben Sophie aufs Bett.

»Ist was?«, wollte Sophie wissen, »Ärger zu Hause?«

»Nee, nee. Alles okay«, antwortete Kai schnell.

Sophie schaute Kai skeptisch an, fragte aber nicht weiter nach. »Dann lass uns aufbrechen!«, meinte Sophie und sprang auf. Als Kai sich nicht rührte und gedankenverloren in den Raum starrte, setzte sich Sophie wieder hin.

»Sag mal, da stimmt doch was nicht.«

»Ach lass nur«, meinte Kai.

»Was soll das heißen: lass nur«, erwiderte Sophie. »Dich bedrückt doch was. - Komm raus mit der Sprache.«

Als Kai immer noch nichts sagte, bohrte Sophie weiter nach. »Ist es sooo schlimm, dass du es nicht einmal mir sagen darfst?« meinte Sophie spaßig.

»Das ist es ja. Ich darf es dir wirklich nicht erzählen.« Kai war gar nicht zu Späßen zumute.

»Hä? Was darfst du mir nicht erzählen? Was soll der Blödsinn?« Sophie war überrascht.

»Das ist genau der richtige Ausdruck: Blödsinn!« Kai legt sich hin und starrte die Decke an. Sophie war nun völlig ratlos.

»Jetzt ist aber Schluss! Du erzählst mir sofort, was los ist! Verstanden?« Sophie wurde langsam sauer, dass Kai nicht mit der Sprache rausrückte.

»Okay«, sagte Kai zögerlich. »Eigentlich darf ich es dir nicht erzählen. Und ich weiß nicht, was passiert, wenn ich es doch mache«.

»Mann, ich verstehe nur Bahnhof«, sagte Sophie. »Nun erzähl schon. Was soll denn schon großartig passieren?«

Nach kurzem Zögern sagte Kai: »Aber du darfst nichts weitererzählen, auch nicht deinen Eltern.«

»Nein, ist schon klar.«

»Wirklich nicht! Es ist mir ernst! Versprochen?«, fragte Kai eindringlich.

»Jaaha, ich verspreche es!« antwortete Sophie und fragte sich, was Kai bloß angestellt hatte. Kai richtete sich wieder auf und begann endlich vom geheimnisvollen Besuch zu erzählen. Sophie hörte erst ungläubig und dann immer interessierter zu. Sie war schon immer eine gute Zuhörerin und wusste, dass sie Kai nicht unterbrechen durfte, wenn sie alles erfahren wollte.

Als Kai fertig war, saßen beide schweigend nebeneinander. Endlich brach Sophie das Schweigen.

»Wirklich nicht zu glauben! Außerirdische? Gemeinsame Schule? Und du darfst da hingehen?«

»Nein, nein. Ich darf bei den Ausscheidungen mitmachen, mehr nicht«, antwortete Kai. »Aber ich will eigentlich sowieso nicht«, fügte sie schnell hinzu.

»Was?« Sophie war entsetzt. »Bist du meschugge? So eine Chance willst du dir entgehen lassen?«

»Jetzt fang du nicht auch noch an. Da reicht schon meine Mutter«, entgegnete Kai schroff. Doch kurz darauf fügte sie leise zu, »aber dann können wir ja nicht mehr zusammen sein.«

»Du willst doch sowieso nach der Zehnten abgehen und ich werde das Abi machen. Dann sind wir auch nicht mehr zusammen auf der Schule«, entgegnete Sophie. Kai schwieg.

»Außerdem, beste Freundinnen bleiben beste Freundinnen, egal was passiert«, fügte Sophie hinzu.

»Jaja, du hast ja Recht. Aber etwas unwohl ist mir schon bei dem Gedanken«, meinte Kai. »Am besten wäre es natürlich, wir könnten beide auf diese Schule.«

Sophie war von dem Gedanken begeistert.

»Genau! Sprich doch mal mit dieser Frau Schwanz...«

»Schwartz, mit tz«, unterbrach sie Kai.

»...meinetwegen auch das. Vielleicht kann ich ja mitmachen.«

Kai schaute zunächst hoffnungsvoll, aber plötzlich verfinsterte sich ihr Blick. »Das geht nicht. Ich darf dir doch gar nichts erzählen.«

»Siehst du, noch besser. Jetzt wo ich sowieso schon Bescheid weiß, kann ich auch gleich mitmachen«, sagte Sophie.

»Naja, ich weiß nicht. Aber fragen kostet ja nichts.« Kai sah nun wieder etwas fröhlicher aus.

Den restlichen Nachmittag schmiedeten beide einen Plan nach dem anderen, um die FoP zu überzeugen, dass Sophie mitmachten konnte. Dass sie eigentlich shoppen gehen wollten, haben beide dabei vergessen. Scheinbar hatte auch Sophies Mutter nicht mitbekommen, dass sie noch da waren, denn wie durch ein Wunder, wurden sie die ganze Zeit nicht gestört.

»Oh, es ist ja schon gleich vier. Ich muss nach Hause. Wir wollen noch zu meinen Großeltern«, rief Kai plötzlich.

»Ja, schon gut. Ich muss auch noch meinem Vater helfen. Er will den Pool aufbauen. Ein bisschen kalt dafür, find' ich«, antwortete Sophie.

»Aber es soll ja bald warm werden. Oh, jetzt waren wir ja doch nicht shoppen«, fiel Kai ein, »nächste Woche, okay?«

»Okay«, antwortete Sophie.

Kai und Sophie gingen in den Flur. Als Kai sich gerade ihre Schuhe anzog, wurde die Haustür geöffnet. Sophies Mutter kam nach Hause und war mit Tüten vollbepackt.

»Hallo ihr beiden. Ich habe mich leider verspätet und mich gar nicht bei dir gemeldet«, sagte sie und schaute dabei Sophie entschuldigend an.

›Wir haben gar nicht gemerkt, dass du weg warst‹, dachte Sophie und sagte: »Macht gar nichts. Kai will gerade nach Hause.«

»Okay. Dann mach's gut Kai. Ich bringe mal die Einkäufe in die Küche.« Sophies Mutter verschwand in die Küche und man hörte sie rufen: »...und grüß deine Eltern!«

»Mach' ich«, antwortete Kai. Sophie verdrehte die Augen und Kai versuchte ein Lachen zu unterdrücken.

»Tschau, und sieh mal zu, dass du die Typen der FoP erwischt«, meinte Sophie und hielt die Tür auf.

»Ich versuch' mein bestes. Tschüss, bis Montag«, antwortete Kai beim Gehen.

»Und sei überzeugend!« rief Sophie ihr hinterher.

»Jaja«, rief Kai zurück.

In Gedanken schlenderte sie die Straße entlang, als sie plötzlich eine Stimme hinter sich hörte.

»Na Kai. Ein bisschen geplaudert?«

Erschrocken drehte sich Kai um. Direkt vor ihr stand Frau Schwartz.

Kapitel 3

Eric Nyström war seit vielen Jahren Wirtschaftsminister der FoP. Und das, obwohl er von der Erde kam. Schon als junger Wissenschaftler war er auf der Erde einer der Besten. Daher wurde die FoP vor langer Zeit auf ihn aufmerksam und sie konnten ihn nach einigem hin und her für eine Mitarbeit im Ministerium bewegen. Damals gab es nicht wenige, die aufgrund seiner Herkunft skeptisch waren. Doch mit den Jahren schaffte er es, sie alle von sich zu überzeugen. Und als der alte Minister in den Ruhestand ging, war es für alle nur selbstverständlich, dass er den Posten übernahm.

Wie fast jeden Tag, verbrachte Nyström die meiste Zeit in seinem Büro. Für die FoP war sein Büro recht ungewöhnlich eingerichtet, da er es verstand, alte Dinge mit neuen zu kombinieren. Nyström residierte hinter einem riesigen Schreibtisch. Dieser war aus schwerem, dunklem Holz und mit allem bestückt, was die Technologie derzeit hergab. Die Bilder an der Wand waren so angebracht, dass Nyström sie gut im Blick hatte. Statt der üblichen digitalen Bilder, erfreute er sich an echten Ölgemälden, die erstklassige Reproduktionen von berühmten Kunstwerken waren. Es wurde gemunkelt, dass das eine oder andere sogar ein Original sein sollte. Durch die vielen Pflanzen, die seinen Schreibtisch und die Besprechungsecke einrahmten, wirkte sein Büro irgendwie gemütlich. Nyström war stolz auf seine verschiedenen Sträucher und Blumen und pflegte sie mit viel Hingabe.

Über diese ganzen Absonderlichkeiten wunderten sich seine Kollegen inzwischen schon lange nicht mehr.

»Herr Minister? Mr. Prumtus möchte Sie sprechen.« Seine Sekretärin erschien auf einem der vielen Bildschirme vor ihm. Nyström schaute auf.

»Dann schieben Sie ihn auf Nummer 3«, sagte er kurz angebunden und schaute wieder auf einen Bildschirm in seiner Schreibtischplatte.

»Nein, nein! Er ist hier und möchte Sie persönlich sprechen.«

Nyström schaute verwundert auf. Wieso will ihn jemand persönlich sprechen, fragte er sich. Normalerweise kommunizierte man in der Geschäftswelt ausschließlich digital. Persönliche Gespräche waren ungewöhnlich, denn schon wegen der großen Entfernungen der Planeten war ein persönliches Treffen nur mit erheblichem Aufwand möglich. Eigentlich traf man sich nur, wenn es sich nicht vermeiden ließ und man ungestört unter vier Augen sprechen musste. Oder man traf sich zum Essen; das funktionierte auch hier, wie es Nyström von der Erde gewohnt war.

»Das heißt, er ist hier?«, fragte er irritiert.

»Ja, Herr Minister. Er will Sie persönlich sprechen«, antwortete seine Sekretärin etwas verlegen, »er meint, es sei wichtig.«

Nyström zögerte kurz. »Sagen Sie ihm, es dauert noch einen Moment!«

Prumtus war einer der Vizepräsidenten von WRC, der World Recover Company, einem gigantischen Unternehmen, das auf fast allen Planeten der FoP tätig war. Die WRC war eines der wenigen Unternehmen, dem es genehmigt wurde, notwendige Bodenschätze zu gewinnen. Eine ihrer Spezialität war es, auf unbewohnten Planeten Gase in Energiestoffe umzuwandeln. Alle diese Tätigkeiten mussten vom Wirtschaftsministerium genehmigt und anschließend überwacht werden.

Minister Nyström konnte Prumtus nicht leiden. Für ihn war er einer, dem es ausschließlich auf den Profit ankam und dafür über Leichen gehen würde. Ein Verhalten, dass Nyström noch allzu gut von der Erde kannte. Er nervte Nyström seit geraumer Zeit mit einer Liste an Planeten, die man ausbeuten sollte. Zwar wären die Erträge enorm, doch es hätte einen erheblichen Einfluss auf das Leben auf diesen Planeten. Daher kam dieser Plan für den Minister nicht in Frage. Nyström fragte sich, ob das der Grund von Prumtus Besuch sein konnte. Bei dem Gedanken verfinsterte sich sein Gesicht und er überlegte, Sallak, den Präsidenten der WRC, anzurufen. Nyström und Kalim Sallak waren schon seit Jahren gute Bekannte, vielleicht könnte man sogar sagen, dass sie Freunde waren. Umso mehr wunderte sich Nyström, dass Sallak den Besuch nicht erwähnt hatte. Er wollte gerade seine Sekretärin bitten, eine Verbindung herzustellen, als ihm einfiel, dass Sallak derzeit nicht zu erreichen war. Daher verwarf er die Idee und sagte stattdessen: »Prumtus kann reinkommen!«

Langsam öffnete sich die riesige Tür und Prumtus kam in seiner gewohnt arroganten Art in den Raum. Ohne zu zögern durchschritt er den Raum und stellte sich direkt vor Nyströms Schreibtisch.

»Guten Tag, Herr Minister«, sagte Prumtus in einer gespielt freundlichen Art.

»Guten Tag, Prumtus«, antwortete Nyström ohne aufzuschauen.

»Ich möchte ...«, begann Prumtus, doch Nyström hob die Hand, um ihn zu stoppen. Prumtus grinste und schwieg. Nyström ließ ihn noch einen Augenblick warten, bis er aufschaute.

»Ich habe wenig Zeit. Was führt Sie zu mir?«

»Ich finde, es ist an der Zeit, dass wir uns persönlich sprechen«, antwortete Prumtus. Nyström machte keine Anstalten, ihm einen Platz anzubieten.

»Die WRC hat Ihnen nun des Öfteren eine Liste zur Freigabe vorgelegt«, begann Prumtus. Als Nyström nicht reagierte, sprach er weiter. »Wir sind der Überzeugung, dass diese Projekte gestartet werden müssen. Es geht um die Energieversorgung des nächsten Jahrhunderts für uns alle.«

»Nein!«, widersprach Nyström, »es geht um den hohen Profit, den Sie daraus schlagen wollen!«

»Herr Minister, was soll denn das? Natürlich wollen wir auch etwas verdienen. Aber es geht um unsere gemeinsame Zukunft«, antwortete Prumtus.

»Das ist doch Humbug! Das wird nicht geschehen, dass wissen Sie genau. Das Ministerium wird hierfür keine Erlaubnis erteilen«, widersprach Nyström erneut. »Weiß eigentlich Sallak von Ihrem Plan?«

»Vergessen Sie Sallak! Der alte Mann weiß doch gar nicht mehr, wo es lang geht. Der ist Geschichte!«, antwortete Prumtus. »Wir sind es, mit denen Sie sprechen müssen.«

»Was bilden Sie sich ein? Und wen meinen Sie mit ›wir‹?«, fragte Nyström. Er wurde langsam ungeduldig.

»Eine Gruppe mächtiger Männer. Männer, die Sie nicht zum Feind haben möchten!«, antwortete Prumtus.

»Wollen Sie mir etwa drohen?«, fragte Nyström.

»Wir drohen nicht. Wir finden immer Mittel und Wege unsere Interessen durchzusetzen.« Plötzlich nahm Prumtus ein Bilderrahmen vom Schreibtisch und betrachtete kurz das Bild.

»Ach, ist das nicht Ihre Nichte? Wie ich gehört habe, will sie die Aufnahmeprüfung zum Internat ablegen«, wechselte Prumtus das Thema.

»Was soll das denn jetzt? Stellen Sie gefälligst das Bild wieder hin!« Nyström war rot geworden.

»Immer mit der Ruhe Nyström! Sonst platzen Ihnen noch ein paar Adern. Und das wollen wir ja nicht! Wir brauchen Sie noch.«

Nyström sprang auf. Doch bevor er etwas sagen konnte, sprach Prumtus weiter: »Ich meine ja nur, dass die Prüfungen ziemlich gefährlich sind und schon mal ein Unfall passieren kann.«

Nyström brauchte einen Augenblick, bis er verstand, was Prumtus meinte.

»Raus hier! Aber sofort!«, brüllte er wild gestikulierend. »Sie Lackaffe kommen hier in mein Büro und drohen mir? Das wird Konsequenzen haben!«

Prumtus fing wieder an zu grinsen, drehte sich um und ging. Kurz bevor er die Tür erreichte, drehte er sich noch einmal zu Nyström.

»Überlegen Sie es sich gut. Ein paar Wochen Bedenkzeit gebe ich Ihnen noch. Und passen Sie schön auf sich auf!«

Bevor Nytöm noch etwas entgegnen konnte, hatte Prumtus den Raum schon verlassen. Nyström ließ sich auf seinen Stuhl fallen. Für einen Moment war er sprachlos. Er wollte gerade seine Sekretärin rufen, als sein Blick auf den Nachrichtenbildschirm fiel. Er verharrte in seiner Bewegung und wurde blass. Entsetzt schaute er auf die Topmeldung, die permanent über den Bildschirm lief:

»Präsident der WRC vermisst - Ein Absturz wird vermutet - Ist Kalim Sallak tot?«

Kapitel 4

›Oh Mann, was macht die denn hier?‹ dachte Kai.

Frau Schwartz schaute sie streng an.

»Hatten wir dir nicht gesagt, dass du über die Angelegenheit schweigen sollst!« Frau Schwartz Stimme war nun gar nicht mehr piepsig, sondern hatte einen gefährlichen Unterton.

›Die kann gar nichts wissen. Das geht doch gar nicht!‹, dachte Kai. Sie traute sich aber nicht, zu antworten.

»Hast wohl geglaubt, wir würden es nicht merken, wenn du deiner Freundin alles erzählst.« Kai fiel nichts Sinnvolles ein, was sie Frau Schwartz entgegnen sollte.

»Komm, ich begleite dich nach Haus«, sagte Frau Schwartz nun etwas freundlicher. »Wir müssen scheinbar noch einmal miteinander reden.«

Schweigend gingen sie die kurze Strecke neben einander. Kai grübelte, wie sie sich rechtfertigen könnte.

Vor ihrer Haustür meinte Frau Schwartz, »So, lass uns reingehen, damit wir ungestört reden können.«

So langsam fand Kai ihre Sprache wieder. »Das wird meinen Eltern aber gar nicht gefallen. Wir wollen nämlich gleich los «.

»Ja, zu deinen Großeltern, ich weiß«, sagte Frau Schwartz. Nun war Kai völlig verwirrt.

›Die haben mich abgehört‹, dachte sie, ›die spinnen wohl!‹

Langsam holte Kai ihren Schlüssel aus der Tasche. »Sagen Sie mal, Sie können mich doch nicht einfach so abhören!«, meinte Kai entrüstet.

Frau Schwartz fing an zu lächeln. »Ach Kai, wenn du wüsstest, was wir alles können«, meinte sie geheimnisvoll, »nun los, schließ auf!« Inzwischen war es wieder die alte piepsige Stimme.

Kai schloss auf und beide betraten gerade den Flur, als Kais Vater aus der Küche kam. »Hallo Kai, da bist ...«, Kais Vater stockte, als er Frau Schwartz sah.

»Was wollen Sie denn schon wieder?«, fragte er überrascht.

»Leider gab es durch Kai eine ernste Verfehlung«, antwortete Frau Schwartz. Kais Vater sah sie irritiert an.

»Sie konnte nicht schweigen«, ergänzte Frau Schwartz.

»Mensch, Kai! Was soll denn das? Spinnst du? Du hast doch gehört, wie ernst die es meinen!«, schimpfte Kais Vater los.

Frau Schwartz hob beschwichtigend die Hand, um Kais Vater zu stoppen. Dieser schaute nun Frau Schwartz an. »Und was passiert nun?«, fragte er.

»Das werde ich gleich mit Kai unter vier Augen klären.« Als Kais Vater besorgt schaute, fügte sie hinzu, »Keine Sorge, ich werde ihr schon nicht den Kopf abreißen. Kai muss aber verstehen, dass das alles kein Spiel ist«. Zu Kai gewandt sagte sie, »So, nun lass uns endlich in dein Zimmer gehen.«

Kais Vater ließ beide in Kais Zimmer verschwinden, ohne noch ein Wort zu sagen.

»Wir möchten nicht gestört werden!«, sagte Frau Schwartz sehr bestimmend und schloss die Zimmertür hinter sich.

Frau Schwartz schaute sich im Zimmer um. Neben einem Bett, das voller Kuscheltiere war, gab es ein Sofa und einen Sessel, die einen Tisch einrahmten. Frau Schwartz konnte sich aber nirgends setzen, da auf beiden Klamotten verteilt waren.

»Na, die Ordentlichste bist du ja nicht gerade«, sagte Frau Schwartz etwas spöttisch.

»Oh ja, entschuldigen Sie«. Kai räumte schnell ein paar Sachen vom Sessel und vom Sofa. Nachdem sich Frau Schwartz auf das Sofa gesetzt hatte, nahm Kai auf dem Sessel Platz. Interessiert schaute Frau Schwartz auf Kais Schreibtisch.

›Mist, den hätte ich mal aufräumen sollen‹, dachte Kai, als sie merkte, was Frau Schwartz betrachtete. Aber Frau Schwartz schaute sich weiter um, ohne was zu sagen. Sie betrachtete nun die Poster an der Wand: ein riesiges mit einem Pferd und eines von der Fußballnationalmannschaft.

»Du interessiert dich für Fußball?«, fragte Frau Schwartz.

»Ja, ein wenig. Ab und zu schaue ich mir mit Papa ein Spiel an«, antwortete Kai. »So, so«, meinte Frau Schwartz und schwieg wieder. So langsam wurde es Kai unheimlich und sie rutschte unruhig auf ihrem Sessel hin und her.

Frau Schwartz' Blick blieb nun an einem im Regal aufgestellte Bild hängen. Es zeigte zwei Mädchen im Alter von ungefähr 10 Jahren, die von Herzen in die Kamera lachten.

»Das bist du mit Sophie, nicht wahr? Sophie hatte damals genauso lange blonde Haare wie du«, stellte Frau Schwartz fest. »Sind sie inzwischen nicht braun?«, fragte sie Kai.

»Eher so 'n rotbraun. Und sie trägt sie nun kurz«, antwortete Kai.

»Ach ja, stimmt«, meinte Frau Schwartz und verfiel erneut in ein Schweigen.

Kai hielt es nicht mehr aus: »Bitte, können sie nun endlich anfangen?«

»Womit?«, fragte Frau Schwartz während ihr Blick immer noch durch das Zimmer schweifte.

»Na, mit dem blitzdingsen, meckern oder was auch immer«, antwortete Kai.

»Meckern? Ich will nicht meckern.« Frau Schwartz sah nun Kai streng an. »Ich will dir nur noch einmal klar machen, dass du wirklich schweigen musst. Niemand, ich wiederhole, niemand darf etwas davon erfahren!« Kai schaute verschämt auf den Boden.

»Ja, aber Sophie ist doch meine beste Freundin«, antwortete sie kleinlaut.

»Ist mir schon klar. Und du bist ja auch nicht der erste Fall, bei dem das passiert ist.« Kai schaute etwas erleichtert auf.

»Und kann nun Sophie vielleicht auch mit machen? Sie weiß ja nun alles«, meinte Kai. Frau Schwartz fing an zu lächeln.

»Dazu kann ich dir nur zwei Dinge sagen. Ersten: Nein, kann sie nicht! Du bist ausgewählt worden. Und zwar ohne eine Freundin. Und zweitens: Deine Freundin weiß nichts mehr von dem Gespräch.« Kai schaute Frau Schwartz fragend an.

»Wie wir vorhin ja gesagt haben, löschen wir die Erinnerung, wenn doch mal was durchgedrungen ist. Mrs. Bowlin hat sich in der Zwischenzeit darum gekümmert«, klärte Frau Schwartz auf. Als Kai nun besorgt schaute, fügte sie schnell hinzu, »keine Angst, dabei passiert nichts. Sophie denkt nun, dass ihr euch über die Schule oder sonst irgendetwas unterhalten habt. Mehr passiert nicht.« Kai sagte immer noch nichts, so dass Frau Schwartz weitersprach. »Aber Kai, das ist die letzte Verwarnung. Solltest du noch einmal etwas ausplaudern, dann bist du raus und wir löschen bei dir und deinen Eltern die Erinnerungen. Wir waren dann halt niemals da.« Nachdem Kai nichts sagte, fragte Frau Schwartz, »oder willst du gar nicht mitmachen? Dann können wir auch gleich loslegen mit dem Löschen.« Kai dachte einen Augenblick nach.

»Ja, äh, nein, äh, ich weiß es noch nicht«, sagte sie schließlich. Erneut musste Frau Schwartz lächeln. »Keine Bange. Du hast genug Zeit, um dir zu überlegen, ob es überhaupt für dich in Frage kommt«, sagte sie zu Kai. »So, ich glaube, wir haben alles besprochen, oder?« fragte Frau Schwartz Kai.

›Naja, alles besprochen kann man nicht gerade sagen‹, dachte Kai, doch sie sagte, »ich glaube schon.«

»Schön, dann will ich mal wieder«, sagte Frau Schwartz und stand auf. Kai folgte ihr und gemeinsam gingen sie zur Haustür. Von Kais Vater war dieses Mal nichts zu sehen.

»Und Kai, ab jetzt bitte Schweigen. Versprochen?«

»Ja, ich werde mich daran halten«, antwortete Kai.

»Gut! Dann bis in vier Wochen. Mach's gut und grüß deine Eltern.«

»Werd' ich machen. Tschüss.«

Als Frau Schwartz die Gartenpforte öffnete, schloss Kai erleichtert die Tür.

Kapitel 5

Tja, da hab' ich wohl noch mal Glück gehabt. Gab ja nicht wirklich Ärger. Scheint ja des Öfteren zu passieren, dass jemand quatscht.

Aber das mit Sophie ist natürlich echt blöd. Mann, da haben die ihr das Gedächtnis gelöscht. Ich habe sie gleich, nachdem die Schwartz weg war, angerufen. Sophie war schon verwundert, dass ich gefragt habe, worüber wir eigentlich gesprochen hatten. Naja, jedenfalls weiß sie nun nichts mehr. Echt Mist!

Was soll ich nur jetzt machen? Alleine zu dem Training gehen? Oder gleich absagen?

Sophie hat ja schon Recht, dass das eine tolle Möglichkeit wäre. Aber auf einem fremden Planeten? Ganz alleine? Ach nee. Und wie kommt man da überhaupt hin? Ich denke, das geht gar nicht.

Ich weiß nicht. Aber ich habe ja jede Menge Zeit, mich zu entscheiden.

Die Zeit verging aber schneller, als es Kai für möglich gehalten hatte. Denn so kurz vor den Ferien standen einige Klassenarbeiten an, so dass bei Kai ganz andere Dinge im Kopf herumschwirrten.

Bei Kais Eltern war das anders. Sie diskutieren immer wieder miteinander. Kais Mutter war von Anfang an dafür. Für sie war es eine einmalige Chance, die niemand ausschlagen dürfte. Kais Vater war strikt dagegen. Kai irgendwo bei Unbekannten studieren zu lassen, kam für ihn nicht in Frage. Er konstruierte unendlich viele Beispiele, welche Gefahren auf Kai zukommen würden und was alles schief gehen könnte. Außerdem hatte er große Bedenken, was man den Leuten erzählen soll, wo denn Kai nun sei. Aber eigentlich ging es ihm darum, dass er es nicht ertragen konnte, Kai nicht mehr zu sehen. Das wollte er natürlich nicht zugeben.

Kais Mutter ließ all dieses nicht gelten. Und so gab es in den nächsten vier Wochen immer wieder dicke Luft im Hause Mayers. Immerhin ließen sie Kai in Ruhe. Denn so lange sie sich nicht geeinigt haben, wollten sie das Thema gegenüber Kai nicht erwähnen, da Kai mit der Schule genug zu tun hatte.

Nach vielen Stunden diskutieren lenkte Kais Vater schließlich ein: Das Training könnte sie ja ruhig mit machen. Und über den Rest konnte man ja anschließend reden. Für Kais Mutter war die Entscheidung endgültig, ließ Kais Vater aber in seinem Glauben, noch etwas ändern zu können.

Es war wieder einmal Samstag und alle saßen beim Frühstück. Kai schmierte sich gerade ein Brötchen mit Erdbeermarmelade, während ihr Vater sich Kaffee nachgoss.
»Na Kai, was hast du heute vor«, fragte Kais Mutter, als sie nach einer Scheibe Vollkornbrot griff.
»Och, nicht viel. Ich muss nochmal mein Referat für Erdkunde durchgehen. Vielleicht gehe ich nachher dann zu Sophie«, antwortete Kai und biss herzhaft in ihr Brötchen.
»Sag mal, hast du dich inzwischen entschieden?«, fragte Kais Vater. Er schüttet gerade Zucker in seinen Kaffee.

»Was meinst du?«, fragte Kai mit vollem Mund.

»Na, die FoP natürlich! Heute sind doch die vier Wochen um«, antwortete Kais Mutter.

»Nee, eigentlich nicht wirklich.« Kai schaute zwischen ihrer Mutter und ihrem Vater hin und her. Sie versuchte zu erraten, zu welchem Ergebnis ihre Eltern gekommen sind.

»Was denkt ihr darüber?« fragte sie vorsichtig.

»Ne, ne! Erst einmal du! Wir wollen dich ja nicht beeinflussen«, sagte Kais Vater.

Kai biss schnell noch einmal von ihrem Brötchen ab, um etwas Zeit zu gewinnen. Während sie kaute, schaute sie aus dem Küchenfenster, spürte aber, wie ihre Eltern sie anstarrten.

»Nun, was denkst du?«, fragte ihre Mutter ungeduldig. Kai ließ sich noch etwas Zeit, bis sie antwortete.

»Ich glaub, ich mache es einfach«, sagte sie schließlich. »Super!«, rief Kais Mutter erfreut und schmierte weiter ihr Brot. Kai schaute ihren Vater an.

»Und Papa, was sagt du dazu?«

»Ich finde es auch nicht schlecht, dass du am Training teilnimmst«, antwortete er nüchtern und rührte weiter in seinem Kaffee.

»Aber begeistert bist du nicht«, stellte Kai fest. Sie hatte inzwischen das angebissene Brötchen weggelegt.

»Ja, äh ...«, begann ihr Vater.

»Doch, doch. Wir haben das ausführlich besprochen und finden es beide super«, unterbrach Kais Mutter. »Nicht wahr?«, fügte sie hinzu und sah Kais Vater eindringlich an.

»Jaja, natürlich«, sagte er schnell und hörte endlich auf, im Kaffee zu rühren. »Wir sind wirklich begeistert, dass du so eine tolle Chance bekommst.«

Kai schaute ihn skeptisch an, meinte dann aber: »Okay! Das Trainingslager mache ich mit. Ob ich dann noch weiter mache, entscheide ich danach.«

Kais Vater wollte ihr gerade zustimmen, als es an der Tür klingelte.

»Das werden doch nicht etwa schon die Leute von der FoP sein«, rief Kais Mutter aufgeregt, legte ihr Brot weg, sprang auf und eilte aus der Küche.

Man hörte Kais Mutter an der Haustür sprechen, Kai konnte aber nicht verstehen, was gesagt wurde. Kurz danach kam sie mit einem Paket wieder in die Küche.

»War nur der Postbote. Ist für dich«, sagte Kais Mutter und gab das Paket Kais Vater. Der fing an zu strahlen. »Oh ja, das sind sicherlich meine amerikanischen Comic-Hefte.«

Kais Vater sammelte leidenschaftlich Comics aus der ganzen Welt. Der halbe Dachboden war schon mit Regalen gefüllt. Für Kai waren sie aber immer noch tabu, da sie vor einigen Jahren eine Erstausgabe eines Donald Duck Heftes mit Marmelade beschmiert hatte. Kai verstand bis heute nicht, was daran so schlimm gewesen sein soll und inzwischen waren ihr Comics auch egal. Kais Mutter schüttelte nur den Kopf. Auch sie verstand das Hobby ihres Mannes nicht, sagte aber nichts dazu.

Kais Vater holte sich ein langes Messer aus dem Messerblock. Als er gerade mit dem Messer vorsichtig versuchte, den Karton zu öffnen, ging erneut die Klingel.

»Oh, hat Hr. Lehmann etwas vergessen?«, fragte Kai.

Kais Mutter sprang wieder auf und öffnete die Haustür. Dieses Mal kam sie gleich wieder in die Küche zurück. Hinter ihr erschien Mr. Antus in der Tür.

»Ah, guten Tag, Mr. …«

»Antus«

»Genau, Mr. Antus«, begrüßte Kais Vater den Gast. »Setzen Sie sich doch«, forderte Kais Vater auf und fuchtelte dabei die ganze Zeit mit dem Messer rum.

»Martin!«, sagte Kais Mutter streng, »legt doch das Messer weg!«.

»Oh, entschuldigen Sie!« Er legte das Messer neben seinen Teller und grinste verlegen, als er sich wieder hinsetzte. Mr. Antus nahm auf dem freien Stuhl Platz.

»Wollen sie sich nicht auch setzen, Frau Mayers?«, fragte er, »ich will zwar nur kurz stören, aber im Sitzen spricht es sich besser.«

»Ja, natürlich«, antwortete Kais Mutter. »Möchten Sie vielleicht einen Kaffee? Oder soll ich Ihnen einen Tee kochen?«

»Sehr nett von Ihnen. Aber nein danke. Wie gesagt: ich bleibe nur kurz.«

Kais Mutter setzte sich nun auch wieder hin und meinte zu ihrem Mann: »Nun stell doch mal den Karton beiseite!« Kais Vater schaute erst fragend, nahm dann aber den Karton vom Tisch. Mr. Antus schaute nun alle der Reihe nach an. Bei Kai blieb sein Blick hängen.

»Und Kai, entschieden?«, unterbrach er das kurze Schweigen.

Kai zögerte mit der Antwort. Mr. Antus schaute sie weiter an, als Kais Mutter zu sprechen anfing. »Wir haben uns …«

»Darf ich Sie kurz unterbrechen«, fiel Mr. Antus ihr ins Wort. »Ich möchte gerne die Antwort von Kai bekommen!« Er sah wieder zu Kai. Die riss sich zusammen und antwortete endlich.

»Ja, ich mache mit!« Kais Mutter strahlte nun übers ganze Gesicht.

»Sehr schön«, meinte Mr. Antus, »habe ich mir auch schon gedacht. - So, dann lasse ich ihnen ein paar Infos zum Trainingscamp da.«

Wie durch Zauberhand hielt er plötzlich einen Umschlag in der Hand. Er gab ihn Kai und fügte hinzu: »Da ist alles aufgeführt, wie die Adresse, Datum und Uhrzeiten, wann du gebracht und wieder abgeholt werden sollst.«

Kai bedankte sich und legte den Umschlag beiseite. Kais Mutter bot Mr. Antus an, vielleicht mit zu frühstücken oder zumindest doch etwas zu trinken. Aber Mr. Antus meinte, dass er nun weiter müsste und sie nicht weiter stören wollte.

Als Mr. Antus gegangen war und alle drei wieder am Kaffeetisch saßen, verfielen sie in ein nachdenkliches Schweigen. Nach kurzer Zeit begann Kais Vater an zu lächeln.

»So, dann kann dein Abenteuer ja beginnen!«

Kapitel 6

Viele hundert Kilometer von Kai entfernt war ein Mädchen auf den Weg zur Eisdiele, um sich mit ihren Freundinnen zu treffen. Es war ein schöner Sommertag und sie genoss es, durch den Stadtpark zu schlendern. Unter den Bäumen war es trotz der großen Hitze gut auszuhalten und so waren die meisten Parkbänke besetzt. Es war ein buntes Treiben, aber das störte das Mädchen nicht, denn sie war bester Laune. Vorgestern hatte sie Besuch von der FoP bekommen und wurde zum Trainingscamp eingeladen. Sie war sehr erleichtert, dass sie nun eingeladen wurde. Ihre Familie ist eine der wenigen auf der Erde, die schon seit zwei Generationen durch die FoP ausgebildet wurden, und so stand es für ihre Eltern seit langem fest, dass auch sie auf das Internat kam. Dazu muss sie aber erst einmal das Camp und vor allem die Aufnahmeprüfung schaffen. Bei dem Gedanken verschwand ihre gute Laune und sie ging etwas langsamer. Sie wusste, dass es nicht so einfach ist, zu den wenigen zu gehören, die aufgenommen werden. Und sie wollte unbedingt auf das Internat, ansonsten wären ihre Eltern von ihr mehr als enttäuschen. »Ach, irgendwie werde ich schon einen Weg finden«, sprach sie leise zu sich selbst. Eine vorbeigehende Oma hörte es und schaute sie fragend an. Das Mädchen bemerkte es nicht und ging weiter. »Ich muss es einfach irgendwie schaffen!«, sprach sie leise weiter. Tief in ihren Gedanken versunken, nahm sie die Umgebung nicht mehr war. Daher merkte sie nicht, wie zwei Männer direkt auf sie zukamen.

»Können wir dich einen Augenblick sprechen?«, fragte der größere von beiden das Mädchen. Sie erschrak, blieb abrupt stehen und schaute, wer sie angesprochen hat. Die beiden stämmigen Männer kamen ihr unheimlich vor. Sie schienen den gleichen schwarzen Anzug zu tragen und sahen sich irgendwie ähnlich. Hätte der größere nicht eine Glatze gehabt und der andere dafür eine krumme Nase, hätte man sie auch für Brüder halten können.

»Meinen Sie mich?«, fragte sie zurück.

»Wir möchten dich gerne sprechen«, antwortete der größere. Das Mädchen wollte gerade protestieren, als der kleiner fortfuhr. »Es geht um deine Einladung zum FoP-Camp.«

Das Mädchen schaute sie irritiert an. ›Woher wissen die etwas davon. Ist doch streng geheim‹, fragte sie sich. »Ich weiß nicht, was Sie meinen«, antwortete sie deshalb.

»Wir wissen über dich und deine Familie Bescheid. Komm, lass uns da drüben ungestört reden«, meinte der kleinere. Er zeigte auf eine abgelegene, etwas versteckt liegende Parkbank, die seltsamer Weise frei war. Als das Mädchen nicht reagierte, versuchte es wieder der größere: »Wir wissen, dass du unbedingt auf das Internat möchtest. Und wir können dir einen Weg zeigen, wie das auch problemlos klappt.«

Das Mädchen überlegt kurz. Sie könnte es sich ja mal anhören, dachte sie. ›Hier im Freien werden sie mir schon nichts tun.‹

»Okay. Aber kommen Sie mir ja nicht zu nahe! Sonst schreie ich die ganze Stadt zusammen!«, antwortete sie und schaute dabei beide Männer streng an.

Der größere musste lächeln. »Keine Angst, wir wollen wirklich nur das Beste für dich.«

Alle drei gingen den kurzen Weg zur freien Parkbank, die etwas hinter einer kleinen Hecke versteckt lag. Das Mädchen setzte sich an den rechten Rand der Bank und der größere Mann setzte sich zu ihr. Der andere blieb ein paar Schritte entfernt stehen und beobachtete die Umgebung. ›Ziemlich unheimlich; fast wie im Fernsehen‹, dachte das Mädchen und wartete, dass der Mann neben ihr anfing zu erklären, wie das mit der Aufnahme problemlos funktionieren soll.

»Zunächst erst einmal ein paar Fragen. Wie sehr wünschst du dir, auf das Internat zu kommen?«, begann der Mann.

»Zurzeit ist das mein größter Wunsch«, antwortete sie.

»Und? Was würdest du dafür tun, um es zu erreichen?«, fragte er weiter.

»Ich verstehe nicht«, antwortete das Mädchen.

»Na, sagen wir mal, würdest du dafür auch ein paar krumme Wege wählen?«

Das Mädchen verstand immer noch nicht. »Was meinen Sie?« Sie schaute ihn fragend an. ›Was will er bloß von mir?‹

»Okay. Also, wir haben ein kleines Problem und du könntest es für uns lösen. Als Belohnung können wir dafür sorgen, dass du garantiert auf dem Internat aufgenommen wirst, egal was die Prüfung ergibt.«

»Das können Sie?«, fragte sie überrascht. Nun war sie hellhörig geworden.

»Ja, das ist kein Problem für uns«, antwortete er. »Das wäre natürlich ein großer Gefallen, den wir dir tun. Als Gegenleistung musst du etwas für uns tun.«

»Was wäre es denn?«, fragte das Mädchen skeptisch. Ihr schossen viele Fragen gleichzeitig durch den Kopf: ›Gab es wirklich einen Weg, sicher auf das Internat zu kommen? - Was soll ich bloß für die tun? - Wer sind die überhaupt?‹

Der Mann zögerte ein wenig bis er weitersprach. »Wie gesagt, wir haben ein kleines Problem. Beim Trainingscamp wird ein anderes Mädchen dabei sein. Dem müsstest du ein paar Streiche spielen.«

»Streiche? Was für Streiche?«, fragte sie nach.

»Das Mädchen soll einfach nicht das Trainingscamp durchhalten. Das ist alles.«

Das Mädchen und der Mann schwiegen für eine Weile. Man sah, dass das Mädchen nachdachte und der Mann ließ sie.

»Das ist dann aber schon etwas mehr als nur ein Streich«, erwiderte sie. »Ich soll ihr doch wohl nicht wehtun, oder?«

»Nein, nein, soweit musst du ja nicht unbedingt gehen. Sie soll einfach nur verschwinden«, antwortete der Mann.

»Und wenn sie raus ist, bin ich aufgenommen?«, fragte sie.

»Ja! So einfach ist das«, antwortete er und merkte, dass das Mädchen angebissen hat.

»Um wen geht es eigentlich? Und warum soll ich das machen?«, fragte sie weiter.

»Das Warum geht dich nichts an. Und die Einzelheiten zu dem Mädchen werden wir dir noch geben. Ich gehe davon aus, dass du interessiert bist?«, fragte der Mann.

»Darf ich darüber nachdenken?«, fragte sie zurück. Der Mann winkte dem anderen zu. Dieser kam auf sie zu. »Und seid ihr euch einig?«, fragte er.

»Ich glaube schon. In einer Woche kontaktieren wir dich wieder. Bis dahin musst du dich entschieden haben«, sagte er zum Mädchen gewandt. »Dann sagen wir dir, um wen es geht und wie du vorgehen sollst.«

»Okay. Ich überleg 's mir bis dahin. Wie kann ich Sie denn erreichen?«

Der Mann stand auf und strich sein Sakko glatt. »Gar nicht. Wir finden dich!« Ohne ein weiteres Wort gingen beide Männer in Richtung Hauptweg und waren schnell in einer Touristengruppe verschwunden.

Das Mädchen blieb noch einen Augenblick auf der Bank sitzen und blickte ihnen hinterher. Sie musste noch ihre Gedanken sortieren, bevor sie zur Eisdiele gehen wollte.

›Was ist das denn für eine Geschichte? Was haben die bloß gegen das Mädchen? - Ich verstehe das nicht. - Aber wenn ich so aufs Internat komme, mache ich es ruhig! So schlimme Sachen werde ich ja wohl nicht anstellen müssen.‹

Nach einem Moment stand sie auf und machte sich auf den Weg zu ihren Freundinnen. Bei ihrem letzten Gedanken musste sie lächeln: ›Ich werde ja schließlich keinen umbringen müssen.‹

Kapitel 7

Die Wochen bis zu den Ferien vergingen doch schneller als ich dachte. Lag aber auch daran, dass die Lehrer noch Stress machten. Warum müssen die eigentlich immer kurz vor den Zeugnissen feststellen, dass noch ein Test geschrieben werden muss oder sie ja noch die Mappen benoten könnten? Können die sich das nicht etwas besser einteilen? Naja, wer am längeren Hebel sitzt, kann es sich halt erlauben.

Mit Sophie habe ich nicht mehr über das Trainingslager gesprochen. Nicht dass die Schwartz es wieder mitbekommt. Denn irgendwie habe ich richtig Lust auf das Camp. Sophie fährt auch gleich in den Urlaub. Die Ausrede, dass ich eine Woche zu meinen anderen Großeltern fahre, reichte ihr als Erklärung.

Heute ist es endlich soweit. Mama und Papa bringen mich beide hin und wir sind unterwegs zum Camp. Mal sehen, was da so auf mich zukommt. Ich freue mich jedenfalls!!

Kais Vater bog gerade auf den Parkplatz des Camps ein, als ihnen von der anderen Seite eine rote Luxuslimousine entgegenkam.

»Nun sieh sich einer mal das an! Was für ein Wagen!« sagte er und stoppte, um das Auto genauer zu betrachten.

»Nun fahr doch weiter! Hinter uns wartet schon ein Auto!«, ermahnte ihn Kais Mutter.

»Ja, ja! Immer mit der Ruhe«, antwortete er und gab wieder Gas. »Mann, die müssen ja stink reich sein.« Kai sah, wie die Limousine gerade in eine Parklücke fuhr.

»Wer?«, fragte Kais Mutter.

»Na die Eltern von dem Mädchen dort«, antwortete Kais Vater. Kai beobachtete, wie ein Mädchen aus der Limousine stieg. Sie muss ungefähr genauso alt sein wie sie, war aber ein paar Zentimeter kleiner. Als das Mädchen Kai sah, winkte sie und lächelte ihr freundlich zu. Endlich hatte auch Kais Vater sich für eine Parklücke entschieden. Als Kai aussteigen konnte, war das Mädchen schon in Richtung Eingang des Camps verschwunden. ›Schade, die sah sehr nett aus‹, dachte sie. Ihr Vater ging nach hinten, um ihren Trolley aus dem Kofferraum zu holen. Wie immer hatte sie beim Packen Probleme, alles hinein zu bekommen. Schuld war ihre Mutter. Sie fand beim Heraussuchen der Klamotten wie immer kein Ende. Für alles musste Kai eine Reserve mitnehmen. Das nervte Kai schon seit Jahren. Aber alles Reden nutzte nichts. Zum Schluss hatte sie doch alles dabei. Nachdem Kais Vater den Trolley unter lautem Stöhnen aus dem Kofferraum gewuchtet hatte, machten sich alle drei auf den kurzen Weg zum Eingang des Camps. Inzwischen waren noch einige Mädchen angekommen, die sich von ihren Eltern verabschiedeten. Neben einigem Lachen, wurden auch ein paar Tränen vergossen. Auch Kai fühlte sich plötzlich etwas unwohl, als ihre Mutter sie in den Arm nahm. Kai genoss diesen Augenblick, doch nach einem kurzen Moment löste sie die Umarmung, denn sie meinte, mit ihren 15 Jahren wäre sie ja nun fast schon erwachsen und wollte sich auch entsprechend verhalten. Da umarmt man sich nicht mehr so lange.

»Also, macht's gut!«, sagte Kai mit etwas belegter Stimme.

»Ja, pass schön auf dich auf«, antwortete Kais Mutter.

»Ist ja nur für eine Woche«, meinte Kais Vater und nahm nun ebenfalls Kai in den Arm. Über seine Schulter hinweg konnte sie das Mädchen aus der Limousine sehen. Es stand alleine am Eingang und schaute sich etwas hilflos um.

»So, ich verschwinde nun. Ihr müsst ja auch wieder zurückfahren«, sagte Kai und schnappte sich ihren Trolley. Sie wollte unbedingt zu dem Mädchen. Vielleicht könnte sie ja so schon eine Freundin für das Camp finden.

»Du willst uns wohl loswerden«, fragte ihre Mutter entrüstet, was aber sichtlich nur gespielt war. Kais Vater verdrehte dabei die Augen.

»Genau! Los haut ab!«, antwortete Kai. »Tschüss Papa! Fahr vorsichtig! - Und Mama: keine Sorgen machen; es ist nur für eine Woche!« Sie gab beiden noch schnell einen Kuss auf die Wange und marschierte los.

Erfreut stellte Kai fest, dass das Mädchen immer noch vor dem Eingang stand und sich umschaute. Als sie Kai entdeckte, fing sie an zu strahlen und kam auf sie zu. Kai winkte schnell noch einmal ihren Eltern zu, als das Mädchen Kai erreichte.

»Hej! Jag är Xara«, sagte das Mädchen. Kai schaute sie mit großen Augen an. »Ich verstehe dich leider nicht«, sagte Kai nach einem Moment.

»Oh, du sprichst deutsch«, sagte das Mädchen mit einem nordischen Akzent. »Ich bin Xara. Ich komme aus Schweden.«

»Oh, ich bin Kai. Du kannst ja deutsch. Wieso das denn?«, fragte Kai verwundert.

»Ich habe es in der Schule gelernt. Aber ich kann es nicht so gut«, antwortete Xara.

»Nicht gut? Dann musst du mal hören, wie ich Englisch spreche, da schmeißt du dich weg!«

Xara schaute sie fragend an. »Wen schmeiße ich weg?«

Kai musste schmunzeln. »Entschuldige! Ich meine, dann wirst du dich totlachen.«

»Aha!«, meinte Xara, aber man merkte, dass sie es nicht wirklich verstanden hatte.

»Komm, lass uns gehen«, forderte Kai auf und griff nach ihrem Trolley. Sie schaute sich nach ihren Eltern um, aber die waren inzwischen verschwunden. Xara nickte und schnappte ihren Koffer. Nebeneinander gingen sie in Richtung Eingang, auf den immer noch einige Mädchen zuströmten.

»Und? Bist du schon aufgeregt?«, fragte Kai.

»Ja, ziemlich«, antwortete Xara etwas zögerlich.

»Ich jedenfalls freue mich. Mal sehen, was auf uns zukommt. Wird sicherlich spannend, oder?«, meinte Kai.

»Hmm, wahrscheinlich«, sagte Xara knapp.

»Das hört sich aber nicht gerade begeistert an.«

»Naja, weißt du, ein paar Dinge können schon gefährlich werden«, antwortete Xara. Kai überlegte, woher Xara denn wusste, was auf sie zukommt. Ihr hatte man nichts gesagt. Sie wollte gerade nachfragen, da entdeckte sie am Tor Frau Schwartz und vergaß ihre Frage. Frau Schwartz sprach mit einem Mädchen und strich etwas in einer Liste an. Als Kai und Xara Frau Schwartz erreichten, ging das Mädchen gerade weiter und Frau Schwartz rief ihr hinterher: »Amusez-vous, Chloé!« Da bemerkte sie Kai und Xara und lächelte.

»Hallo Kai! Hej Xara!«, begrüßte sie beide. Es schien, als würde sie einen Moment nachdenken, bevor sie weitersprach. »Kennt ihr euch?«, fragte sie.

»Nein, wir haben uns gerade erst getroffen«, antwortete Kai.

»Ach so. Es sah nämlich so aus, als ob ihr befreundet seid«, erklärte Frau Schwartz. Beide Mädchen schauten sich an und grinsten. »Wie wäre es, wenn ich euch beide in ein Zimmer stecke? Dann kennt ihr wenigstens schon einmal jemanden«, fragte Frau Schwartz etwas leiser und verschwörerisch.

»Das wäre ja toll, oder Xara?«, antwortete Kai erfreut. Xara nickte aufgeregt.

»Okay, habe ich notiert. Ihr geht jetzt den Weg bis zum Ende in das rote Gebäude. Einfach den anderen Mädchen folgen. Dort werdet ihr in Empfang genommen.«

»Sind hier eigentlich nur Mädchen«, fragte Kai.

»Nein, die Jungen sind vor zwei Stunden angekommen. Die hatten vorher noch einen separaten Test«, antwortete Frau Schwartz. »So, nun los. Ich muss weiter machen. Und vergesst am Empfang nicht den Universalübersetzer mitzunehmen!«

Beide schauten sie fragend an. »Das werdet ihr schon sehen«, antwortete sie ohne weitere Erklärung.

Kai und Xara zuckten mit den Schultern, schnappten sich ihr Gepäck und machten sich auf zum roten Gebäude. Frau Schwartz rief ihnen noch hinterher: »Viel Spaß, Kai! Ha kul, Xara!«

Nicht weit vom Eingang entfernt stand das Mädchen aus dem Stadtpark und schaute aufgeregt in alle

Richtungen. Von ihren Eltern hatte sie sich gerade verabschiedet und nun wartete sie auf die beiden Männer im schwarzen Anzug. Diese hatten sie tatsächlich vor kurzem noch einmal aufgesucht. Nachdem sie ihnen versichert hatte, ihnen wirklich helfen zu wollen, haben sie ihr nur ein paar Hinweise gegeben, wie sie es anstellen sollte, dass ihr Opfer das Training aufgab. Um wen es geht, sollte sie sicherheitshalber erst vor dem Camp erfahren. Sie wollten damit sicherstellen, dass das Mädchen sich nicht verplappern konnte. Scheinbar trauten sie ihr nicht wirklich. Über ein paar der Dinge, die die Männer erwähnten, musste sie lange nachdenken. Die hörten sich ziemlich fies und vor allem sehr gefährlich an. Und so etwas wird sie auf keinen Fall machen. Verletzen mochte sie auf keinen Fall jemanden; das hatte sie sich fest vorgenommen. Selbst wenn es um die Aufnahme auf das Internat ging. Nun war sie nur noch gespannt, um wen es sich eigentlich handelte.

Endlich entdeckte sie, wie sich die zwei Männer zwischen den parkenden Autos durchschlängelten. Auch dieses Mal kam wieder nur der größere zu ihr, während der kleinere unauffällig die Umgebung beobachtete.

»Hallo, wartest du schon lange?«, fragte er, kaum dass er sie erreicht hatte. Er schien ein wenig außer Atem zu sein und Schweißperlen standen im auf der Stirn.

»Nein, nein. Meine Eltern sind gerade weg«, antwortete das Mädchen.

»Und? Hast du zu Hause etwas von unseren Treffen erwähnt?«

»Nein!«, antwortete sie entrüstet. »Was denken sie denn von mir?«

»Schon gut! Du bist also immer noch bereit, den Auftrag zu übernehmen?«

Sie kam sich irgendwie wie eine Spionin vor. ›Einen Auftrag übernehmen, das hört sich doch klasse an‹, dachte sie.

»Ja sicher«, antwortete sie.

»Okay. Denn ab jetzt gibt es für Dich kein Zurück mehr. Hast du das verstanden?«, fragte er eindringlich. Sie nickte nur und der Mann holte ein Foto aus seiner Tasche. Er zeigte es dem Mädchen. »Das ist sie. Merke dir das Gesicht gut.«

Das Mädchen betrachtete es eine Weile. »Sieht nett aus«, sagte sie.

»Wie bitte? Das steht hier nicht zur Debatte! Du musst deinen Teil der Abmachung erfüllen! Klar?« Die Stimme des Mannes hatte plötzlichen einen gemeinen Unterton.

»Ja, ja! Ich meine ja auch nur«, sagte sie schnell und schaute ihn verängstig an.

»Das will ich hoffen! Mitleid darf es nicht geben! Verstanden?« Hierbei wurde seine Stimme immer leiser und bedrohlicher. Dem Mädchen wurde so langsam unwohl. ›Wieso macht er mich so an?‹, dachte sie und nickte nur.

»Wie heißt sie denn?«, fragte sie nach einem kurzen Augenblick.

»Den Namen geben wir dir vorsichtshalber nicht. Du könntest sie sonst aus Versehen ansprechen. Das wäre zu auffällig. Du wirst sie aber schon kennenlernen, dafür haben wir bereits gesorgt.«

Das Mädchen schaute ihn fragend an, doch scheinbar wollte der Mann nicht darauf eingehen. Er schaute zum Eingang, wo inzwischen nur noch wenige Mädchen standen.

»So, dann mach dich auf den Weg! Morgen treffen wir uns wieder. Dann kannst du uns vielleicht schon von ein paar Erfolgen berichten!«

Wieder schaute das Mädchen ihn fragend an. »Wo und wann wollen wir uns denn treffen?«

»Wir werden dir eine Nachricht zukommen lassen. Du wirst schon sehen«, antwortete er. »Dann viel Erfolg. Und vermassele es ja nicht!« Der Mann gab dem anderen ein Zeichen zum Gehen und ging grußlos weg. Bevor das Mädchen überhaupt noch etwas sagen konnte, waren beide bereits zwischen den Autos verschwunden.

›Na, dafür hätten wir uns ja nicht treffen müssen. Mehr wollten die nicht?‹, dachte sie. ›Das blöde Foto hätten sie mir auch schon vorher zeigen können. - Und wieso wollen die mich morgen wieder treffen? Trauen die mir nicht? - Der große ist jedenfalls ein ganz schön fieser Kerl!‹

Sie griff nach ihrem Gepäck und machte sich auf den Weg zum Eingang, wo Frau Schwartz die letzten Mädchen begrüßte. ›Oh Mann, jetzt muss ich mich aber beeilen, sonst falle ich noch auf‹, dachte sie. Sie ging nun etwas schneller und machte dabei ein finsteres Gesicht.

›Auf was habe ich mich da bloß eingelassen?‹

Kapitel 8

Kai und Xara folgten schweigend dem gepflasterten Weg, der sich durch Baumreihen schlängelte. Zunächst schien der Weg auf eine Steilwand eines Berges zuzusteuern, knickte aber dann nach rechts ab. Die Steilwand endete mit einem Plateau und es schien, als ob zwei Seile nach oben führten.

»Sag mal, sind das da Seile an der Wand?«, fragte Kai.

»Ja, ich glaube schon«, antwortete Xara.

»Mann, das ist doch garantiert 50 Meter hoch. Wer klettert denn da rauf?«, fragte Kai ungläubig. Sie ließ ihren Trolley auf dem Weg stehen und ging auf einem Trampelpfad durch die Baumreihe. Von hier aus hatte Kai eine gute Sicht. Ringsherum erhoben sich hohe Berge. Der niedrigste war der mit dem Plateau. Die anderen waren viel höher und zum Teil dicht bewaldet. Vereinzelt sah man Wege, die sich in Kehren den Berg hinauf schlängelten. Xara war ihr nur zögerlich gefolgt.

»Was machst du denn?«, fragte Xara. »Wir müssen doch zum roten Gebäude.« Kai ignorierte sie und schaute sich weiter die Umgebung an.

»Das Camp liegt ja in einem Tal, ringsum nur Berge«, stellte Kai fest. »Hier geht es ja fast überall nur steil nach oben.«

»Ja und?«, fragte Xara.

»Na, wenn wir hier Sport treiben sollen, dann Prost Mahlzeit!«

Xara schaute sie irritiert an. Kai merkte, dass Xara sie nicht verstand. »Ich meine, dass das dann richtig anstrengend wird.«

»Ja, leicht wird das alles nicht«, meinte Xara betrübt, als sich beide wieder auf den Weg machten. Nach kurzer Zeit hatten sie eine große Schwimmhalle erreicht, die rechts vom Weg lag. Durch die riesige Fensterfront waren zwei große Schwimmbecken und ein riesiger Sprungturm zu erkennen.

»Wow, was für ein super Schwimmbad! Die haben ja sogar ein 10 Meter Brett«, meinte Kai begeistert. »Echt toll, oder?«

»Ach, naja. Schwimmen kann ich nicht so gut«, antwortete Xara.

»So toll bin ich auch nicht. Ich schwimme aber trotzdem gerne. Macht doch Spaß!«, meinte Kai strahlend. »Dafür laufe ich nicht so gerne. Apropos laufen: wie weit es ist es denn noch? Ich ruf mir gleich ein Taxi.«

Bevor Xara darauf was antworten konnte, machte der Weg einen Knick nach links und das rote Gebäude lag fünfzig Meter direkt vor ihnen. Es bestand eigentlich aus zwei Gebäuden, einem breiten einstöckigem und einem fast quadratischen dreistöckigem Teil, die durch einen Übergang verbunden waren. Aus einem bestimmten Winkel betrachtet, erinnerte es an eine Kirche mit Turm.

»Na endlich, gleich sind wir da«, meinte Kai erleichtert. »Weißt du eigentlich, was die Schwartz mit dem Universalübersetzer gemeint hat?«, fragte Kai. »Bekommen wir etwa ein Wörterbuch?«

»Hmm, weiß nicht«, überlegte Xara. Ein paar Schritte weiter kam ihr ein Gedanke. »Ach, ich glaube, die meinte einen *Traductor*.«

»Einen was?« Dieses Mal war es an Kai, irritiert zu schauen.

»Einen Traductor. Ich konnte nur mit dem deutschen Wort Universalübersetzer nichts anfangen, darum bin ich nicht gleich draufgekommen. Das ist ein Minigerät, dass man sich in ein Ohr steckt. So wie ein Hörgerät«, erklärte Xara.

Kai schaute sie immer noch fragend an. »Und, wofür soll das gut sein?«

»Na, du kannst dann alle beliebigen Sprachen verstehen«, antwortete Xara. Ungläubig schaute Kai Xara an.

»Was, ehrlich? Hört sich ja an, wie in einem schlechten Roman«, sagte Kai skeptisch.

»Doch, doch das geht.« Xara grübelte einen Augenblick. »Ich bin nur erstaunt, dass diese Dinger erlaubt sind. Normaler Weise darf auf der Erde keine Technik der FoP verwendet werden.«

Kai dachte kurz nach. »Was ich dich schon vorhin fragen wollte: woher weißt du das alles?«

»Was meinst du?«, fragte Xara.

»Na, das mit dem Übersetzer, was auf uns zu kommt und was weiß ich noch alles.«

»Mein Onkel ist für die FoP tätig, daher weiß ich ein paar Dinge von ihm«, antwortete Xara.

»Was? Dein Onkel gehört dazu?« Kai schaute Xara nun völlig perplex an.

»Ja, schon seit vielen Jahren. Darum will ich ja auch aufs Internat«, meinte Xara knapp. Inzwischen hatten sie das rote Gebäude erreicht.

»Das musst du mir unbedingt erzählen!«, sagte Kai, als sie durch die offen stehende Eingangstür traten.

»Später. Komm, wir müssen darüber zum Empfang«, meinte Xara und ging zu einem Tresen, der sich gegenüber der Eingangstür befand. Auf dem Weg zum Empfangstresen kam sie rechts an aufgestapelten Koffern und Taschen vorbei. Dem Gepäck folgte eine Schwenktür, durch die man in den Durchgang zum quadratischen Gebäude kam. Auf der linken Seite führte eine Treppe nach oben und durch eine große, schwere Holztür ging es in einen Raum. Es musste ein großer Raum sein, denn man konnte ein Stimmengewirr hören, das von recht vielen Menschen stammen musste. Zu sehen war jedoch niemand. Am Tresen standen noch zwei Mädchen, die gerade mit einer Frau sprachen. Kai und Xara stellten sich hinter beiden an und warteten bis sie drankamen. Als Kai sich umdrehte, war wie aus dem nichts ein älterer Mann aufgetaucht. Kai vermutete, dass er durch die Schwenktür gekommen sein musste, wobei sie nicht gehört hatte, dass die Tür sich überhaupt geöffnet hatte. Er war eine seltsame Erscheinung. Er war gerade mal so groß wie Kai und er hatte eine merkwürdige Haltung. Seine Schultern waren hochgezogen, so dass es aussah, als hätte er gar keinen Hals. Sein Gesicht wirkte finster und sehr faltig und durch sein schütteres Haar war eine beginnende Glatze zu sehen. Dadurch wirkte er viel älter als er in Wirklichkeit war. Auch wenn er in seiner riesigen Monteurhose verloren aussah, machte er trotzdem einen sehr drahtigen Eindruck. Mit seinen eng stehenden Augen schaute er Kai provozierend an. »Was glotzt du so?«, schnauzte er.

Kai war so erschrocken, dass sie gar nichts antworten konnte.

»Fesl! Lass die Mädchen in Ruh'!« schimpfte die Frau hinter dem Tresen. »Wie oft soll ich es dir denn noch sagen? - Los, kümmere dich um das Gepäck!«

Fesl, der eigentlich Silvester hieß, grummelte etwas Unverständliches, schnappte sich ein paar Gepäckstücke und verschwand durch die Schwingtür. Kai stellte fest, dass diese sich wirklich geräuschlos öffnete und schloss. Inzwischen war nur noch ein Mädchen vor ihnen und scheinbar war auch hier schon alles geregelt, denn die Frau zeigte auf die offene Holztür und erklärte dem Mädchen etwas. Kai konnte nicht verstehen, was gesagt wurde, da beide in einer Sprache redeten, die ihr unbekannt war. Kai schätzte, dass das Mädchen so alt war wie sie. Aber wahrscheinlich waren alle Teilnehmer ungefähr im gleichen Alter. Das Mädchen war etwas größer als Kai, ebenso schlank und hatte kurze sehr dunkle Haare. Bei der Beleuchtung war nicht zu erkennen, ob sie dunkelbraun oder schwarz waren.

»Miłej zabawy Maja«, sagte die Frau hinterm Tresen.

›Ah, die heißt anscheinend Maja‹, dachte Kai und fragte sich, wieviel Sprachen die Mitarbeiter hier eigentlich sprachen.

Maja steckte sich etwas ins rechte Ohr und verabschiedete sich. Als sie sich umdrehte und Xara sah, verschwand ihr lächeln und sie schaute Xara skeptisch, fast feindselig an. Kai bemerkte den Stimmungswandel und fragte sich, was Maja haben könnte, denn Xara kennen konnte sie eigentlich nicht.

»Kennst du das Mädchen«, fragte Kai Xara und zeigte auf Maja, die gerade durch die große Holztür ging.

»Nein, warum?«

»Weiß nicht. Irgendwie schaute sie dich sehr merkwürdig an«, antwortete Kai. »Aber vielleicht habe ich mir das nur eingebildet«, wiegelte sie gleich wieder ab, denn die Frau begrüßte nun Xara und Kai. Sie schaute kurz auf einen Monitor und fragte dann Xara: »Darf ich mit dir deutsch sprechen?«

»Ja, natürlich.«

»Gut, dann kann ich euch ja zusammen erzählen, wie es weiter geht«, meinte sie und lächelte beide dabei freundlich an, »so spare ich ein wenig Zeit«, fügte sie zwinkernd hinzu.

»Aber viel gibt es ja auch nicht zu erzählen. Xara du weißt sicherlich schon einiges von deinem Onkel, oder?«

»Ja, ein paar Dinge hat er mir schon erzählt«, antwortete Xara zögerlich.

»Na, gut. Hier zunächst eurer Universalübersetzer. Den steckt ihr euch bitte in das rechte Ohr und dann könnt ihr alles verstehen, egal welche Sprache gesprochen wird«, erklärte die Frau. Sie gab beiden ein kleines Gerät. Kai betrachtete es skeptisch das kleine Ding in ihrer Hand. Es sah wirklich aus, wie ein Miniaturhörgerät.

»Und das funktioniert wirklich?« Kai mochte gar nicht glauben, dass es so etwas wirklich gab. Bisher hatte sie höchstens mal in einem Science-Fiction-Roman davon gelesen. ›Wieviel von den aberwitzigen Dingen gab es wohl noch‹, fragte sie sich.

»Klar, probiert es aus!«, forderte die Frau Kai auf. Etwas zögerlich steckte Kai das Dingen in ihr Ohr und merkte nichts. Xara hatte ihren Übersetzer auch bereits in ihr Ohr gesteckt.

»So, kannst du mich verstehen«, fragte die Frau Kai.

»Ja, natürlich!«, antwortete Kai und war über die Frage irritiert.

»Super, dann funktioniert er ja. Denn ich spreche mit dir auf Spanisch«, meinte die Frau mit einem Grinsen.

Kai war so verwundert, dass sie nichts mehr sagen konnte.

»Gut«, meinte die Frau, »das war das wichtigste von mir. Nun geht ihr in den großen Saal, wo ihr alle von Mr. Antus begrüßt werdet.« Dabei zeigte sie auf die große Holztür, durch die auch Maja verschwunden war.

»Dort erfahrt ihr, was die nächsten Tage mit euch passiert. Dann viel Spaß ihr beiden! Eure Koffer könnt ihr zu den anderen stellen. Sie werden auf euere Zimmer gebracht«, und zeigte dabei auf den Stapel Koffer. Kai und Xara wollten gerade ihr Gepäck abstellen, als Fesl lautlos neben ihnen aufgetaucht war.

»Gebt schon her!«, knurrte er. Kai und Xara erstarrten vor Schrecken.

»Fesl, verdammt! Was soll das? Du sollst die Mädchen nicht immer anknurren!«, schimpfte die Frau erneut los.

Nach einem kurzen Augenblick hatten sich Kai und Xara von ihrem Schrecken erholt und ließen ihre Koffer los. Fesl schnappte sie sich und verschwand wieder durch die geräuschlose Schwingtür.

Vorm Schließen konnte Kai noch hören, wie Fesl murmelte: »Das werdet ihr noch bereuen, mich hier ewig rumzuscheuchen!«

Kapitel 9

Durch die große Holztür gingen Kai und Xara in einen länglichen Raum, in dem sich widererwartend doch niemand befand. Im Raum waren Tische verteilt, wie es oftmals in Tagungshotels der Fall ist, um für die Gäste Getränke und Essen aufbauen zu können. Hier war jedoch auf den weißen Tischdecken nichts zu entdecken. Eigentlich hätte man den Raum durch eine gegenüberliegende Tür gleich wieder verlassen können, doch diese war verschlossen. Eine zweite Schwingtür an der Stirnseite des Raums hingegen stand weit offen und führte Kai und Xara in einen Saal. Überall brannten große Leuchter, da die riesige Fensterfront durch schwere, schwarze Vorhängen verdunkelt wurde. Vorne war eine kleine Bühne zu sehen, auf dem ein Rednerpult stand. Kai und Xara wurde nun klar, woher das Stimmengewirr stammte. Ringsherum standen kleine Gruppen von Mädchen und Jungen, die alle ungefähr im gleichen Alter waren und aufgeregt mit einander sprachen. Kai und Xara schienen mit die letzten zu sein, denn der Raum war schon gut gefüllt. Kai sah sich um, konnte aber zunächst niemanden finden, den sie kannte. ›Woher auch‹, dachte sie bei sich, als sie auf der anderen Seite Maja entdeckte, die sich mit einem Jungen und einem Mädchen unterhielt.

»Schau mal, da ist das Mädchen, das vor uns stand«, sagte Kai und zeigte in Majas Richtung. »Wenn ich es richtig verstanden habe, heißt sie Maja. Wollen wir zu ihr rübergehen?«

»Klar, warum nicht«, antwortete Xara und beide machte sich auf den Weg, sich durch die Gruppen zu schlängeln.

»Du, der Übersetzer scheint ja tadellos zu funktionieren. Ich verstehe wirklich jedes Wort«, meinte Kai.

»Ja, natürlich!« Xara schaute sie verwundert an. »Hast du daran gezweifelt?«

»Naja, so selbstverständlich ist das ja nicht gerade. Ich hätt' nicht mal gedacht, das so 'n Dingen überhaupt funktionieren kann.«

»Das ist schon mehr als nur *ein Dingen* und die Technik der FoP ist schon sehr weit fortgeschritten - zumindest für Erdbewohner«, antwortete Xara etwas entrüstet.

»Ist ja gut. Ich meine ja auch nur«, sagte Kai entschuldigend, »aber so wie du redest, könnte man ja fast glauben, du würdest nicht von der Erde kommen.«

Sie waren nun nur noch ein paar Meter von Maja entfernt, als diese in ihre Richtung schaute. Abrupt drehte sich Maja zu dem Jungen, sagte etwas und zeigte dabei auf Xara.

Kai stoppte und hielt Xara am Arm fest. »Du, die kennt dich doch! Die hat garantiert gerade mit dem Jungen über dich gesprochen.« Kai kam das alles ziemlich merkwürdig vor.

»Ach, was! Ich weiß gar nicht, was du hast. Komm wir gehen zu ihr, dann wirst du schon sehen, dass sie mich nicht kennt«, antwortete Xara. In diesem Moment wurde das Licht gedimmt und das leere Rednerpult wurde angestrahlt. Kai und Xara blickten gespannt nach vorne und vergaßen Maja. Es dauerte einen Moment, bis Mr. Antus mit gemächlichem Schritt hinter das Rednerpult trat. Auch heute war er wieder seltsam gekleidet: rot-blau gestreifte Fliege zu einer grün-weiß-gelb gestreiften Weste. Darüber trug er ein dunkelgrünes Tweet-Sakko. In dieser Kombination wirkte es, als würde er gerade vom Karneval kommen und hier und dort waren entsprechende Kommentare und leises Gelächter zu hören. Mr. Antus ließ sich hiervon jedoch nicht stören, trank einen Schluck Wasser und räusperte sich.

»Liebe Mädchen und liebe Jungen. Herzlich willkommen im Trainingscamp der FoP!«, hierbei streckte er die Arme aus, als wollte er alle umarmen. Er sprach mit fester Stimme und durch den Universalübersetzer hatte er keinen Akzent mehr. »Viele von euch sind sicherlich aufgeregt und wollen nun wissen, was in dieser Trainingswoche passiert. Es wird eine interessante Woche für euch werden, das kann ich schon einmal versprechen.« Mr. Antus machte eine kleine Pause und schaute in die Runde. Inzwischen war nur noch wenig Geflüster zu hören und die meisten schauten ihn gespannt an. »Diejenigen, die Eltern oder Verwandte in der FoP haben, haben vielleicht schon das ein oder andere Erfahren. Für alle anderen möchte ich ganz kurz beschreiben, was wir mit euch vorhaben. Ein Großteil des Trainings besteht aus Sport. Es wird jeden Tag gelaufen oder geschwommen. Manchmal auch beides. Wälder zum Laufen haben wir ja zu genüge und am Hallenbad seid ihr bereits vorbeigekommen. Darüber hinaus wird, worauf sich immer wieder die meisten freuen, geklettert. Wir haben im Nordwald einen schönen Kletterparcours aufgebaut, der euch sicherlich viel Spaß machen wird.«

Hier und da wurde nun aufgeregt geflüstert.

Auch Kai nutzte die Gelegenheit und fragte leise Xara, »Warum machen wir so viel Sport?«

»Keine Ahnung. Pst, ich will zuhören!«, antwortete Xara. Als das Gemurmel etwas leiser wurde, sprach Mr. Antus weiter.

»Was jedoch auch hier nicht fehlen darf, ist eine Portion Unterricht.« Sofort waren ein paar Proteste zu hören, die überwiegend von den Jungen kamen.

»Ja, ja, ich weiß, es sind Ferien«, Mr. Antus hob beschwichtigend die Hände, »aber ein paar Dinge gehören mit zur Vorbereitung dazu, da sie sehr wichtig sind. Hierzu gehört zum einen ein Unterricht über das Überleben in der Wildnis und zum anderen möchten wir euer logisches Denken anregen und verbessern. Dazu werden wir jeden Tag eine Einheit abhalten.« Wieder wurde gemurmelt und eine kleine Gruppe von Jungen schien sich besonders darüber aufzuregen.

»Aber ich möchte euch versichern, dass alles, was wir hier trainieren, für die Abschlussprüfung notwendig ist.« Mr. Antus machte nun ein strenges Gesicht.

»Grundsätzlich gilt für die nächste Woche: Wer mit irgendetwas nicht einverstanden ist oder wem es zu viel wird, darf jederzeit gerne gehen. Gar kein Problem!«, sagte er mit viel Nachdruck. Erneut machte er eine Pause, um in die einzelnen Gesichter zu schauen. Es war nun mucks Mäuschen still. Da begann er wieder zu lächeln und führte fort.

»Aber ich bin mir sicher, dass ihr alle durchhalten werdet. Den Abschluss bildet eine Sportprüfung. Diese muss zwingend geschafft werden.«

»Oh Gott!«, hörten Kai und Xara ein zierliches Mädchen rechts von ihnen, das ziemlich verzweifelt aussah.

»Da bin ich ja nicht die einzige, die Angst vor der Sportprüfung hat«, flüsterte Xara.

Wieder hob Mr. Antus beschwichtigend die Arme.

»Keine Angst. Es ist nicht so schlimm, wie es sich anhört, denn die Prüfung muss wirklich nur geschafft werden. Es gibt keine Punkte- oder Zeitvorgabe oder ähnliches. Wer es schafft, darf zur Abschlussprüfung - tja, und wer nicht, ist leider raus. So einfach ist das.

So, nun aber genug der Worte. Wir werden nun kurz die Zimmereinteilung vornehmem. Hierzu wird Frau Schwartz zu mir kommen und bekannt geben, wer zusammen ein Zimmer belegt. Anschließend beginnen wir dann mit dem gemütlichen Teil des Tages. Zum feierlichen Abschluss eures Willkommens gibt es für alle einen kleinen Umtrunk, natürlich alkoholfrei, und ich hoffe, die Küche hat auch ein paar Leckereien vorbereitet.« Mr. Antus lächelte verschmitzt und zwinkerte dabei mit einem Auge.

»So, nun aber zur Zimmervergabe - Frau Schwartz?«

Die kam auch gleich zu ihm auf die Bühne und das Licht wurde ein wenig heller gestellt.

»Auch von mir ein herzliches Willkommen«, begann Frau Schwartz. »Ich werde nun die Zimmerbelegung vorlesen. Wer seinen Namen hört gibt ein Zeichen, so dass ihr euch gleich findet und euch kennenlernen könnt. Ich werde mit den Mädchen beginnen und anschließend kommen die Jungen dran.«

Frau Schwartz begann von ihrer Liste die ersten Namen und Zimmernummern vorzulesen. Daraufhin waren Hier-Rufe zu hören und die ersten Dreiergruppen fanden sich zusammen, um gleich mit einem aufgeregten Tuscheln anzufangen. Wie alle übrigen, warteten Kai und Xara gespannt darauf, dass endlich ihre Namen vorgelesen wurden. Inzwischen wurde es im Saal immer unruhiger.

»Bitte etwas leiser, sonst dauert es unnötig lange!«, ermahnte Frau Schwartz. »So, weiter geht's: Ins Zimmer E kommen Xara Chung, Elli Monte und Kai Antonia Mayers.«

»Ja! Wir sind wirklich zusammen!«, jubelten Kai und Xara etwas zu laut, woraufhin sie Frau Schwartz strafend anschaute. Augenblicklich waren die beiden wieder ruhig und schauten sich nach Elli um. Es dauerte nur einen kurzen Augenblick, bis sie ein schwarzhaariges Mädchen entdeckten, dass auf sie zu kam.

»Hallo, ich bin Elli«, meinte sie freundlich. Sie war genauso groß wie Kai und war recht schick angezogen.

»Hallo, ich bin Xara.« - »...und ich Kai.« antworteten beide.

»Und? Woher kommst du?«, fragte Kai.

»Ich komme aus Milano also aus Italien, und ihr?«

»Ich aus einem kleinen Städtchen in Deutschland - Wempingen, kennt kein Mensch«, meinte Kai.

»Und ich komme aus Örebro in Schweden«, antwortete Xara.

»Du bist Schwedin?«, fragte Elli und schaute sie irritiert an. »Ja, warum nicht?« Xara war verwirrt. Doch dann dämmerte es ihr.

»Ach so, du meinst wegen meines asiatischen Aussehens und meines Namens. Mein Vater kommt aus Südkorea - meine Mutter ist Schwedin. Ich habe beide Staatsbürgerschaften und daher darf auch dieses Jahr bei den Europäern am Auswahlverfahren teilnehmen.«

Inzwischen war die Zimmerverteilung beendet und Mr. Antus betrat noch einmal die Bühne.

»So, liebe Jungen und Mädchen! Das war's für heute. Nun, wie gesagt, eine kleine Erfrischung und die Küche hat sich wieder einmal nicht lumpen lassen und uns ein paar leckere Sachen vorbereitet. Viel Vergnügen!«

Mit dem letzten Satz ging der Scheinwerfer für das Podium aus und die Türen zum Vorraum wurden geöffnet. In der Zwischenzeit muss irgendjemand ein Buffet aufgebaut haben, denn dort standen nun Kuchen, Pudding, Würstchen, Pommes und vieles leckeres mehr. Ein Raunen ging durch die Menge, als alle sahen, was es nun zu essen gab. Einen Augenblick verharrten alle, doch dann stürmten die Jungen als erste los, um sich zu bedienen. Auch Mr. Antus stürzte sich in das Getümmel. Kai, Xara und Elli wollten eigentlich warten, bis es am Buffet etwas leerer wurde. Aber Kai hatte so einen Hunger, so dass sie sich doch durch die Mädchen und Jungen drängelten, um sich etwas zu essen zu schnappen.

»Kommt, lasst uns wieder in den Saal gehen«, meinte Elli, als sie endlich alle etwas auf ihrem Teller hatten.

»Okay, da haben wir sicherlich mehr Ruhe beim Essen«, bestätigte Xara.

Im Saal hatten sich wieder einige Gruppen zusammengefunden und es wurde aufgeregt geredet. Auf dem Rückweg fiel Kai wieder einmal Maja auf, die wild gestikulierte. ›Was hat die nur für ein Problem? Ewig ist die am diskutieren‹, fragte sich Kai. Absichtlich wählte sie einen Weg, der an Majas Grüppchen vorbeiführte. Sie war sich sicher, dass Maja irgendetwas gegen Xara hatte und sie wollte unbedingt wissen, ob Maja schon wieder über Xara redete. Als Kai die Gruppe fast erreicht hatte, wurde sie langsamer und tat so, als ob sie

jemanden suchen würde. Maja stand mit dem Rücken
zu Kai, so dass Maja nicht auffiel, dass sie belauscht
wurde.

»...wieso darf die hier sein?«, hörte Kai Maja gerade
fragen. »Wenn es nach mir geht, wird ...« Ein Junge gab
Maja ein Zeichen, dass sie leiser reden sollte. Erst wollte
Kai stehen bleiben, um besser hören zu können, doch
das wäre zu auffällig gewesen. Stattdessen ging sie weiter zu Elli und Xara.

›Auch wenn Xara es nicht glaubt - auf Maja muss ich
aufpassen‹, ging es Kai durch den Kopf.

Kapitel 10

Den restlichen Tag ist dann wirklich nicht mehr viel passiert. Nachdem wir gegessen hatten, sind wir erst einmal aufs Zimmer. Ist für meinen Geschmack recht freundlich eingerichtet. Die Möbel sind scheinbar aus echtem Holz und nicht so komische Bettgestelle aus Stahl. Gleich links neben der Tür stehen drei Kleiderschränke. Rechts und links an der Wand haben sie die Betten aufgestellt. Wie in vielen Schlafräumen von Jugendherbergen, steht in der Mitte ein Tisch. Hier jedoch sind die dazu passenden Stühle ausnahmsweise einmal gemütlich. Und man hat uns sogar eine Schüssel mit Obst hingestellt. Finde ich echt nett. Beim Reinkommen schien durch das gegenüberliegende Fenster die untergehende Sonne direkt auf das Einzelbett. Sah super gemütlich aus und darum habe ich es gleich genommen. Elli und Xara belegen das Etagenbett. Nach kurzem hin und her haben sie sich darauf geeinigt, dass Elli oben und Xara unten schläft. Also ich finde, hier kann man es wirklich aushalten.

Was nicht so toll ist, sind die Weckzeiten: 6:30 Uhr! Kann man sich das vorstellen? In den Ferien so früh? Um 7:15 ist Frühstück und dann soll jeden Tag gelaufen werden. Na toll! Bei den Bergen! Die wollen uns daher heute um halb zehn Uhr ins Bett schicken. Das gab ein ganz schönes Gemaule. Hat aber nichts genützt. Frau Schwartz war ziemlich energisch. Tja, wem es nicht passt, kann ja sofort wieder abreisen, meinte sie. Da war wieder Ruhe. Jedenfalls bin ich total müde ins Bett gefallen und war schnell eingeschlafen. Habe kaum mitbekommen, was Elli und Xara sich noch so erzählt haben.

Ich bin erst wieder aufgewacht, als ich plötzlich Musik ge-
hört habe: »Moring has broken«, sang da irgendwer. Von ir-
gendwo kam die Musik und sollte scheinbar das ganze Haus
wecken. Na, das fängt ja schon gut an.

Schnell waren alle drei Mädchen aus den Betten, schnappten sich ihre Waschsachen und schlichen müde ins Badezimmer. Wie in vielen Herbergen war es ein Gemeinschaftsbad und hatte zwei deckenhoch gefliese Räume. Im ersten waren Waschbecken an beiden Wänden verteilt. Durch eine Tür kam man in einen weiteren Raum, in dem man duschen konnte. Alles war hell und sauber. Da nicht alle Mädchen gleichzeitig Platz an einem Waschbecken hatten, muss man sich untereinander arrangieren und Rücksicht auf den anderen nehmen. Als Kai, Xara und Elli ins Bad kamen waren noch zwei Waschbecken frei. Xara wollte einen Augenblick warten, bis ein anderes Mädchen fertig war.

»Ach, komm! Wir können doch zusammen an einem Becken Zähne putzen«, lud Kai Xara lächelnd ein, während sie Zahnpasta auf ihre Zahnbürste drückte.

»Lass mal, ich kann warten.«

»Tja, deine Entscheidung«, antwortete Kai und fing an ihre Zähne zu schrubben. Ein paar Mädchen waren inzwischen unter die Dusche gestiegen. Als Kai sie sah, meinte sie: »daff vertehe isch nöch.«

»Hä? Was meinst du? Nimm doch mal die Zahnbürste aus dem Mund«, meinte Xara.

Kai spuckte aus und fing noch einmal von vorne an. »Ich meinte, dass ich die Mädchen nicht verstehe. Warum duschen die jetzt? Gleich geht es doch zum Laufen.«

»Ja, stimmt!«, gab Elli Kai Recht. »Also ich werde erst nachher duschen.«

»Also für mich gibt's auch nur eine Katzenwäsche«, meinte Kai, wusch sich nur kurz und machte dann Xara Platz. Die putze sich gerade die Zähne, als Maja mit einem Mädchen ins Bad kam.

»War ja klar - alles besetzt!«, schimpfte Maja, kaum dass sie das Bad betreten hatte.

»Dann warten wir halt einen Augenblick«, meinte das andere Mädchen und stellte ihre Sachen auf eine Ablage neben der Tür. Maja schaute ungeduldig in die Runde, entdeckte Xara und ging auf sie zu.

»Eh, Schlitzauge! Beeil dich mal!«, motzte Maja Xara an. Augenblicklich war es still im Bad. Kai konnte erst gar nicht glauben, was sie da hörte.

»Sag mal, hast du sie noch alle?«, schrie sie Maja an.

»Halt dich da raus! Oder bist du ihre Mami?«, spottete Maja. Xara tat so, als wäre nichts geschehen. Wusch kurz ihr Gesicht, schnappte sich ihre Sachen und zog Kai weg, die bedrohlich auf Maja zuging. Kai merkte, wie der Zorn in ihr aufstieg und ihr Gesicht rot wurde.

»Komm, lass sie!«, meinte Xara beschwichtigend.

»Aber das darf man sich doch nicht gefallen lassen!«, widersprach Kai.

»Ach, ich bin dumme Sprüche gewohnt«, meinte Xara und zog Kai weiter zum Ausgang. Elli, die bisher unbeteiligt zugeschaut hatte, kam jetzt zu den beiden und gemeinsam verließen sie das Bad, jedoch nicht ohne Maja noch einmal böse Blick zu zuwerfen. Als Reaktion hörten sie Maja laut lachten.

»Aber trotzdem muss man was dagegen tun!« Kai wollte sich nicht beruhigen.

»Lass mal. Es sind doch nur dumme Sprüche«, Xara
fing an zu lächeln, »und du weißt doch: Hunde, die bel-
len, beißen nicht!«

Da konnte Kai nicht anders, als auch zu lachen.

»Trotzdem ist sie eine blöde Kuh!«

Nachdem sie in ihrem Zimmer ihre Sportsachen angezogen hatten, gingen sie in das Hauptgebäude, um
dort zu frühstücken. Hierzu mussten sie wieder in den
Vorraum zum Saal gehen. Heute war jedoch die andere
Schwingtür geöffnet, durch die es in den Speisesaal
ging. Auch hier war alles freundlich eingerichtet. Es
waren verschieden große Tischgruppen im Raum verteilt, und ähnelte so eher einem Restaurant als einem
Speisesaal einer Jugendherberge. Alle Tische waren bereits gedeckt und mit dem kleinen Blumenstrauß in der
Mitte jedes Tisches sah alles sehr einladend aus. Die
drei Mädchen schauten sich ein wenig um. In der hinteren Ecke war ein Buffet aufgebaut, dass alles enthielt,
was man sich für ein gutes Frühstück nur denken
konnte: Müsli, Brötchen, Marmelade, Rührei und vieles, vieles mehr. Auf der gegenüberliegenden Seite waren die Getränke aufgestellt, wo jeder sich entscheiden
musste, ob er Orangensaft, Kakao, Milch, Tee oder einen der exotischen Fruchtsäfte trinken möchte. Die drei
kamen zunächst aus dem Staunen nicht heraus. So einen Luxus hatten sie wirklich nicht erwartet.

»Mann, das sieht ja super aus!«, meinte Elli.

»Ja, da läuft einem das Wasser im Mund zusammen«, bestätigte Xara. Kai schaute sich nach einem
freien Platz um, denn es waren bereits sehr viele Plätze
belegt.

»Boah, da hinten sitzt die blöde Kuh. Wie ist die denn so schnell hierhergekommen?«, fragte Kai, als sie Maja entdeckte.

»Kommt, lasst uns da an den Sechsertisch setzen. Dann sind wir weit genug von ihr weg«, meinte Elli und die drei setzten sich hin. Nachdem sie sich etwas zu trinken geholt hatten, gingen sie zusammen zum Buffet.

»Das sieh alles wirklich lecker aus. Aber da wir gleich laufen müssen, sollen wir nicht allzu viel essen«, meinte Xara.

»Oh ja, da hast du recht«, meinte Kai, die gerade ihren Teller richtig füllen wollte. »Am besten nur etwas Müsli.«

»Aber warum fahren die hier so großartig auf? Wer kann denn noch laufen, wenn er sich den Magen vollgeschlagen hat?«, fragte Elli.

»Keine Ahnung«, meinte Xara und Kai zuckte nur mit den Schultern.

Als sie mit ihren Müslischalen an ihrem Tisch ankamen, saßen auf den freien Plätzen drei Jungen.

»Hallo«, meinte der große blonde Junge, »ich bin Jan.« Jan war ein braungebrannter athletischer Typ und durch sein enges T-Shirt waren seine Muskeln zu erkennen. Der schmächtige, schwarzhaarige Junge neben ihm war Robert. Er litt unter starker Akne, was ihm scheinbar sehr unangenehm war, denn er redete sehr leise und schaute immer nach unten. Der Junge gegenüber war das komplette Gegenteil - kleiner als Jan, ziemlich pummelig und vor allem recht vorlaut.

»Und ich bin der Thomas aus England. Ihr könnt mich aber Topper nennen, wie all meine Freunde«, meinte er fröhlich und zwinkerte ihnen zu.

Kai, Xara und Elli schauten sich an und konnten sich ein Lachen nicht verkneifen, was Thomas einfach überging.

»Und wer seid ihr schönen Mädels?«, fragte er.

»Immer schön langsam Tobbi«, meinte Kai.

»Nein, nicht Tobbi - Topper!« Thomas schaute Kai entrüstet an, die das mit einem Grinsen quittierte. Stattdessen schaute sie Jan und Robert an und stellte sich vor. Nachdem alle kurz erzählten, woher sie stammten, wollten die Jungen sich etwas vom Buffet holen und die drei Mädchen konnten nun in Ruhe mit ihrem Frühstück beginnen. Es dauerte nur einen Augenblick, bis Jan und Robert zurückkamen. Jan hatte sich auch Müsli geholt und noch zusätzlich eine Banane. Auch Roberts Teller war fast leer. Er hatte sich nur ein Brötchen und ein kleines Marmeladenpöttchen mitgebracht. Thomas war noch nicht zu sehen. Schweigend aßen alle fünf, als auch Thomas sich wieder setzte. Auf seinem Teller war kein Platz mehr, denn er hatte ihn randvoll beladen.

»Willst du das etwa alles essen?«, fragte Elli.

»Klar! Es geht nichts über ein anständiges Frühstück!«

»Du weißt aber schon, dass es gleich zum Waldlauf geht?«, fragte ihn Jan.

»Ach, was soll's! Die paar Meter schaffe ich doch mit links!«, entgegnete Thomas.

Jan verdrehte nur die Augen und als die drei Mädchen das sahen, mussten sie wieder lachen.

»Mann, ihr seid ja ganz schöne Gackerhühnchen!«, stellte Thomas fest.

»Ja, ja. Komm iss. Ich freue mich schon, dich beim Laufen verrecken zu sehen!«, antwortete Kai.

Thomas konnte nichts entgegnen, da er gerade den Rest einer Bockwurst in den Mund gestopft hatte.

Die drei Mädchen hatten ihr Müsli schnell aufgegessen und ließen die Jungen allein am Tisch zurück.

»Dann bis nachher«, meinte Jan.

»Bis später«, antworteten alle drei.

»Und die Staubwolke, die ihr sehen werdet, bin ich, der an euch vorbei gezischt ist«, rief Thomas ihnen hinterher.

Lachend verließen Kai, Xara und Elli den Speisesaal.

»Der Jan ist ja ein ganz Süßer«, meinte Elli schwärmerisch. Sie hatte glänzende Augen bekommen. Kai schüttelte nur den Kopf. »Nicht mein Typ«, meinte sie trocken, »zu viele Muskeln.«

»Ich fand Thomas am besten«, meinte Xara. Kai und Elli sahen sie entsetzt an. Xara musste lachen und meinte: »Ein echter Spinner!«

Kapitel 11

Kurz vor 8 Uhr wartete der Lauftrainer Francesco DeNosi mit vier älteren Jugendlichen vor dem Hauptgebäude auf die Jungen und Mädchen. Erfahrungsgemäß zogen sich die Gruppen über die Laufstrecke weit auseinander. Damit niemand verloren ging, begleiteten die Jugendlichen die Läufer. Inzwischen hatten sich die meisten Teilnehmer eingefunden und verteilten sich auf dem Vorplatz. Als es acht Uhr war, holte DeNosi seine Trillerpfeife heraus und stieß einen so schrillen Pfiff aus, dass alle erschraken.

»Guten Morgen! Alle zusammenkommen und Ruhe!« rief DeNosi in einem militärischen Ton. Schlagartig war es still.

»Wir überprüfen kurz die Vollständigkeit. Danach erkläre ich kurz, wie wir täglich verfahren werden«, fügte er hinzu. DeNosi war ein muskulöser, drahtiger Typ. Mit seinen kurz geschnittenen Haaren und seinem Auftreten wäre er auch als Ausbilder der Armee durchgegangen. Die meisten schätzten ihn auf Mitte zwanzig und lagen damit aber um 10 Jahre daneben. Er holte ein Klemmbrett hervor, um die Namen abzuhaken. Kai musste dabei lächeln, denn nach Xaras Aussage, war die FoP technisch ja soooo weit fortgeschritten und hier wird mit Papier und Bleistift gearbeitet. Mit lauter Stimme rief er jeden einzelnen auf, worauf hier und da ein müdes ›jo‹, ein einfaches ›ja‹ oder ein zackiges ›hier‹ zurückkam.

»Steel, Thomas!«, rief DeNosi als nächstes. Schweigen.

»Steel! Verdammt wo steckst du?«, fragte DeNosi ungeduldig. In diesem Moment ging die Tür auf und Thomas kam heraus geschlendert. Er hielt den Rest eines Croissants in der Hand und war am Kauen. DeNosi schaute ihn fragend an.

»Thomas Steel?«, fragte er ungläubig.

»Jo! Zur Stelle!«, antworte Thomas immer noch kauend. DeNosi konnte nicht glauben, was er sah und brauchte einen Augenblick - dann explodierte er.

»Ich glaub ich spinne! Schmeiß das Zeug weg und stell dich zu den anderen!«, schrie er mit hoch rotem Kopf. Thomas schaute sich nach einem Mülleimer um und schmiss in aller Ruhe das Croissant weg.

»Mensch, beeil' dich mal, sonst kannst du gleich deine Sachen packen!«

»Jaja, Meister. Immer mit der Ruhe!«, antwortete Thomas in aller Gelassenheit. Es schien ihm überhaupt nichts auszumachen, dass man ihn anschrie. DeNosi war unschlüssig, wie er reagieren sollte, da ihm noch nie so jemand unter die Augen gekommen war.

»Noch ein Wort und du bist raus!«, schrie er Thomas erneut an. »Mal sehen, ob du nach dem Lauf immer noch so eine große Klappe hast.«

DeNosi schien sich wieder etwas zu beruhigen, denn seine Stimme war nun fast wieder normal, dafür umso bedrohlicher. »Dich werde ich jedenfalls im Auge behalten!«

Thomas zucke nur mit den Schultern und stellte sich zu Jan.

»Mensch, Topper! Hast du sie noch alle?«, flüsterte Jan.

»Was denn?«, fragte Thomas unschuldig.

»Der macht dich doch fertig!«

»Ach, das haben schon ganz andere versucht«, flüsterte Thomas zurück.

»So! Ruhe! Weiter geht's!«, rief nun DeNosi und überprüfte ohne weitere Störung die Anwesenheit der restlichen Teilnehmer.

»Da nun alle da sind, können wir ja starten. Es geht heute zum Einstieg auf einen Rundkurs von fünf Kilometern. Ab morgen wird es dann die volle Strecke von neun Kilometern sein.«

Es wurde unruhig in der Gruppe, da der ein oder andere bedenken hatte, eine solch lange Strecke überhaupt zu schaffen. DeNosi ignorierte die leisen Proteste und führte weiter fort. »Es geht dabei ein wenig in die Berge und dann zurück zum See. Um den geht es dann ein Stück herum und wieder zurück hierher. Nichts Dolles!«

Das Gemurmel wurde immer lauter.

»Was ist los? Hat etwa jemand Probleme damit?«, fragte er in die Gruppe hinein. »Seid ihr Babys oder was?«, setzte er provozierend hinzu und seine Augen verengten sich zu Schlitzen. »Wer die Strecke nicht schafft, fliegt raus! Ihr habt jeden Tag maximal eine Stunde Zeit, verstanden?«

Ein paar nickten, andere standen regungslos da und starrten nur DeNosi an. Jedoch war auch einigen die pure Verzweiflung anzusehen. Ein Junge im Hintergrund meinte: »Mr. Antus sagte doch gestern, dass es nicht auf Zeit geht.«

»Das gilt nur für den Abschlusstest. Während des Trainings entscheidet jeder Trainer selber, ob jemand zu schwach ist, um weiter zu machen!«

Das Stimmengewirr ebbte nicht ab und DeNosi hob beschwichtigend die Hände.

»Kommt, ihr habt eine Ewigkeit Zeit. Das schafft ja meine Oma, also sollte es für euch auch kein Problem sein. Ich hoffe nur, ihr wart so intelligent, euch nicht den Magen voll zu schlagen.«

Bisher hatte Kai ungerührt zugehört. Laufen war zwar nicht ihre Lieblingssportart, doch sah sie keine Probleme, die Strecke zu schaffen. Beim letzten Satz musste sie jedoch grinsen, da ihr das Bild des kauenden Thomas vor ihrem geistigen Auge erschien. Scheinbar ging es Elli nicht anders, denn sie flüsterte: »Da freue ich mich ja auf Topper. Mal sehen, wie er das Frühstück verkraftet.«

»Ja, und ein paar andere haben ja auch ganz schön zugeschlagen«, ergänzte Xara.

»Soll uns egal sein«, meinte Kai. »Hauptsache wir drei kommen durch.« Die beiden gaben Kai mit einem nachdenklichen Nicken Recht.

DeNosi winkte seine Helfer herbei. »Das sind eure Begleiter. Ich werde vorne Laufen. Einer wird die Nachhut bilden und die übrigen werden sich in der Gruppe gleichmäßig verteilen. Folgt ihnen einfach.«

DeNosi drückte auf seine Uhr am Handgelenk und machte sich auf den Weg in Richtung Wald.

»Auf geht's!«, rief er den anderen zu und die Gruppe setzte sich augenblicklich in Bewegung. DeNosi schlug ein hohes Tempo an, so dass ihm nur noch wenige folgen konnten. Die meisten liefen zusammen in einer Gruppe. Dieses änderte sich erst, als sie den Rand des Waldes erreicht hatten und es einen ersten Anstieg hoch ging. Es ging immer weiter in den Wald hinein, rechts und links standen meterhohe Tanne, so dass es recht dunkel wirkte. Inzwischen liefen sie auf einem unbefestigten Weg und man musste aufpassen, dass man nicht über eine Baumwurzel oder irgendwelches Gestrüpp stolperte. Mit jedem Anstieg zog sich die Gruppe weiter auseinander. Im hinteren Drittel wurde zwei Mädchen so schlecht, dass sie kurz den Weg verließen, da sie sich übergeben mussten. Wahrscheinlich hatten sie wirklich zu viel zum Frühstück gegessen. Auch Thomas hatte es erwischt.

»Ich habe doch gesagt, dass das zu viel ist«, meinte Jan zu ihm, als Thomas wieder auf dem Weg war.

»Ja, ja«, meinte er knapp und wischte sich mit einem Papiertaschentuch den Mund ab. Er war noch kreidebleich, als sie langsam weiterliefen.

»Und, geht's wieder?«, fragte Jan. Thomas schien sich schon wieder gefangen zu haben.

»Alles klar. So habe ich für das Mittagessen wenigstens wieder Platz.« Jan konnte nur mit dem Kopf schütteln. »Übrigens Danke, dass du gewartet hast. Wo ist eigentlich Robert abgeblieben? Hast du ihn noch mal gesehen?«, fragte Thomas.

»Nö. Der hat ja gleich Gas gegeben. Scheint ein Spitzenläufer zu sein.«

Die drei Mädchen liefen noch zusammen, obwohl Elli und Xara schon mächtig am schnaufen waren. Sie hatten inzwischen den Teil der Strecke erreicht, an dem sich der Wald langsam lichtete. Dadurch konnten sie einen Weg erkennen, der sich in Kehren den Berg hinauf schlängelte. »Oh nein!«, stöhnte Elli. »Schaut euch mal den Weg an!«

»Nee, dass schaff ich nicht!«, meinte Xara gequält.

»Dann laufen wir halt etwas langsamer«, meinte Kai, die inzwischen auch schon recht kaputt war. »Wir sind gut in der Zeit, das schaffen wir ganz locker.«

Als sie den Abzweig zum Weg nach oben erreicht hatten, viel ihnen ein Stein vom Herzen. Ein Begleiter stand dort und wies sie an, den ebenen Weg weiter zu laufen. »Da geht es erst morgen hinauf«, rief er ihnen zu.

»Puh, Glück gehabt!«, meinte Kai.

»Ja, aber nur für heute«, sagte Xara keuchend.

Kapitel 12

Der Rest der Strecke war dann nicht mehr so schlimm, da der Weg nun bergab führte. Es ging noch ein Stück um einen See und dann kamen wir wieder zum Hauptgebäude. Trotzdem waren wir drei ganz schön erledigt. Zum Schluss haben es alle in der Zeit geschafft, so dass keiner rausgeflogen ist. Selbst »Topper« mit seinem vollen Magen ist durchgekommen. Aber wie ich munkeln gehört habe, war der im Ziel gar nicht mehr so voll. Haha, selber schuld, sag ich nur. Ich bin mal gespannt, wie wir alle das dann morgen schaffen. Da geht es ja noch ein bisschen den Berg hinauf.

Dass aber jetzt doch die Leistung zählt, finde ich ja schon merkwürdig. Ich glaube, die wollen uns hier des Öfteren veräppeln. Wie mit dem Frühstück - tischen auf wie die Weltmeister, dabei sollte keiner wirklich viel essen. Alles sehr seltsam. Mal sehen, was als nächstes auf uns zukommt. Gleich müssen wir jedenfalls alle zum Unterricht. Bin mit Xara und Elli in Gruppe A und haben heute »Überleben in der Wildnis«. Hört sich ja unheimlich an und ich frag' mich, wofür man sowas eigentlich braucht. Naja, mal schau 'n, was das so ist. Vielleicht ist es ja ganz interessant. Morgen tauschen wir mit Gruppe B und haben dann Logiktraining. Das könnte für mich dann schon heikel werden. Ist nicht so mein Ding. Aber warten wir's ab. Jetzt versuche ich erstmal, in der Wildnis zu überleben.

Frisch geduscht sind die drei Mädchen in den Keller des Hauptgebäudes marschiert, wo sich die Unterrichtsräume befanden. Auf einer Tür war ein großer Zettel mit einem riesigen roten A angeheftet. Scheinbar war die Tür verschlossen, denn es warteten bereits einige Mädchen und Jungen davor. Kai schaute sich um und stellte fest, dass sie ein paar in ihrer Gruppe bereits kannte. Denn neben Topper, Robert und Jan war auch Maja mit dabei. ›Komisch, dass Maja immer da auftaucht, wo auch wir sind‹, dachte sie kurz, als sich die Tür von innen öffnete. Völlig unerwarteten stand Fesl vor ihnen. Wie gestern hatte er auch heute eine viel zu große Latzhose an - nur dass sie heute grün war. Man hatte den Eindruck, dass er die Hose in die Ecke stellen konnte, so sehr stand sie vor Dreck.

»Was will der denn hier?«, flüsterte Elli.

»Keine Ahnung. Vielleicht musste er noch den Raum sauber machen«, antwortete Kai.

»Na, so wie der aussieht, hat er wohl eher im Garten jemanden verbuddelt«, meinte Topper. Jan, Robert und Topper hatten sich in der Zwischenzeit unbemerkt zu den drei Mädchen gestellt. Überrascht drehten die sich zu ihm um.

»Mensch Topper, nicht so laut! Der hat dich doch sicherlich gehört!«, antwortete Kai leise.

»Pah, wen juckt 's! Soll er doch!«, gab Topper frech zurück. Kai konnte nur den Kopf schütteln. Scheinbar hatte Fesl wirklich etwas gehört, denn er starrte so grimmig in ihre Richtung, dass es Kai eiskalt den Rücken runter lief. Dann schaute Fesl stumm in die Gruppe.

»Worauf wartet ihr? Brauchen Eure Hoheiten eine Einladung? Los rein mit euch!«, brach es plötzlich aus Fesl heraus.

Für einen Moment waren alle wie gelähmt, bevor sich die Gruppe zögerlich in Bewegung setzte.

Der Raum machte einen merkwürdigen Eindruck. Alles was sich in ihm befand, waren Hocker, die einen großen Kreis bildeten. Es gab weder Fenster noch weitere Türen. Keine Schränke, keine Bilder - einfach nur weiße Wände. Alle schauten sich unsicher um. Als die ersten sich zögerlich setzten, dauert es nur einen Augenblick und alle Plätze waren besetzt. Sofort fing ringsum ein leises Geplapper an, als ein lauter Knall alle zum Schweigen brachte. Fesl hatte die Tür zugeknallt und alle starrten ihn erschrocken an.

»Mann, der hat sie doch nicht alle! Und was will er hier überhaupt noch?« Topper konnte mal wieder nicht seinen Mund halten. Aber auch Elli und Kai schauten sich fragend an. Fesl war in die Mitte getreten und schaute wie immer alle grimmig an.

»Ruhe jetzt! Ab jetzt spricht niemand mehr!« Fesl gab ein leises Knurren von sich, das ihn noch unheimlicher wirken ließ, als er sowieso schon war. Es war nun mucksmäuschenstill. Nichts war zu hören. Auch von draußen drangen keinerlei Geräusche in den Raum. Auf einmal wurde es langsam dunkel im Raum und einige wurden unruhig.

Dieses Mal gab Fesl nur ein Flüstern von sich: »Ruhe!«

Dann war es stockfinster. Toten still. Man konnte die Anspannung regelrecht spüren. Einige trauten sich nicht einmal mehr zu atmen.

Auf einmal war ein Rascheln zu hören. Ganz leise. So als würde ein Reh vorsichtig durch den Wald schreiten. Dann war wieder Stille. Dann waren Vogelstimmen zu hören. Wie aus weiter Ferne. Dann wieder ein Rascheln. Dieses Mal hörte es sich aber so an, als ob ein Tier sich direkt auf den Kreis der Kinder zubewegte.

Als das Geräusch ganz nahe war, fing ein Mädchen an leise zu kreischen, so als würde sie eine Hand auf ihren Mund pressen.

»Psst«, machte Fesl nur. Und es war wieder still. Nichts war zu hören. Die Stille und Dunkelheit schien alle fast zu erdrücken. Dann brach es los. Ein riesen Getöse füllte den ganzen Raum. Vor Schrecken gaben die meisten einen Schrei von sich, doch dieses Mal sagte Fesl nichts dazu. Man konnte spüren, wie er grinste. Als alle eine Weile hingehört hatten, war das Getöse nicht nur Krach, sondern sie konnten einzelne Geräusche identifizieren. Fasziniert hörten alle hin, bis auf einmal das Licht wieder anging. Es dürften nur wenige Minuten gewesen sein, dass das Licht aus war, aber in der Dunkelheit haben alle das Zeitgefühl verloren. Daher war auch Fesls erste Frage, wie lange sie wohl nun im Dunkeln gesessen hatten.

»Weit über 10 Minuten«, rief ein Mädchen rein und die meisten nickten zustimmend.

»Ich glaube es waren über 15 Minuten«, meinte nun ein Junge.

»Quatsch! Das muss eine Ewigkeit gewesen sein. Mir knurrt ja schon der Magen!« Alle mussten lachen. Kai brauchte gar nicht hinzuschauen, wer diesen Kommentar von sich gegeben hatte.

»Kann der Typ nie ernst sein?«, flüsterte sie Xara zu. »Ich glaub', der will rausfliegen«, meinte Elli leise. Fesl überging die Bemerkung.

»Es waren genau siebeneinhalb Minuten. - Absolute Dunkelheit trübt das Zeitempfinden. Merkt euch das!« Fesl schaute kurz in die Runde. Nun machte er gar nicht mehr so einen merkwürdigen Eindruck. Er schien in seinem Element zu sein.

»In euren Hockern ist eine kleine Schublade. Dort findet ihr Papier und Bleistift. Ich möchte, dass ihr aufschreibt, was ihr gehört habt.«

Alle schauten irritiert ihren Hocker an, denn niemanden war bisher diese Schublade aufgefallen. Sie war so gut eingepasst, dass sie nur schwer zu erkennen war. Erst wenn man wusste, wo sie war, sah man sie immer. Alle holten die Schreibutensilien heraus und begannen zögerlich das gehörte aufzuschreiben. »Ich weiß gar nicht, wie ich das beschreiben soll, was ich gehört habe«, flüstere Xara Kai zu.

»Ruhe bitte! Jeder für sich«, gab Fesl wieder etwas knurriger von sich. »Ihr habt fünf Minuten Zeit, dann sammle ich die Zettel ein.«

Nach genau fünf Minuten begann Fesl die Zettel einzusammeln.

»Also, wenn das hier benotet wird, kriegen ich so langsam die Krise«, meinte Elli. »Erst heißt es, es kommt auf nichts drauf an und nun ewig so etwas!«

»Warten wir es erst einmal ab«, gab Kai zurück.

»So! Das war der erste Teil. Nun etwas ganz anderes«, meinte Fesl, als er wieder in der Mitte stand und irgendetwas in der Hand hatte.

Plötzlich erschraken alle. Wie durch ein Wunder saßen sie auf einer kleinen Lichtung umgeben von einem Wald. Man konnte leise den Wind hören, der durch die Bäume wischte. Zunächst waren alle stumm vor Erstaunen, bis sie so langsam begriffen, dass das Ganze ein riesen Hologramm war. Es war so perfekt, dass man glauben konnte, wirklich in der freien Natur zu stehen.

»Wow!«, gab Kai erstaunt von sich.

»Da hast du absolut recht, Schwester!«, rief Topper in den Raum.

»Mr. Thomas Steel! Wenn sie nicht augenblicklich aufhören, nur Müll von sich zu geben, werde ich Sie persönlich im tiefsten Wald aussetzen. Vielleicht vergehen Ihnen ja dann Ihre blöden Bemerkungen!« Fesl war plötzlich wieder der alte. Seine Stimme war zu einem Knurren geworden und sein Blick ließ einem die Nackenhaare aufstellen. Topper wurde leichenblass. Er spürte, nein er wusste, dass Fesl es ernst meinte. Und zum erstmal erlebten die drei Mädchen Topper sprachlos und konnten sich ein Grinsen nicht verkneifen.

»Ich möchte, dass wieder absolute Ruhe herrscht. Einfach hinschauen und hinhören!«

Wie gebannt schauten alle sich immer wieder um. Dauernd war irgendwo etwas zu sehen und zu hören - sogar Tiere, die überhaupt nicht in diesen Wald gehörten. So bewegte sich eine Riesenschlange auf den Kreis zu. Als sie unter dem Hocker eines Jungen hervorkroch und sich auf ein Mädchen zu schlängelte, bekam dieses so sehr Angst, dass sie schreiend aufsprang und sich auf ihren Hocker stellte.

»Hinsetzen und Ruhe!«, forderte Fesl das Mädchen auf. »Und wenn ihr beiden meint, darüber grinsen zu müssen, werden wir das im Anschluss mal klären!« Fesl starrte zwei Jungen bitter böse an, denen schlagartig das Grinsen verging. Nur ein leises ›Entschuldigung!‹ war zu hören. Dann war es auch schon wieder vergessen und alle waren vom Geschehen um sie herum gefangen.

Dieses Mal dauerte es über eine halbe Stunde, bis schlagartig das Hologramm verschwunden war und alle wieder in dem kahlen, weißen Raum saßen. Fesl forderte alle erneut auf, alles zu notieren, was ihnen aufgefallen war und was sie dieses Mal gehört hatten.

»So, das war es für heute!«, meinte er kurz, nachdem er die Zettel eingesammelt hatte. Alle schauten ihn fragend an. Ein Mädchen meldete sich.

»Was möchtest du?«, fragte Fesl.

»Ähm, warum haben wir das gemacht?«, fragte das Mädchen vorsichtig. Fesl schaute sie ungläubig an.

»Warum?« Fesl machte eine kurze Pause bevor er leise weitersprach. »Jeder von euch hat nur einen Bruchteil gesehen oder gehört. Ihr wart blind und taub. Aber wer nicht richtig sieht und hört, kann in einer fremden Umgebung nicht überleben! Die Gefahr wird überall lauern. Merkt euch das! Das müsst ihr noch lernen. Also strengt euch beim nächsten Mal etwas mehr an!«

Fesl ging zur Tür und öffnete sie. Als das Licht von draußen auf Fesl schien, hatte man den Eindruck, als würde er sich in den komischen Kautz rückverwandeln.

Alle standen auf und verließen langsam den Raum.

»Mann, schneller ihr Trantuten!«, schimpfte Fesl. Er war wirklich wieder der alte.

»Der hat sie doch nicht alle!«, meinte Topper zu Jan.

»Ach lass mal. Du bist doch nur sauer, weil er dich angemacht hat. Das war doch eine Megashow!«, meinte Jan begeistert.

»Stimmt!«, meinte Elli, die hinter Jan den Raum verließ. »Trotzdem traue ich dem Kerl nicht. Mich würde es nicht wundern, wenn der einen für immer verschwinden lässt!«

Kapitel 13

Fast zwei Monate waren nun schon vergangen und vom WRC Präsidenten Sallak und seinen Begleitern gab es keine einzige Spur. Bei jeder Gelegenheit wurde noch immer über sein Verschwinden spekuliert und alle stellten sich die gleichen Fragen: Wenn er abgestürzt ist, wo ist das Wrack? Falls jemand ihn entführt hatte, warum gab es keine Forderungen? Wo ist er?

Diese Ratlosigkeit herrschte nicht nur in der WRC vor, sondern auch in der Regierung der FoP. Alle bisherigen Bemühungen, irgendetwas über die Ursache des Verschwindens zu finden, scheiterten. Gesichert war nur, dass er vom Planeten Plaxik aufgebrochen war und zu einem geheimen Wirtschaftstreffen unterwegs war. Kurz nach dem Start hatte sich seine Spur ohne ersichtlichen Grund plötzlich verloren. Schlagartig gab es vom Transporter keine Daten, Signale oder Nachrichten mehr, was aufgrund der allgemeinen Sicherheitsmaßnahmen unmöglich sein sollte. Er, seine Begleiter, seine Leibwächter, der Transporter, einfach alles war wie vom Erdboden verschluckt. Somit war nicht nur ein wichtiger Firmenboss verschwunden, sondern es gab scheinbar ein Sicherheitsproblem. Dass ein Transporter einfach so verschwindet, war bisher undenkbar. Kanzler Ubunturi persönlich hatte daraufhin den Militär- und Verteidigungsminister beauftragt, dass Agenten des Militärischen Abschirmdienstes den Fall untersuchten. Offiziell hatte das Auffinden von Sallak höchste Priorität. FoP-intern stand die Untersuchung der Ursache des plötzlichen spurlosen Verschwindens an oberster Stelle, da vereinzelt schon von einer Bedrohung der allgemeinen Sicherheit gesprochen wurde. Es musste herausgefunden werden, wer oder was dahintersteckte. Zu allem Überfluss war dieses inzwischen bis zur Presse vorgedrungen und beunruhigte die Bevölkerung durch immer neue Verschwörungstheorien.

Trotz des großen Schocks und der allgemeinen Verunsicherung, liefen die Geschäfte der WRC unbeeindruckt weiter. Einen großen Anteil daran hatte Vizepräsident Prumtus, der inzwischen die Aufgaben von Sallak komplett übernommen hatte. Sein kühler Kopf und sein konsequentes Handeln wurden in der Regierung der FoP wohlwollend zur Kenntnis genommen und seit kurzen stand Prumtus in regelmäßigem Kontakt mit Kanzler Ubunturi. Gerade hatte er wieder ein Gespräch mit dem Kanzler beendet, in dem Prumtus erneut verdeutlichte, dass er noch große Ideen für die WRC und somit für die gesamte Gemeinschaft hatte. Wie im letzten Gespräch auch schon, versicherte ihm der Kanzler jegliche notwendige Unterstützung. Das tat Prumtus aber als Politikergewäsch ab. Denn für seine Ausbeutungspläne von Planeten wurde er unverändert an das Wirtschaftsministerium verwiesen. Trotzdem war Prumtus mit sich zufrieden. Er war in aller Munde und hatte nun persönliche Kontakte zu den höchsten Regierungsstellen.

Jetzt galt es nur noch Nyström in den Griff zu bekommen. Und wenn die Zeit gekommen war, würde er nicht nur reich sein, sondern würde Wirtschaftsminister werden. Und dann könnte er dafür sorgen, dass sein

Reichtum niemals endete. Bei dem Gedanken konnte er ein hämischen grinsen nicht vermeiden.

»Saep, verbinden sie mich mit Nyström!«, forderte er seine Sekretärin auf. »Aber eine gesicherte Verbindung!«

»Jawohl. Einen Augenblick, bitte!« Selbst durch den Lautsprecher konnte man den großen Respekt der Sekretärin heraushören, der an Unterwürfigkeit grenzte. Wahrscheinlich schwang eine große Portion Angst mit, da sie, wie viele seiner Untergebenen, wusste, dass Prumtus sehr schnell unangenehm werden konnte. Wenn ihm etwas nicht passte, rollten sofort Köpfe. Und seitdem der große Boss verschwunden war, regierte Prumtus die Firma wie ein Diktator.

»Prumtus, ich hoffe Sie haben gute Nachrichten für mich!« Ohne Vorwarnung war Nyström auf dem Kommunikationsmonitor erschienen. Prumtus erschrak, fasste sich jedoch sofort wieder. In Gedanken verfluchte er seine Sekretärin, dass sie Nyström ohne Vorwarnung durchgestellt hatte.

»Was Sallak betrifft, gibt es nichts Neues«, antwortete Prumtus gelassen. »Das ist aber auch nicht der Grund, warum ich Sie sprechen will.«

»Lassen Sie mich raten. Es geht um ihre Pläne«, entgegnete Nyström und machte dabei einen entnervten Eindruck. »Wie oft soll ich es Ihnen noch sagen: Das wird nicht genehmigt.«

»Ich habe gerade mit dem Kanzler gesprochen und ...«

»Der Kanzler hat in diesem Fall gar nichts zu entscheiden!«, unterbrach ihn Nyström energisch. »Das liegt immer noch in der Entscheidungsgewalt des Wirtschaftsministeriums, also bei mir!«

»Das heißt, Sie sind immer noch dagegen«, stellte Prumtus fest und schaute gelangweilt.

»Genau und so bleibt es auch! Sonst noch was? Ich habe zu tun!«

»Nyström, ich habe Sie schon letztes Mal gewarnt! Legen Sie sich nicht mit mir an, sonst passiert was!«, sagte Prumtus leise zischend.

»Ach ja? Wollen Sie mir schon wieder drohen? Hatte Sallak etwa auch etwas gegen Ihre Pläne und ist deshalb verschwunden?«, fragte Nyström provozierend.

»Es geht hier nur um Sie! Und ich habe Ihnen schon einmal gesagt: Ich werde dafür sorgen, dass es Ihnen noch leidtut, mir zu widersprechen!« entgegnete Prumtus und drückte auf einen roten Knopf. Bevor Nyström noch etwas antworten konnte, war die Verbindung unterbrochen. Obwohl Prumtus keinen anderen Verlauf des Gesprächs erwartet hatte, war er dennoch rot vor Zorn geworden. Er konnte es einfach nicht ausstehen, wenn man ihm widersprach.

Einen Augenblick später meldete sich erneut seine Sekretärin.

»Entschuldigen Sie, aber Minister Nyström möchte Sie sofort noch einmal sprechen«, sagte Saep kleinlaut.

»Interessiert mich nicht!«

»Aber was soll ich ihm denn sagen?«, fragte Saep hilflos.

»Das ist mir doch egal!«, schrie er wütend. Prumtus atmete tief durch, um sich wieder zu beruhigen.

»Sagen Sie ihm, ich hätte das Büro verlassen und würde mich bei ihm melden.«

Auch hier unterbrach er die Verbindung, ohne auf eine Reaktion zu warten. Prumtus musste nachdenken, wie er weiter vorgehen wollte. Einen Augenblick später öffnete er eine Schublade und holte ein Gerät heraus, das an ein Mobiltelefon von der Erde erinnert. Es war ein recht altes Modell und nach FoP-Standard völlig überholt. Für seine Zwecke war es jedoch genau das richtige, da er wusste, dass Gespräche über diese altertümlichen Apparate nicht mehr aufgezeichnet wurden. Es dauerte einen Moment, bis er eine Verbindung hatte.

»Ich bin es«, begann Prumtus, ohne seinen Namen zu nennen.

»Klar, wer soll mich denn sonst über das alte Dingen anrufen?«, wurde ihm frech entgegnet. Von Respekt keine Spur. »Was kann ich für dich tun?«

»Es geht um die Nichte von Nyström. Alles vorbereitet?«

»Na klar. Wir haben jemanden im Camp eingeschleust, der sich ein wenig um das Mädchen kümmern soll.«

Für einen Augenblick war Prumtus nicht ganz wohl bei dem Gedanken, dem Mädchen wirklich zu schaden, doch das wischte er beiseite. Er musste sein Ziel im Auge behalten.

»Gut! Dann macht jetzt ernst!«

Kapitel 14

Nach dem Unterricht mit Fesl ging es zur Freude aller direkt zum Mittagessen. Die meisten waren inzwischen ziemlich ausgehungert und waren glücklich, als sie sahen, was alles Leckeres aufgetischt wurde. Auch die drei Mädchen staunten über die Fülle und Vielfalt an Essen.

»Ob das wieder so ein mieser Trick ist, wie heute Morgen?«, fragte Ellie.

»Nö. Ich glaube, dieses Mal können wir ruhig richtig reinhauen. Das Schwimmen ist doch erst in zweieinhalb Stunden«, meinte Kai. So begannen die drei sich ihren Teller voll zu packen.

»Kommt, lasst uns einen Platz suchen«, meinte Xara, als alle drei fertig waren.

»Aber wenn's geht, weit weg von diesem Topper!«, sagte Elli bestimmend und verdrehte dabei ihre Augen so komisch, dass Kai und Xara lachen mussten.

»Komm, ich gehe vor und halte Ausschau«, meinte Xara grinsend und ging los. In diesem Moment ging ihr Teller krachend zu Boden. Interessiert drehten sich alle in ihre Richtung und für einen kurzen Moment war es still im Saal; dann fingen einige an zu lachen. Xara schaute zunächst erschrocken und dann beschämt auf die Scherben.

»Kann jedem passieren«, meinte Elli beruhigend und überlegte, wie sie die Miesere vom Boden bekommen konnte. Kai hingegen wurde rot im Gesicht.

»Habt ihr es nicht gesehen? Sie wurde doch geschubst! Und ich bin mir sicher, wer es war!« Kai stürmte los und riss nach ein paar Schritten ein Mädchen herum, das gerade weggehen wollte.

»Maja! Bleib stehen!«, rief Kai.

»Sag mal spinnst du? Lass mich zufrieden!«, antwortete Maja empört.

»Du hast Xara absichtlich angerempelt! Ich hab's doch genau gesehen!«

»So 'n Quatsch!« Maja riss sich los. »Lass die Finger von mir! Wenn deine Freundin zu blöd ist, einen Teller zu halten, kann ich doch nichts dafür. Pass lieber auf, dass du deinen nicht auch noch fallen lässt.«

Majas Clique hatte sich zu ihr gesellt und fingen nun an zu lachen. Man konnte sehen, wie es immer mehr in Kai brodelte. Sie wollte gerade wieder nach Maja greifen, als Xara sie am Arm zog.

»Komm lass doch! Ich hol mir etwas Neues«, wollte Xara Kai beruhigen.

»Aber das kannst du dir doch nicht gefallen lassen!«, meinte Kai entsetzt.

»Was soll ich denn tun? Wenn wir Ärger machen, fliegen wir alle!«

Maja beobachtete alles belustigt, drehte sich um und ging grinsend mit ihrer Clique weg.

Als Elli sah, dass Kai hinterher wollte, versuchte auch sie Kai zu beruhigen. »Komm, lass es! Lass uns lieber essen, wird sonst kalt!«

Nur wiederwillig folgte Kai Elli zu einem freien Tisch, während Xara sich erneut Essen holte.

»Bist du sicher, dass das Maja war?«, fragte Elli.

»Ja, absolut! Sie war doch direkt neben ihr. Hast du denn nichts gesehen? Du warst doch gleich hinter Xara?«

»Nein, nein! Ich habe in dem Moment woanders hin-
geschaut.«

Inzwischen hatte sich Xara zu ihnen gesetzt.

»Hast du denn gesehen, dass Maja dich geschubst
hat?«

»Nein, ich habe einen Schubser bekommen und
dann lag der Teller auch schon auf dem Boden. Maja fiel
mir erst auf, als du sie gegriffen hast.«

Kai schwieg darauf und dachte nach. Auch Xara und
Elli aßen schweigend.

»Ich verstehe immer noch nicht, was sie gegen dich
hat. Kann sie dich von irgendwoher kennen?«, fragte
Kai nachdenklich.

»Nein, kann ich mir nicht vorstellen. Ich habe keine
Ahnung, was ich ihr getan haben könnte.«

»Kommt, lassen wir uns doch nicht durch diese
Tussi den Tag versauen«, meinte Elli. »Wichtiger ist
doch, dass wir in Ruhe essen können - ohne die dummen Sprüche von Topper.«

Kai konnte sich ein Grinsen nicht verkneifen und
schaute wieder etwas fröhlicher.

»Hast ja recht«, meinte sie, »aber komisch finde ich
es trotzdem.«

Nach dem Essen waren die drei sich einig, dass sie
sich ein wenig auf ihren Betten ausruhen wollten, bevor
es zum Schwimmen ging. Kai war doch müder, als sie
glaubte, denn sie schlief sofort ein.

Unter hohen Bäumen warteten die zwei in schwarz
gekleideten Männer auf das Mädchen. Sie hatten sich so
in den Schatten gestellt, dass sie zwar den Weg gut ein-

sehen konnten, selber aber nur schwer zu erkennen waren. Nach ein paar Minuten sahen sie das Mädchen auf sie zu kommen. Sie ging zügig, schaute dabei jedoch immer wieder nach rechts und links, so als würde sie etwas suchen. Als sie die Männer erreicht hatte, machten die sich bemerkbar und das Mädchen ging zu ihnen in den Schatten der Bäume.

»Ich habe nicht viel Zeit«, sagte sie etwas außer Atem. »Es soll niemand bemerken, dass ich hier bin.«

»Kein Problem«, meinte der größere, »wir wollen dich auch nur noch einmal kurz sprechen.«

Er machte eine kleine Pause und das Mädchen wackelte ungeduldig von einem Fuß auf den anderen. Der andere Mann schaute wieder einmal nur in der Gegend herum und schien so alles zu beobachten.

»Wir wollten dich nur an dein Versprechen erinnern, denn nun wird es ernst. Und ein Zurück gibt es nicht, verstanden?«

»Kein Problem«, antwortete das Mädchen, »ich habe schon mal angefangen, sie zu ärgern.«

Der Mann schaute sie ernst an.

»Ärgern alleine reicht nicht! Du musst schon etwas heftiger vorgehen«, meinte er nachdrücklich. Das Mädchen schaute ihn verunsichert an.

»Lass dir ruhig Zeit. Keine überhasteten Aktionen. Nutze deine Chancen. Hauptsache das Ergebnis stimmt! Hast du verstanden?«

»Emm ..., ja. Ich werde mir was einfallen lassen«, meinte sie leise. »Aber dann werde ich wirklich auf dem Internat aufgenommen, nicht wahr?«

»Versprochen ist versprochen! Aber wenn du nicht richtig mitspielst, wirst du es bereuen!« Er schaute sie immer noch finster an. Das Mädchen fühlte sich immer unwohler. Trotz der angenehmen Temperaturen, lief es ihr eiskalt den Rücken herunter.

»So, geh' nun wieder zurück, denn du hast recht: du solltest nicht auffallen.«

Das Mädchen zögerte noch einen Augenblick, drehte sich um und machte sich, ohne sich zu verabschieden, auf den Weg. Dieses Mal ging sie viel langsamer. Sie fühlte sich gar nicht wohl. Sie hatte Angst und ihr kamen immer mehr Zweifel. Wie gestern hatte sie daher nur einen Gedanken.

»Oh Gott! Auf was habe ich mich da nur eingelassen?«

Kapitel 15

Die Mädchen standen gespannt am Beckenrand, und fragten sich, was jetzt auf Sie zukommen wird. Auf der gegenüberliegenden Seite hatten sich die Jungen versammelt und warteten scheinbar auch auf ihren Trainer. Es war das erste Mal, dass Kai sich alle Mädchen genauer anschauen konnte und musste feststellen, dass sie bisher nur die wenigsten kannte. Klar, die meisten hat sie schon einmal gesehen, aber wie sie hießen wusste sie nicht. Es bildeten sich automatisch Grüppchen und Kai nahm an, dass sich immer die Zimmergenossinnen zusammenfanden, denn bei ihr standen ja auch Xara und Elli. Argwöhnisch schielte sie zu Maja hinüber. »Na, Maja hat ja ihren Club schon wieder dabei«, flüsterte sie Elli zu.

»Ja, aber nur die Hälfte. Da wird sie auch nur halb so mutig sein«, antwortete Elli.

In dem Moment kam eine Frau um die Ecke und ging auf die Mädchengruppe zu. Sie musste Mitte Zwanzig sein, war eher zierlich und hatte ihr brünettes Haar zu einem Dutt hochgesteckt. Das Beste aber war ihr Trainingsanzug - der war hellleuchtend pink.

»Wow, ist das schrill«, meinte Elli. »Das tut ja weh, wenn man die länger anschaut!«

»Du redest ja schon wie Topper«, antwortete Kai lächelnd, »er muss es dir ja richtig angetan haben.« Auch Xara konnte sich ein Schmunzeln nicht verkneifen. Elli hingegen schaute Kai wütend an. »Na warte. Dich mach ich beim Schwimmen fertig!«, meinte sie mit zugekniffen Augen, musste dann aber auch losprusten.

»Schön, dass es hier so fröhlich zugeht«, meinte die Trainerin, »aber nun wird es wieder ernst.« Bei diesen Worten mussten einige stöhnen.

»Nana, so schlimm wird es nicht. Zunächst einmal, ich bin Ms. Porter und komme aus Wales.« Alle schauten sie nun gespannt an.

»Wie ich weiß, fällt den meisten der morgendliche Waldlauf ziemlich schwer. Und die erlaubte Zeit ist ja auch wirklich nicht ganz so einfach zu schaffen. Daher kann man sich hier Extraminuten für den morgigen Lauf erkämpfen.«

Nachdem die Mädchen verstanden hatten, was das bedeutete, gab es jede Menge hoffnungsvoller Gesichter.

»Und wie bekommen wir die?«, fragte ein Mädchen neben Maja, das Elena hieß.

»Immer mit der Ruhe. Kommt ja jetzt: Es werden vier Staffeln gebildet, die gegeneinander antreten. Wer erster wird bekommt sieben Minuten, die zweite Staffel fünf Minuten und der dritte bekommt noch drei Minuten gutgeschrieben.«

Ms. Porter wartete einen Augenblick, um das gesagte wirken zu lassen. Als das freudige Gemurmel so langsam aufhörte, schickte sie endlich alle ins Wasser, um sich ein wenig warm zu schwimmen. Dieses nutzen die meisten jedoch für irgendwelche Späße und Spielereien, so dass die Mädchen schnell wieder rauskommen mussten. Um die einzelnen Leistungen besser einschätzen zu können, wollte Ms. Porter, dass vorher alle 100 Meter schwimmen. Dieses fiel natürlich den meisten leicht und sie versuchten sich gegenseitig zu übertrumpfen. Als alle die kurze Strecke zurückgelegt hatten, versammelte Ms. Porter die Mädchen wieder um sich.

»So, nun werde ich die Staffeln einteilen. Nachdem ich euch beobachtet habe, hoffe ich eine gerechte Aufteilung vorzunehmen.« Ms. Porter rief die ersten vier Namen auf, die die erste Staffel bildeten. Elli gehörte auch dazu und sie stellte sich zu den anderen drei Mädchen. Kurz danach wurde Kai für die zweite Staffel aufgerufen. Die anderen drei Mädchen kannte sie nur vom Sehen, doch sie kamen gleich ins Gespräch und Kai erfuhr, dass sie Chloé, Anne und Charlotte hießen. Kai schaut kurz, was denn Xara machte. Die wurde gerade aufgerufen und ging ebenfalls zu ihrer Gruppe.

»Oh, nein!«, stöhne Kai leise, »nicht mit Maja in einer Staffel!« Kaum hatte sie es ausgesprochen, da zeterte Maja auch schon los.

»Auf keinen Fall kommt die in meine Staffel! Das Weichei kann doch überhaupt nicht schwimmen!«

Ms. Porter schaute sie irritiert an.

»Ich will, dass Elena im meine Gruppe kommt!«, fügte Maja bestimmend hinzu. Nun hatte sich Ms. Porter wieder gefasst und schaute Maja bitter böse an. »Was erlaubst du dir eigentlich? Ich stelle hier die Staffeln zusammen. Wenn dir das nicht passt, kannst du sofort auf dein Zimmer gehen, packen und abreisen! Verstanden?«

Maja wurde bleich. Damit hatte sie nicht gerechnet. Auch die anderen Mädchen waren erschrocken, denn so einen Ausbruch hatten sie Ms. Porter nicht zugetraut.

»Ja, ja, ist ja schon gut!«, meinte Maja kleinlaut.

›Na, das kann ja heikel werden‹, dachte Kai.

Sie sollte Recht behalten, denn als die Staffeln sich zum Start aufstellten, hörte sie, wie Maja Xara drohte. »Wenn wir wegen dir verlieren, mach' ich dich fertig!«

Wie so oft, musste sich Kai über Xara wundern, denn die nahm das ohne große Regung hin. ›Wie kann man nur so ruhig bleiben? Ich wäre der blöden Kuh schon an die Gurgel gegangen.‹

Mehr Zeit blieb Kai zum Nachdenken nicht, denn sie musste sich als Startschwimmerin ihrer Gruppe fertig machen. Ms. Porter nahm ihre Trillerpfeife in Mund und alle warteten gespannt auf das Startzeichen. Ein schriller Pfiff ertönte und die ersten vier Mädchen sprangen fast zeitgleich ins Wasser. Kai war eine gute Schwimmerin, doch musste sie feststellen, dass die anderen ebenso gut waren. Nachdem alle vier fast gleichzeitig gewendet hatten, musste Kai alles geben. Doch auf der Mitte des Rückweges konnte sie nicht mehr mithalten und schlug als dritte an. Völlig kaputt zog sie sich aus dem Wasser und konnte beobachten wie Charlotte versuchte, den Rückstand wieder wett zu machen. Am Beckenrand wurde es immer lauter, denn die Mädchen feuerten ihre Schwimmerinnen frenetisch an. Elli war nun für ihre Gruppe unterwegs, hatte aber Schwierigkeiten, das hohe Tempo mitzuhalten. Majas Gruppe war in Führung gegangen. Als nächstes machte sich Anne für Kais Gruppe fertig. Auch Xara war nun dran und stieg auf den Startblock. Maja ging rasch zu ihr.

»Wehe, wir verlieren wegen dir!«, raunte Maja ihr zu, doch Xara zuckte nur mit den Schultern. Xara konnte mit drei Meter Vorsprung starten, bevor Anne als zweite hinterher sprang. Xara gab sich alle Mühe und die drei kamen nur langsam an sie heran. Nun machten sich die letzten Schwimmerinnen fertig. Maja feuerte Xara wie wild an. »Super Xara! Komm zieh! Das schaffst du!«

Es wurde für Xara immer schwieriger, denn sie war nun völlig ausgepumpt. Mit aller letzten Kraft schlug sie als Erste an und Maja sprang wild entschlossen ins Wasser. Kurz danach waren auch die anderen drei Mädchen im Wasser und es ging auf die letzte Strecke. Emelina aus Ellis Gruppe holte mit jedem Zug auf. Es wurde immer knapper und die Mädchen schrien immer lauter und heftiger. Emelina und Maja lagen nun gleich auf und es waren nur noch wenige Meter bis ins Ziel. Da schlug Emelina als erste an und ihre Gruppe war vor Freude nicht mehr zu halten. Als Maja aus dem Wasser stieg, sah man ihr sofort an, dass sie wütend war. Sie versuchte sich durch die Mädchenmenge zu drängeln, rempelte dabei zwei Mädchen an, die dadurch wieder ins Wasser fielen. Das war das Zeichen für alle, hinterher zu springen und wie wild rumzutollen. Nur Maja blieb am Beckenrand stehen und sah aus, wie ein begossener Pudel. Zornig schaute sie in die Runde.

»Ihr blöden Puten!«, brüllte sie los, drehte sich um und verschwand in Richtung Umkleidekabinen. Die meisten hatten gar nichts mitbekommen. Nur Xara rief Kai zu: »Die spinnt doch komplett!«

Ms. Porter ließ die Mädchen noch eine Weile rumtoben, bis alle zum Duschen geschickt wurden. Zur Mädchenumkleide gehörten im Nebenraum nur vier Duschkabinen, so dass die meisten etwas warten mussten. Daher trudelten alle nur nach und ein. Als Kai mit Elli und Xara eintrafen, wurde gerade eine Kabine frei und Elli ging zu den Duschen.

»Mann, da hast du ja morgen fünf Minuten mehr Zeit«, meinte Kai zu Xara.

»Ja, die kann ich aber auch gut gebrauchen. Aber du hast ja auch noch drei Minuten bekommen«. Xara schaute in den Nebenraum, ob jemand fertig war.

»Warum gibt es hier bloß so wenig Kabinen?«, fragte sie, als sie wieder zurückkam.

»Tja, keine Ahnung«, meinte Kai, als in dem Moment Elena aus der Dusche kam.

»Geh du ruhig«, meine Kai, »ich warte noch den kurzen Augenblick.«

»Okay, danke!« Xara verschwand mir ihren Duschutensilien unterm Arm. Kai suchte gerade in ihrer Tasche nach ihrem Duschgel, als ein fürchterliches Scheppern aus einer der Kabinen kam. Augenblicklich hörte man Xara vor Schmerzen schreien. Alle waren starr vor Schrecken. Kai ließ alles fallen und lief in den Nebenraum. Aus der Kabine, in der Xara verschwunden war, war nur ein Wimmern zu hören. Kai öffnete die Kabinentür und vor ihr saß Xara, die ihren Arm hielt.

»Oh Gott, Xara! - Komm ich helfe dir.«

Xara liefen Tränen über die Wangen. »Danke! Geht schon«, meinte sie. »Bin nur ausgerutscht und blöd gefallen.«

Kai schnappte sich ein Badetuch, legte es um sie und führte Xara zurück in die Umkleide.

»Zeig mal, wo tut's denn weh?«

»Ach, nur hier am Ellbogen«, meinte Xara und zeigte auf ihren linken Arm, der inzwischen rot angelaufen war.

»Soll ich Hilfe holen?«, fragte Chloé.

»Nein, nein. Geht schon wieder. Wird wohl einen schönen blauen Fleck geben«, antwortete Xara und rieb sich den Ellbogen. »War halt ein riesen Schrecken. Demnächst sollte ich wohl besser aufpassen.« Beim letzten Satz versuchte Xara zu lächeln, was ihr aber nicht wirklich gelang.

»Aufpassen reicht da nicht!« Anne war gerade aus dem Duschraum gekommen. Alle schauten sie fragend an.

»Da wäre jeder ausgerutscht. Das Becken ist ja voller Duschgel«, fügte sie hinzu.

»Kann mir mal einer sagen, wer so 'n Mist macht?«, rief Kai und schaute plötzlich zu Elena.

»Sag mal, du warst doch vorher drin, oder?« Elena wurde bleich und sie fing an zu stammeln.

»Ja ..., äh, nein ..., ich habe überhaupt nichts gemacht!«

»Wer denn dann?« Kai ging auf Elena zu. Da schob sich Maja dazwischen und starrte Kai giftig an.

»Lass sie zufrieden, verstanden? Wenn sie sagt, sie war es nicht, dann war sie es nicht!«

»Halt dich da raus! Oder warst du das etwa?«, keifte Kai zurück. In diesem Moment ging die Tür zur Umkleide auf und Ms. Porter kam herein. Schlagartig war es still im Raum.

»Was ist hier los?«, fragte sie streng, schaute in die Runde und als sie Kai mit Maja so stehen sah, ging sie zu ihnen.

»Was gibt's? Habt ihr Probleme?« Kai und Maja schauten sie schweigend an und gingen dann etwas auseinander.

»Wenn ihr euch hier aufführt wie Rabauken, gibt's Ärger! Vor allem du, Maja, solltest vorsichtig sein! Ich habe dich vorhin schon gewarnt.«

Nachdem alle wieder zu ihren Sachen gegangen waren, verließ Ms. Porter die Umkleide, ohne noch ein weiteres Wort zu verlieren. Kai war immer noch wütend und starrte zu Maja. Die murmelte nur: »So langsam reicht es mir mit dir und deinen Freundinnen! Nächstes Mal seid ihr fällig!«

Kapitel 16

Das war ja ein ganz schöner Schrecken. Ich frage mich immer noch, wer das getan hat. Ich glaube ja, dass es Elena war. Aber warum sollte sie das tun? Elli weiß auch nichts. Sie war zwar in der Duschkabine neben an, war aber gerade am Duschen und hat nichts mitbekommen. Maja würde ich es ja zutrauen, aber die kann es nicht gewesen sein. Oder war es alles nur ein Versehen oder Zufall? Aber so viel Pech kann niemand an einem Tag haben. Will irgendjemand Xara sabotieren? Aber warum? Das macht doch keinen Sinn! Alles sehr mysteriös!

Den restlichen Tag hatten wir jedenfalls frei. So konnten wir uns noch ein wenig ausruhen. Nach dem Abendbrot hatte uns Mr. Antus ein Highlight der Filmgeschichte versprochen. Also hatten sich alle im großen Saal versammelt und waren schon gespannt, was uns gezeigt wird. Ich dachte an so etwas wie Jurassic Park oder Titanic. Es gab dann »Lawrence von Arabien«. Irgend so 'n Typ, der für die Araber gekämpft hat. Die Filmmusik war ja ganz nett, aber der Film entschieden zu lang. Und er war nicht nur lang, sondern auch langweilig! Nach der Hälfte bin ich eingenickt und habe scheinbar die nächsten zwei Stunden friedlich geschlafen.

Ansonsten war nichts weiter mehr los und wir sind dann ins Bett geschlichen.

Tja, und heute Morgen das gleich Spiel wie gestern: »Morning has broken«. Haben die nur das eine Lied? Wir sind dann aufgestanden und haben uns frisch gemacht. Xaras Arm schmerzte immer noch. Aber sie meinte, dass es gehen würde und nicht zum Arzt muss. Beim Laufen würde es nicht stören und wie es beim Schwimmen ist, muss sie dann sehen. Apropos Laufen: da wir ja nur wenig frühstücken können, haben wir uns etwas Zeit gelassen, bevor es erneut zum Waldlauf ging. Wir waren alle etwas nervös, denn heute sollte es weiter in die Berge gehen. Im Abstand der Zusatzminuten sind wir dann gestartet. Widererwartend war es für uns drei dann doch gar nicht so schlimm. Die Steigungen waren gut zu schaffen und wir sind alle innerhalb der Zeit angekommen - wenn auch völlig ausgepumpt. Mal sehen, wie es dann morgenfrüh wird.

Jetzt geht es zum Logiktraining. Ich bin mal gespannt, was das wird. Hoffentlich schreiben wir da keinen Test oder so.

Als die drei Mädchen beim Unterrichtsraum ankamen, war dieser bereits offen und einige Plätze waren schon besetzt.

»Kommt, lässt uns gleich hier hinten bleiben«, meinte Elli, »da vorne ist Maja mit ihren Kumpels.«

»Auf die habe ich heute Morgen auch keine Lust«, stimmte Xara zu und die drei setzten sich in die letzte Reihe. Langsam trudelten die einzelnen Mädchen und Jungen ein. Ein Lehrer war jedoch noch nicht zu sehen.

»Bin mal gespannt, wer den Unterricht gibt. Wisst ihr wer es sein könnte?«, fragte Xara.

»Keine Ahnung«, meinte Elli achselzuckend.

»Nö, ich auch nicht«, antwortete Kai. »Hoffentlich nicht wieder dieser Fesl. Den finde ich immer noch unheimlich.« Die drei schauten sich im Raum um. Er war ein ganz gewöhnlicher Klassenraum mit Tischen und Stühlen, Lehrerpult und Tafel.

»Hauptsache es wird nicht so schwierig. Reicht ja schon, dass wir in den Ferien in einem Klassenraum sitzen«, meinte Elli.

»Halli, hallo Mädels!« Ohne hinzuschauen wusste sie sofort, wer nun gekommen war.

»Komm, Topper, setz dich bloß weit weg!«, meinte Kai.

»Aber dann könnt ihr doch gar nicht von meiner Genialität profitieren«, konterte Topper grinsend. Jan und Robert, die hinter Topper standen sagten gar nichts. Jan war das ganze scheinbar ziemlich unangenehm. Er flüsterte Topper irgendetwas zu und schob ihn dann vor sich her. Die drei Jungen setzten sich dann hinter Maja in die zweite Reihe. Inzwischen waren alle Plätze besetzt und alle schauten gespannt zur Tür.

»Darf ich mal erfahren, warum ihr alle zur Tür starrt?«

Alle schreckten herum. Am Lehrerpult stand grinsend eine junge Frau. »Wo kommt die denn her?«, fragten sich alle gleichzeitig.

›So langsam habe ich die Nase voll von ihrem Hokuspokus‹, dachte Kai, ›können die nicht irgendetwas mal ganz normal machen?‹

»Hallo zusammen. Ich bin Miss Gounegale.« Man hörte jemanden unterdrückt kichern und Kai vermutete, dass es Topper war.

»Ich werde versuchen, euren Verstand etwas zu schärfen, in dem ich euch Logikaufgaben gebe«, führte Miss Gounegale ungerührt fort. »Und damit es sich lohnt, kann jeder durch das Lösen der Aufgaben Extrapunkte sammeln.«

»Ich brech' zusammen!«, prustete Topper los. »Miss Granger, 10 Punkte für Gryffindor!«, rief er mit gekünstelter Stimme. Miss Gounegale drehte sich zu Topper.

»Ah, du musst Thomas Steel sein.« Sie schaute ihn freundlich an. »Keine schlechte Idee. Und damit du Recht hast: 10 Punkte Abzug für dich.«

»Pfff, ja und?«, meinte Topper achselzuckend.

Sie schaute in die Runde. »Ach ja, was ich vergaß: für je fünf Punkte gibt es eine Minute Vorsprung für euren morgigen Waldlauf.«

Nun schaute sie wieder zu Topper. »Und das bedeutet für dich, dass du schon mal zwei Minuten weniger Zeit hast.« Vereinzelt war ein leises Lachen zu hören.

»Na endlich zeigt es ihm mal einer!«, meinte Kai zu Elli und Xara, die ihr nickend zustimmten.

Toppers Gesicht hingegen wurde zu einer starren Maske. Er schien zu grübeln. Dies hielt aber nur für einen kurzen Moment an und er grinste wieder fröhlich. »Na dann los mit den Aufgaben, damit ich anständig Punkte machen kann!«, forderte er Miss Gounegale auf.

»Mann, was für ein Idiot«, flüsterte Kai.

»Ja, der reitet sich immer tiefer rein. So blöd wie der ist, bekommt der gar keinen Punkt«, antwortete Elli.

Miss Gounegale schaute wieder alle an. »Richtig Mr. Steel! Genug des Vorgeplänkels. Bei den ersten Aufgaben gilt: wer sich zuerst meldet, die richtige Antwort gibt und die Lösung erklären kann, gewinnt die Punkte. Hier die erste Aufgabe zum warm werden - für zwei Punkte.«

Miss Gounegale stellten einen Beamer an und die erste Aufgabe war für alle zu sehen. Ein paar Reihen mit Dreiecken, Kreisen und Quadraten erschien. Wie in Rätselheften fehlte ein Teil, das erraten werden sollte.

Kaum war die Aufgabe zu sehen, schoss Toppers Hand nach oben. Alle fingen an zu grinsen.

»Na, das kann ja eine Show werden«, flüsterte Elli grinsend.

»Mr. Steel?« Miss Gounegale schaute Topper irritiert an.

»Na ist doch ganz klar«, begann Topper, »es kann nur der doppelt gestreifte gelbe Kreis sein. Da das rote Quadrat einen und das grüne drei Streifen hat, das blaue Dreieck vier und das grüne fünf Streifen hat, bleibt noch ein gelber Kreis mit zwei Streifen übrig.«

»Ja, das stimmt. Wirklich sehr schnell erkannt. Sehr gut Mr. Steel!«

Alle schauten Topper verwirrt an. »Häh? Ich habe kein Wort verstanden!«, meinte Elli.

»Ach, das war nur Zufall. Der kannte doch das Rätsel«, antwortete Kai.

»Nun gut. Hier die nächste Chance für alle«, meinte Miss Gounegale. Aber kaum war die neue Aufgabe zu sehen, schoss wieder Toppers Hand in die Luft. Einige schauten Topper kopfschüttelnd an. Aber auch dieses Mal gab er die richtige Antwort. Dazu eine Erklärung, der die übrigen nicht folgen konnten.

»Was ist denn mit dem los?«, fragte Kai. »Ich habe nicht mal die Aufgabe überblickt, da hat er sie schon gelöst.«

»Vor allem, was labert er da für ein Zeug? Ich verstehe nur Bahnhof«, stöhnte Elli.

»Sicher nur Zufall. Wie du schon gesagt hast: Er kannte halt beide Rätsel«, meinte Xara.

Scheinbar war es jedoch kein Zufall, denn Topper beantwortet jede Aufgabe. Zunächst gab es mehrere

Proteste, dass es nicht fair sei. Aber nach einigen Aufgaben schauten alle Topper nur erwartungsvoll an, ob er auch die nächste Aufgabe in Rekordzeit lösen konnte.

»So, dass soll erst einmal reichen. Nachdem ja sowieso nur noch Thomas mitmacht, kommen wir nun zum zweiten Teil. Hierfür bekommen alle fünf Aufgaben, die ihr bitte schriftlich beantwortet. Hierfür gibt es insgesamt 35 Punkte. Lohnt sich also.« Miss Gounegale verteilte ein paar Zettel und Stifte.

»Mann, jetzt auch noch eine Klassenarbeit«, stöhnte Elli.

»Ach komm, es kann ja nichts passieren. Im schlimmsten Fall bekommen wir halt keine Zusatzminuten.«

»So, ihr könnt nun anfangen. Wer fertig ist, gibt die Lösungen ab und darf dann gehen. Die Ergebnisse mit den erreichten Punkten hänge ich nach dem Mittagessen an die Tür dieses Raums. So, dann viel Glück!«

Alle schauten sich erwartungsvoll die Aufgaben an und los ging das Grübeln. Mit der ersten Aufgabe kam Kai gut zurecht und war mit sich zufrieden. Doch schon mit der nächsten Aufgabe wurde es schwieriger. Nach einiger Zeit schaute sie sich verzweifelt um. Auch Elli war scheinbar mit ihrem Latein am Ende, denn sie guckte ebenfalls hilflos in die Runde. Xara hingegen war unbeirrt am Schreiben.

»Irgendeine Ahnung wie Aufgabe 3 geht?«, flüsterte Elli.

»Nein. - Du bei der vierten?«, antwortete Kai leise.

»Bitte Ruhe!«, ermahnte Miss Gounegale. Schuldbewusst schauten Kai und Elli sofort wieder auf ihr Blatt. In diesem Moment stand Topper auf, ging nach vorne und gab seine Zettel ab. Fast alle im Raum blickten auf und starrten ihn ungläubig an.

»Das darf doch nicht wahr sein. Ich hab' nicht mal die Hälfte und der ist fertig«, schimpfte ein Junge. Ringsum war zustimmendes Gemurmel zu hören. Topper hingegen schlenderte gemächlich zum Ausgang. Als er die drei Mädchen erreichte, meinte er grinsend: »Hab' ich euch doch gesagt!«

»Was?«, fragte Kai verwirrt.

»Na, dass es für euch besser wäre, neben einem Genie wie mir zu sitzen.«

Kapitel 17

Beim Mittagessen schien es nur ein Thema zu geben: Topper! Selbst die, die nicht dabei waren, spekulierten, wie er das schaffen konnte. Für die einen war es nur Zufall, doch die meisten mussten anerkennen, dass Topper in dem Fach ziemlich genial war.

»Mann, ich kann es nicht mehr hören«, stöhnte Kai, als sie mit dem Essen fertig war. »Als wäre Topper nun der Superheld schlecht hin.«

»Aber du musst schon zugeben, dass das eine ziemliche coole Show war, die er da abgezogen hat«, erwiderte Xara. Elli stimmte ihr nickend zu.

»Hast ja Recht«, gab Kai zu, »trotzdem geht er mir auf die Nerven.« Mit grimmigem Gesicht aß sie den letzten Löffel Pudding und räumte ihr Geschirr zusammen. »Kommt, lasst uns schauen, was für uns rausgesprungen ist.«

»Ja, los. Vielleicht haben wir ja Glück und haben auch ein paar Minuten bekommen«, stimmte Elli zu und stand mit ihrem Tablett in der Hand auf.

An der Eingangstür des Unterrichtsraums hing, wie versprochen, ein Zettel. Jeder versuchte seinen Namen zu finden und ging anschließend freudestrahlend weg oder machte ein enttäuschtes Gesicht. Kai fand ihren Namen zu erst.

»Wow, immerhin drei Minuten!«

»Mensch, die habe ich auch«, sagte Elli einen kurzen Moment später. »Und wie sieht es bei die aus?« Beide schauten Xara an.

»Kaum zu glauben, aber ich habe sechs Minuten bekommen.« Verlegen schaute sie Elli und Kai an.

»Ist doch super!«, riefen beide zeitgleich. »Da haben wir ja alle morgen genug Zeit.«

Kai überflog weiter den Zettel. »Schaut euch das mal an, Maja hat gar keine Minute bekommen.«

»Na, dass wird Ärger geben«, meinte Elli.

»Da möchte ich nicht dabei sein, wenn sie das sieht. Kommt lässt uns abhauen und noch etwas ausruhen!«, forderte Xara auf.

Viel Zeit zum Ausruhen hatten sie jedoch nicht, denn auch heute Nachmittag war wieder Schwimmen angesagt. Wie gestern warteten alle Mädchen am Beckenrand auf Ms. Porter, als diese um die Ecke kam. Eigentlich sah sie aus wie gestern, nur dass sie heute einen Trainingsanzug anhatte, der so grell grün war, dass sie schon von weitem leuchtete.

»Ach, du grüne neune!«, rief Elli entsetzt. »Los! Sonnenbrillen auf, sonst erblindet ihr!« Das Lachen der Mädchen war so laut, dass sich die Jungen auf der anderen Seite des Beckens verwundert umdrehten.

»Sag mal, bist du sicher, dass du nicht mit Topper verwand bist?«, fragte Kai lachend, was ihr einen finsteren Blick von Elli einbrachte.

»Sehr schön, dass ihr auch heute wieder so lustig seid«, meinte Ms. Porter und lächelte den Mädchen freundlich zu.

»So, genug gelacht. Nun wird es wieder ernst. Gleiches Verfahren und gleiche Staffeln wie gestern.«

Wie es zu erwarten war, gab es ein Stöhnen von Maja.

»Da gibt es nichts zu stöhnen. Auch heute geht es wieder um eure Extraminuten.« Bei der Bemerkung schauten ein paar Mädchen erfreut auf, da sie sich Hoffnung machten, weitere Minuten zu ergattern.

»Extraminuten habt ihr ja schon bekommen. Zumindest die meisten.« Kai konnte es sich nicht verkneifen, bei der Bemerkung zu Maja rüber zuschauen. Die blickte Ms. Porter leicht säuerlich an und Kai musste innerlich lächeln. »Von wegen!«, murmelte Maja.

»Und nun wird es interessant. Denn in diesem Wettkampf gibt es nichts zu gewinnen, sondern zu verlieren«, führte Ms. Porter fort. Die Mädchen schauten sie fragend an.

»Die Siegerstaffel bleibt ungeschoren. Die folgenden jedoch verlieren entsprechend ihrer Platzierung. Heißt die zweite verliert zwei Minuten, die dritte drei und die vierte vier.«

Ms. Porter ließ das Gesagte erst einmal sacken und schaute in die Runde. Wie sie sich gedacht hatte, waren alle etwas geschockt und man konnte sehen, wie die einzelnen Mädchen für sich ausrechneten, was für sie rauskommen konnte.

»Naja, nicht gerade toll. Aber wir können ja maximal eine Minute weniger Zeit haben«, meinte Kai zu Elli. »Ja, und das schaffen wir trotzdem. Heute waren wir ja auch früh genug im Ziel.«

»Und mir kann ja nicht viel passieren. Schlimmsten falls bleiben nur noch zwei Extraminuten übrig«, fügte Xara achselzuckend hinzu und rieb sich ihren verletzten Arm.

Maja hingegen wurde kreidebleich. Als sich die Staffeln zusammenstellten, fing sie sofort an zu zetern. »Ich warne euch! Wehe, wir werden nicht erster!«

»Mensch bleib mal locker!«, meinte Hedda. Maja konnte vor Wut gar nichts erwidern, sondern schaute einen nach dem anderen finster an. Als ihr Blick auf Xara fiel, ging sie bedrohlich auf sie zu. »Und du Weichei? Dich warne ich besonders! Versau es nicht, sonst wirst du es bereuen!«

»Was ist hier los?« Ms. Porter war zu Majas Gruppe gegangen, als sie bemerkte, dass es dicke Luft gab. »Du schon wieder?«, fragte sie Maja.

»Alles in Ordnung«, beschwichtigte Maja sofort. »Wir haben nur die Taktik besprochen.«

»Naja. Das sah mir aber anders aus. Los, macht euch fertig.«

Wenige Augenblicke später standen die Startschwimmerinnen bereit. Kai war, wie gestern, die erste in ihrer Staffel. Neben ihr auf dem Startblock stand überraschend Maja. Bevor sie jedoch darüber nachdenken konnte, warum Maja heute als erste schwimmen wollte, ertönte ein schriller Pfiff und es ging los. Erneut waren die Startschwimmerinnen auf den ersten Metern gleich auf. Erst nach der Wende konnte Kai nicht mehr mithalten und ließ die übrigen drei Mädchen davonziehen. Maja gab alles, holte einen großen Vorsprung heraus und schlug als erste an. Hedda sprang ins Wasser. Als Kai aus dem Wasser stieg, lag Majas Mannschaft um fast zwei Längen vorne. Erst im Ziel könnte Ellies Staffel den Rückstand verringern, so dass es nun immer spannender wurde. Wieder schrien sich die Mädchen die Lungen aus dem Hals. Am wildesten war jedoch Maja. Sie war nicht mehr zu halten. Sie schrie und gestikulierte wie eine Verrückte.

»Die bekommt noch einen Herzinfarkt, wenn die so weiter macht«, meinte Charlotte grinsend.

»Die hat sie doch nicht alle«, stimmte ihr Hedda zu.

Nun machte sich Xara als letzte Schwimmerin bereit. Sie hatte noch eine Länge Vorsprung. Aber schon nach ein paar Metern war allen klar, dass sie den nicht halten konnte. Die anderen waren viel zu stark für sie und es viel auf, dass sie ihren linken Arm nicht richtig bewegte.

»Komm Xara! Dass schaffst du!«, rief Kai. Majas Gesicht wurde immer roter. Ihre Stimme überschlug sich förmlich. Aber alles anfeuern nutze nichts - Xara wurde überholt. Eine Schwimmerin nach der anderen zog an ihr vorbei. Als sie endlich ins Ziel kam, zogen sie Kai und Elli aus dem Wasser.

»Verdammt, tut mir mein Arm weh«, stöhnte Xara.

»Hat man gesehen«, antwortete Kai.

»Das war nicht fair! Das darf doch nicht zählen!«, schimpfte Elli. »Ich gehe zur Porter und werde mich beschweren.« Sie wollte schon losgehen, aber Xara hielt sie zurück.

»Komm, lass doch! Mir ist das eigentlich egal!«

»Dir schon«, meinte Kai, »aber der tollen Maja sicher nicht. - Wo ist die eigentlich?«

Fragend schauten sich alle drei nach ihr um, aber Maja war wie vom Erdboden verschluckt. »Was heckt die denn jetzt wieder aus?«

Kapitel 18

Ms. Porter ließ die Mädchen die restliche Zeit im Wasser rumtoben. Das war ein Spritzen, Quieken und Lachen, dass jeder sich in Sicherheit bringen musste, wenn er weder nass noch taub werden wollte. Es machte allen so viel Spaß, dass Ms. Porter Schwierigkeiten hatte, die Mädchen wieder aus dem Wasser zu bekommen. Erst ein Machtwort half und vergnügt gingen alle unter die Dusche. Maja war nicht wiederaufgetaucht.

Als Kai, Elli und Xara fertig waren, schnappten sie sich ihre Sachen und machten sich auf den Weg in ihr Zimmer. Sie waren schon ganz aufgeregt, denn heute Nachmittag sollten sie einen Einführungskurs im Klettern bekommen.

»Seid ihr schon einmal geklettert?«, fragte Kai.

»Nein«, antwortete Xara knapp.

»Ich schon«, meinte Elli, »zu Hause haben wir einen Kletterpark.«

»Was? Ihr habt einen eigenen Kletterpark?«, fragte Kai ungläubig.

»Nein! Ich meine, gleich bei uns in der Nähe. Ich bin da halt sehr oft«.

»Also mir ist mulmig. Klettern ist ja nun gar nicht mein Ding.« Xara sah bedrückt aus.

»Ach, das kriegst du schon ...«, Kai stutzte, denn sie sah, dass ihre Zimmertür offenstand. Elli und Xara schauten sie fragend an.

»Hat eine von euch die Tür offengelassen?«, fragte Kai.

Beide schüttelten den Kopf und fragten sich, was das jetzt schon wieder zu bedeuten hatte.

Sie mussten sich gar nicht erst fragen, ob jemand in ihrem Zimmer war - das Ergebnis des Besuchs war nicht zu übersehen. Rund um Xaras Bett herrschte das völlige Chaos. Ihre gesamten Sachen sind aus dem Kleiderschrank gerissen worden und lagen nun vor ihrem Bett. Handtücher waren quer im Zimmer verteilt, ihre Zahnbürste lag unterm Tisch. Aber am ekligsten war die Zahnpasta, die auf Xaras Kopfkissen verschmiert war.

»Mein Gott, wie sieht das hier denn aus!«, rief Elli.

»Ich glaub ich spinne!« Kai schaute zu Xara. Die war nur blass geworden und konnte nichts sagen.

»Wer macht denn so 'n Mist?«, fragte Elli.

»Da fragst du noch?« Kai lief vor Wut rot an. »Das kann doch nur diese blöde Kuh von Maja gewesen sein!«

Das Xara zu dem ganzen Schlamassel nichts sagen konnte, machte Kai noch wütender: »Na warte, die kann was erleben!«

»Was hast du vor?«, fragte Elli.

»Die mach' ich fertig!«, antwortete Kai und stürmte aus dem Zimmer. Wutentbrannt lief sie den Gang entlang und riss die Tür zu Majas Zimmer auf.

»Kannst du mir mal sagen, was der Blödsinn soll?«, brüllte Kai Maja an. Die saß auf ihrem Bett und schaute erschrocken auf. Auch ihre beiden Zimmerkameradinnen Hedda und Elena sahen Kai verwirrt an. Maja machte nur ein fragendes Gesicht.

»Nun tu nicht so, als ob du von nichts weißt!«, brüllte Kai weiter.

»Was willst du von mir?« Maja war aus ihrer Starre erwacht und sprang auf. Kai ging auf sie zu und scheuerte ihr eine mit der flachen Hand.

»Das ist für deine dumme Frage!«, fuhr Kai Maja an und holte erneut aus, »und das ist für Xara!« Doch dieses Mal war Maja drauf vorbereitet und fing den Schlag ab. Im Gegenzug schubste sie Kai, die stolperte und fiel hin.

»Dieses blöde Schlitzauge hat nichts anderes verdient!« Nun schrie auch Maja. Kai rappelte sich auf und stürzte sich auf Maja. »Na, warte!«

Kai erwischte Maja mit solch einer Wucht, dass beide zu Boden gingen. Elena und Hedda waren immer noch verwirrt und schauten den beiden staunend zu. Maja und Kai bildeten ein Knäul, das sich hin und her wälzte. Keine von beiden schien die Oberhand zu gewinnen. Inzwischen standen auch andere Mädchen um die beiden Kampfhähne herum. Aber es traute sich keiner dazwischen zu gehen. Plötzlich konnte sich Kai einen Moment lang los machen und drückte Maja nach unten. Die strampelte mit den Beinen und bäumte sich wie ein wild gewordenes Pferd auf und konnte so Kai fast abzuwerfen. Kai versuchte Maja fester auf den Boden zu drücken, doch die stieß Kai mit letzter Kraft von sich. Kai fiel nach hinten und krachte dabei gegen den Tisch. Dieser begann in Zeitlupentempo umzukippen. Verblüfft schauten alle umherstehenden Mädchen zu, und bevor ihn einer zu fassen bekam, landete er mit einem riesen Getöse auf dem Fußboden. Plötzlich war absolute Stille im Zimmer. Niemand rührte sich. Kai und Maja saßen sich bewegungslos gegenüber. Kai wollte gerade ansetzen, etwas zu sagen, als sie erschrocken innehielt.

»Was ist hier denn los?« Ein ohrenbetäubendes Brüllen erfüllte den Raum. Frau Schwartz war in das Zimmer gekommen. Sie blickte sich um und schien sofort zu erfassen, was geschehen war. Ohne ein weiteres Wort ging sie auf Kai und Maja zu. Sie zerrte erst Maja hoch und dann mit der anderen Hand Kai. Sie machte das mit so einer Kraft und Entschlossenheit, die ihr keiner der Mädchen zugetraut hätte.

»Mitkommen!« Mehr sagte sie nicht, und zu dritt verließen sie das Zimmer.

»Das gibt Ärger«, meinte Hedda.

»Die fliegen jetzt raus«, fügte Chloé hinzu und alle Mädchen nickten schweigend.

Ohne ein Wort zu sagen ging Frau Schwartz, eingerahmt von Kai und Maja, den Gang entlang. Die beiden trauten sich nichts zu sagen, denn Frau Schwartz war sichtlich stink wütend. Sie mussten die Treppe runter und als sie durch die lautlose Schiebetür gingen, fragten sich die beiden Mädchen, wo Frau Schwartz sie es eigentlich hinbrachte.

»So ein Verhalten ist mir in den ganzen Jahren noch nicht untergekommen!« Frau Schwartz brach endlich ihr Schweigen. Sie waren nun in der Empfangshalle. Frau Schwartz ging links am Tresen vorbei und drückte auf eine Stelle der gemusterten Wand. Kai und Maja staunten nicht schlecht, als sich plötzlich eine Tür öffnete.

»Das ihr rausfliegt, ist doch euch wohl klar, oder?« Fragend schaute sie beide an. Kai und Maja schauten verschämt auf den Boden und schwiegen.

»Mr. Antus kennt da keine Gnade. Da könnt ihr euch sicher sein.« Sie schob die beiden Mädchen durch die Tür in einen Gang und drückte erneut auf einen Schalter. Wie beim Öffnen schloss sich auch diese Tür völlig geräuschlos. Wäre Kai nicht so sehr in Gedanken gewesen, wäre ihr das sicherlich wieder einmal unheimlich vorgekommen. Doch nun konnte sie nur an den Rauswurf denken.

›Und das alles nur wegen dieser blöden Kuh! - Vielleicht kann ich es ja erklären, denn Maja hat ja schließlich Mist gebaut‹, dachte Kai, während sie den Gang entlanggeführt wurden.

Als es um eine Ecke ging, waren zwei Bürotüren zu sehen. Vor der ersten blieben sie stehen. An der Tür stand kein Name, doch Kai konnte sich denken, dass es das Büro von Mr. Antus war. Frau Schwartz klopfte an und öffnete ohne zu zögern die Tür.

Mr. Antus schreckte auf und starrte die drei verwirrt an. Er war in seine Unterlagen vertieft, die er auf seinem Schreibtisch ausgebreitet hatte. Hastig sammelte er sie zusammen und stopfte sie in einen Hefter. Er machte das so unbeholfen, dass es Kai vorkam, als hatte er etwas zu verbergen. ›Komisch. So mache ich es, wenn Mama mich erwischt, wenn ich anstatt Hausaufgaben zu machen eine Zeitschrift lese‹, dachte sie.

Als er fertig war, schaute er Frau Schwartz fragend an. »Habe ich etwas verpasst? War irgendetwas?« Man konnte sehen, dass er angestrengt nachdachte. Kai vermutete, dass er gerade in Gedanken seinen Kalender durchging. Darüber musste sie lächeln, was ihr aber gleich wieder verging, als Frau Schwartz anfing zu berichten. Und sie berichtete ausführlich. Kai wurde es immer mulmiger, denn es hörte sich wirklich übel an.

›Das war's!‹, dachte Kai, ›Schluss, aus, vorbei! Jetzt werden wir geblitzdingst und dann ist alles Geschichte! So 'n Mist aber auch!‹

Mr. Antus hört schweigend zu und blickte immer wieder kopfschüttelnd von Kai zu Maja. Kai traute sich nicht mehr aufzusehen, sondern startet auf den Schreibtisch. Da entdeckte sie ein Foto, das Mr. Antus scheinbar vergessen hatte, mit zu den Akten zu packen. Kai versuchte zu erkennen, was abgebildet war. Es schienen vier junge Männer zu sein, die für den Fotografen posierte. Sie sahen aus, wie Soldaten in Kampfanzügen. Aber so genau konnte Kai es nicht erkennen, da sie das Foto nur über Kopf sehen konnte. Zumindest schien es schon recht alt zu sein, und Kai fragte sich, ob einer von ihnen Mr. Antus war. Als dieser bemerkte, wo Kai hinsah, nahm er schnell das Foto und stopfte es hastig zu den anderen Papieren. Dabei konnte man sehen, dass jemand etwas auf die Rückseite geschrieben hatte. Es ging aber viel zu schnell, um lesen zu können, was dort stand.

›Was soll das? Warum tut er so heimlich?‹ Weiter kam Kai mit ihren Gedanken nicht, denn Frau Schwartz hatte nun ihre Ausführungen beendet. Ein erdrückendes Schweigen füllte den Raum. Zum ersten Mal, seit sie Mr. Antus Büro betreten hatten, schaute Kai zu Maja rüber. Maja schaute starr nach vorne. Sie sah ziemlich hilflos aus und war nahe dran, in Tränen auszubrechen.

»Okay!« Mr. Antus beendet endlich das Schweigen. »Danke Frau Schwartz. Ich kümmere mich dann abschließend um die Angelegenheit. - Sie können dann schon 'mal gehen.«

Frau Schwartz nickte kurz und verließ ohne ein weiteres Wort das Büro. Nervös trat Kai von einem Fuß auf den anderen. Maja war immer noch starr vor Angst. Mr. Antus schwieg erneut.

›Komm, leg endlich los! Ich halte es nicht mehr aus!‹ Kai war inzwischen am Verzweifeln.

»Also, meine Damen...« Wieder Schweigen. Mr. Antus machte ein verkniffenes Gesicht.

»Also, nein, wirklich!« Mr. Antus schüttelte erneut ungläubig den Kopf. »So etwas ist mir wirklich noch nicht passiert.« Plötzlich läutete das Telefon und die beiden Mädchen zuckten zusammen.

»Die Sache ist mehr als ernst«, sein Blick ging zu seinem Telefon, »und das wird ...« Mr. Antus starrte ungläubig auf das Display des Telefons. Zögerlich nahm er den Hörer in die Hand.

»Antus«, meldete er sich vorsichtig. Dann hörte er angestrengt zu. »Ja, Herr Minister. Ich weiß ...« - »Ja, aber, dass ist völlig unmöglich.« Mr. Antus hatte die beiden Mädchen völlig vergessen.

»Nein, es kann hier nichts passieren!« Wieder hörte er zu. Sorgenfalten bildeten sich auf seiner Stirn.

»Ja ... - aber ... - aber Herr Minister ... - ein Anschlag auf ...«

In diesem Moment bemerkte er, dass Maja und Kai ja noch im Zimmer waren. »Darf ich ... - darf ich Sie kurz unterbrechen. Ich bin nicht alleine!«

Er stellte das Telefon auf stumm, dachte kurz nach und blickte beide streng an.

»Das mir das nicht noch einmal vorkommt! - Ihr könnt gehen!«

Kai und Maja starrten ihn verwirrt an. Sie glaubten sich verhört zu haben.

»Nun los, haut schon ab! Geht zum Klettern!« Er wedelte mit den Händen, als wollte er sie am liebsten aus dem Büro schieben. Die beiden schauten sich verblüfft an, drehten sich langsam um und gingen ungläubig aus dem Büro. Sofort führte Mr. Antus sein Telefongespräch weiter. Beim Schließen der Tür hörte Kai noch, wie Mr. Antus gerade fragte: »...warum sollte denn Ihrer Nichte etwas passieren?«

Als die Tür geschlossen war, fühlte sich Kai einen Moment lang, als ginge sie auf Watte - wie in einem Traum. Das Ganze war alles andere als real für sie.

»Mein Gott! Haben wir Glück gehabt!« Maja fand als erste ihre Sprache wieder. Doch mehr brachte sie nicht hervor, denn auch sie konnte noch nicht glauben, was gerade passiert war. Kai nickte nur stumm. Schweigend gingen sie zurück.

›Das war mehr als Glück!‹, dachte Kai. ›Ich frage mich nur, was Antus so erschreckt hat, dass wir ungeschoren davongekommen sind?‹

Kapitel 19

Alle Mädchen hatten sich am Kletterparcours eingefunden und warteten tuschelnd. Ein Trainer war jedoch noch nirgends in Sicht. Daher schaute Elli sich interessiert um. Wie in allen Kletterparks waren zwischen den Bäumen unzählige Seile gespannt, einige Kletternetze und Holzleitern führten nach oben und man konnte eine Seilbahn zum dranhängen entdecken. Elli fand, dass das ein ganz gewöhnlicher Kletterpark war. Zwischen den Bäumen stand eine Holzhütte, deren Tür geschlossen war und Elli vermutete, dass darin die Ausrüstungen gelagert wurden. Auch Xara schaute sich um. Ihr Blick war jedoch skeptisch.

»Oh, Mann, sind die Bäume hoch. Müssen wir da etwa rauf?«, fragte sie ängstlich.

»Heute ganz bestimmt nicht«, antwortete Elli, »soll doch nur eine Einführung sein. - Naja, die brauche ich nun wirklich nicht.«

»Ich schon. Ich habe keine Ahnung, wie das geht.«

»Ist gar nicht so schwer. Außerdem bist du ja immer gesichert. Selbst wenn du fällst, kann dir nichts passieren«, versicherte Elli.

»Bist du sicher?«, fragte Xara ungläubig.

»Ja, kannst du mir glauben. Ich bin auch schon des Öfteren gestürzt. Gerade bei den sehr schwierigen Parcours bei uns zu Hause. Alles halb so wild!«

Xara schaute wieder zu den Bäumen rauf und dachte nach.

»Was meinst du, was mit Kai passiert ist? Ob sie noch eine Chance bekommt«, fragte sie nach einem Moment.

»Ich fürchte, da ist nichts zu machen«, antwortete Elli kopfschüttelnd. »Die packt gerade und dann geht's nach Hause.«

»Ach, Mann, und alles nur, weil sie mich beschützen wollte.« Xara ließ ihren Kopf hängen.

»Komm, nimm es nicht so schwer!« Elli legte ihren Arm um Xara. »Wann geht das hier eigentlich los?«

Auf einmal wurde es unruhig in der Gruppe. Elli und Xara fragten sich, was da los war, denn sie hörten plötzlich die Namen Maja und Kai. Sie schauten sich um und konnten zunächst nicht glauben, was sie da sahen. Kai und Maja kamen den Waldweg entlanggelaufen. Alle stürzten sich auf sie und wollten wissen, was passiert war. Kai drängelte sich durch das Gewühl und suchte Elli und Xara.

»Die haben euch nicht rausgeworfen?«, fragte Elli ungläubig.

»Nö, zum Glück nicht!«, antwortete Kai freudig.

Xara strahlte über das ganze Gesicht und fiel Kai um den Hals. »Was bin ich froh, dass du noch da bist!«

»Und ich erst 'mal!«, antwortete Kai.

»Sag mal, was ist passiert?«, fragte Elli. Sie schaute Kai immer noch erstaunt an. Kai wollte gerade ansetzen, alles zu erzählen, als die Hüttentür sich öffnete und Fesl herauskam. Ein Stöhnen ging durch die Gruppe. »Ach nee, nicht der schon wieder!«, meinte Kai.

»Klappe halten!«, schrie Fesl.

»Immer mit der Ruhe, Fesl!« Aus der Hütte war noch jemand gekommen. Neben Fesl sah er aus, wie ein

Riese. Was jedem sofort ins Auge stach, war sein riesiger Schnurrbart.

»Grüß Gott zusammen! Ich bin der Herr Vögli«, stellte er sich knapp vor. Er fing an, seine Bartenden zu zwirbeln und schaute dabei in die Reihe der Mädchen.

»Wer von euch ist den schon einmal geklettert?«, fragte er mit ruhigen Stimme. Sehr viele Arme gingen nach oben.

»Okay, fragen wir anders herum: wer ist noch nie geklettert?«

Zögerlich gingen drei Hände nach oben. Vereinzelt hörte man darauf hin ein Kichern.

»Ruhe habe ich gesagt!«, brüllte Fesl erneut los.

Herr Vögli ignorierte sowohl das Kichern als auch Fesls erneuten Ausbruch. »Keine Bange, das schafft ihr schon. Dann kommt ihr schon einmal in meine Gruppe, damit ich euch alles genau erklären kann. Die zweite Gruppe wird Fesl übernehme.«

Seine sonore Stimme wirkte scheinbar beruhigend, denn Xara schaute nicht mehr so ängstlich aus.

»Der heutige Parcours ist nur zur Einführung; nicht sehr hoch und recht kurz. Für die Profikletterer natürlich ein Witz. Die Anfänger sollen sich heute einfach an das Klettern etwas gewöhnen. Morgen wird es dann für alle ernst. Da wird ein Parcours geklettert, der es ein wenig in sich hat.« Er schaute dabei in Xaras Richtung, die nun wieder skeptisch vor sich hinstarrte.

»Ich weiß, dass es für die Unerfahrenen wirklich schwierig ist. Aber da müsst ihr leider durch, und das im wahrsten Sinne des Wortes«, fügte er hinzu und ein leichtes Grinsen war zu sehen. »Aber bisher hat es eigentlich jeder irgendwie geschafft«, versuchte er zu beruhigen.

»Und passieren kann euch ja nichts, da ihr immer gesichert seid. - So, dann lasst uns die zwei Gruppen bilden. Wir werden euch eure Ausrüstung erklären, ihr legt sie an und dann geht es für alle über den kleinen Einführungsparcours. - Noch irgendwelche Fragen?« Er schaute wieder in die Runde, doch keiner traute sich etwas zu fragen.

»Gut! Los geht's! Dann bildet mal die zwei Gruppen!«, forderte er alle auf.

Scheinbar wollte zunächst keiner der Mädchen in Fesls Gruppe, denn es gab einiges hin und her und dauerte schon einen Moment, bis sich alle für eine Gruppe entschieden hatten. Elli und Kai wollten natürlich bei Xara bleiben, was dann auch zu Xaras Erleichterung funktionierte. Fesl bekam zum Glück von dem ganzen nichts mit, ansonsten wäre er sicherlich wieder explodiert. Er hatte in der Zwischenzeit auf den freien Flächen unter den Bäumen zwei riesige Decken ausgebreitet und darauf die Ausrüstungen verteilt.

»So, hervorragend! Wo ist denn die Gruppe mit den Anfängern?«, fragte Herr Vögli. Als die Hände in Kais Gruppe hochgingen, kam er zu Ihnen.

»Ihr seid also meine Gruppe. Die andere Gruppe übernimmt, wie gesagt, Fesl. - Auf geht's!« Herr Vögli führte seine Gruppe zu einer der Decken, während die anderen Fesl zur zweiten folgten.

»Zum Glück ist Maja in der anderen Gruppe«, flüsterte Elli Kai zu, «nicht, dass ihr euch wieder in die Haare bekommt!«

»Jo, für heute reicht's mir. Ich möchte nicht noch mal zu Antus. Aber ich glaube, auch Maja hat erst einmal genug«, antwortete Kai leise.

»Naja, warten wir's ab!«, meinte Xara knapp, denn jetzt wollte sie aufpassen, denn Herr Vögli hatte begonnen, die Ausrüstung zu erklären. Nachdem er kurz zeigte, was wofür gedacht ist, legte er das Klettergeschirr bei sich selber an.

»Wie ihr seht, ist es ganz einfach. So, nun probiert es selber einmal!«

Jeder schnappte sich die Ausrüstung, die vor ihm lag und versuchte mehr oder weniger geschickt sie anzulegen. Elli war als erste fertig. Xara hingegen stellte sich recht ungeschickt an. Sie hatte ihre Ausrüstung in sich verdreht, und kam, nachdem sie in die Beinschlingen gestiegen war, nicht mehr weiter. Als Elli das bemerkte, half sie ihr alles wieder zu entwirren.

»Wie hast du das denn hinbekommen?«, fragte Elli, »so schwer ist es ja nun wirklich nicht!«

»Keine Ahnung«, antwortete Xara. Es war ihr peinlich und sie lief rot an. Kai war inzwischen auch fertig und konnte mithelfen, Xaras Ausrüstung mit zu entwirren. Als Herr Vögli gerade zu Ihnen kam, hatten sie es vereint endlich geschafft, Xara die Ausrüstung richtig anzulegen.

»Alles klar?«, fragte Herr Vögli.

»Ja, jetzt schon«, meinte Xara mit einem schwachen Lächeln.

»Okay, dann lass es mich mal kontrollieren.« Herr Vögli schaute sich alles genau an und zog den einen oder anderen Gurt etwas strammer. Er nickte zufrieden mit dem Kopf und ging anschließend von einem Mädchen zum anderen, um auch hier alles zu überprüfen.

»So, das hätten wir. Ihr könnt nun euren Helm aufsetzen.« Herr Vögli wartete, bis alle fertig waren, und er mit seinen Erklärungen fortfuhr.

»Die meisten von euch sind ja schon einmal geklettert und ihr wisst daher, wie wichtig eure Sicherung ist. Unseren Kletterpark haben wir besonders sicher gemacht, denn wir verwenden ein neues Schienensystem. Hierbei hängt ihr eure Sicherung am Anfang des Parcours ein. Heute müsst ihr bis zum Ende eure Sicherung nicht umhängen. Sicherer geht es nicht.« Herr Vögli machte eine kurze Pause. »Beim morgigen Parcours müsst ihr einmal die Sicherung umhängen. Aber auch das ist ungefährlich, da ihr das auf einer gesicherten Plattform machen werdet. Somit könnt ihr euch heute und morgen einfach auf das Klettern konzentrieren.«

Herr Vögli schaute die Mädchen an und wartete, ob jemand hierzu eine Frage hätte. Chloé meldete sich: »Und dann kann mir auch nichts passieren, wenn ich abstürze?«

Herr Vögli hielt ein Seil hoch. »Ganz richtig! Sieh, das ist dein Sicherungsseil. Den oberen Teil klickst du in das Schienensystem ein und der untere wird in deine Ausrüstung eingeklinkt.« Nun meldete sich Elli: »Ich kenne es, dass man sich am Bauch einklinkt; hier ist aber gar nichts.«

»Gut aufgepasst!«, lobte Herr Vögli, »das ist ein Unterschied zu den Ausrüstungen, die ihr vielleicht kennt. Um bei uns besser klettern zu können, werdet ihr auf dem Rücken eingeklinkt. - Okay? Noch weitere Fragen?«

Herr Vögli schaute wieder in die Runde der Mädchen und wartete. »Gut! Dann lasst uns beginnen!«

Gemeinsam gingen sie zum Startpunkt des Einführungsparcours. Elli machte sich als erste fertig und war im Nu die paar Meter in die Höhe geklettert. Von da aus balancierte sie über einen Holzbalken, bevor sie auf zwei Seile traf. Hier musste man sich am oberen festhalten und über das untere vorsichtig zur anderen Seite gehen. Elli machte das so geschickt, dass jeder sehen konnte, dass sie im Klettern ziemlich erfahren war. Nach ein paar weiteren Hindernissen, kam sie wieder unten an und ging zu den übrigen Mädchen zurück. Inzwischen war auch Fesls Gruppe dazugekommen. Xara hatte sich schon am Startpunkt aufgestellt, denn sie war als übernächste dran. Elli schaute sich nach Kai um. Die war schon mitten auf der Strecke. Nicht weit vor ihr ging Maja und war fast fertig. ›Na, die schaffen es aber auch wirklich nie, sich aus dem Weg zu gehen‹, dachte Elli und musste schmunzeln.

Nun ging es auch für Xara los. Schon beim Hochklettern konnte man sehen, dass ihr nicht wohl war. Auch schien ihr schmerzender linker Arm sie immer noch zu behindern. So dauerte es eine gewisse Zeit, bis sie oben war und unter ihr begann die nachfolgenden Mädchen ungeduldig zu werden. Die ersten fingen an Witze über Xara zu machen.

»Immer mit der Ruhe! Lasst sie in Frieden!«, ermahnte sie Herr Vögli. Als nächstes musste nun auch Xara über den Holzbalken balancieren. Ganz langsam setzte sie einen Fuß vor den anderen. Auf einmal verlor sie den Halt, konnte sich aber wieder auffangen. Erst ging ein Raunen durch die Gruppe, dann lachten die ersten über sie.

»Wenn ich noch mal jemanden lachen höre, trete ich ihn in den Hintern!«, schimpfte Fesl los.

»Fesl! Mäßige deine Ausdrucksweise!« Herr Vögli wurde sichtlich sauer. Fesl verkniff nur sein Gesicht und murmelte etwas Unverständliches.

Xara war nun bei den Seilen angekommen. Wieder ging es nur ganz langsam voran. Als sie die Mitte erreicht hatte, schaute sie nach unten. Plötzlich verließ sie der Mut. Sie war starr vor Angst und konnte sich nicht bewegen. Herr Vögli hatte sie die ganze Zeit beobachtet und wusste sofort, was los war.

»Ganz ruhig!«, rief er hoch, »atme tief ein, warte einen Moment und dann geht es schon! - Und schön hochschauen!« Alle schauten gespannt auf Xara. Trotz Fesls Drohung konnten sich ein paar Mädchen ein unterdrücktes Lachen nicht verkneifen. Ganz langsam bewegte sich Xara wieder auf dem Seil. Kai, die die ganze Zeit die Luft angehalten hatte, atmete nun erleichtert aus. Xara schaute wieder zuversichtlicher aus und ging nun etwas schneller. Nur noch ein kurzes Stück und sie hatte es geschafft. Plötzlich rutschte sie mit einem Fuß ab. Vor Schrecken ließ sie mit der rechten Hand los und fiel nach hinten. Für einen Moment hielt sie sich nur mit der linken Hand fest und versuchte wieder ins Gleichgewicht zu kommen. Doch statt nach vorne ging es immer weiter nach hinten, bis auch der zweite Fuß den Kontakt zum Seil verlor. Für einen Augenblick hing sie am Seil, bis sie losließ und stützte. Ein Schreckensschrei ging durch die Gruppe. Doch Xara fiel nicht tief, da das Sicherungsseil sie sofort auffing. Sie hing nun hilflos zwischen den Bäumen. Dem Schrecken folgte Erleichterung.

»Ganz ruhig! Wir helfen dir!«, rief Herr Vögli. Im nächsten Augenblick sah man Fesl hochklettern. Kai war erstaunt, wie elegant und leichtfüßig Fesl Xara erreicht hatte.

»Wow! Hätte ich ihm gar nicht zugetraut«, meinte sie zu Elli.

»Ja, und das ganze ohne sich zu sichern«, antwortete diese.

Es dauerte nicht lange und Fesl kam mit Xara unten an. Kai und Elli liefen zu ihr und nahmen sie in den Arm. Xara hatte nun angefangen zu weinen. Die meisten standen stumm um sie herum. Nur Majas Clique hatte sich zusammengefunden und machte sich über Xara lustig.

»Okay! Nichts passiert!«, meinte Herr Vögli, »dann bitte die nächsten! Wir wollen ja heute noch fertig werden!«

Anschließend kam er zu Xara, nahm sie bei Seite und sprach leise mit ihr. Kai und Elli beobachteten die beiden. Scheinbar konnte Herr Vögli Xara beruhigen, denn sie hatte aufgehört zu weinen und lächelte sogar, als sie wieder zu den beiden kam.

»Und, wie geht's?«, fragte Kai.

»Ach, geht schon. Habe mich nur erschrocken.«

»Und ich erst einmal«, meinte Kai, »im ersten Moment habe ich dich nur fallen sehen und gar nicht an das Sicherungsseil gedacht.«

»Naja, Ende gut, alles gut!«, fügte Elli hinzu, »Morgen musst du halt vorsichtiger sein.« Xara nickte nur. Nach einem Moment fing sie an zu lächeln.

»Was hast du?«, fragte Kai erstaunt.

»Das ganze hatte ja auch was Gutes«, antwortete Xara.

»Hä?« Kai und Elli schauten sie fragend an.

»Na, wenn ich morgen stürze, weiß ich jetzt, dass mir nichts passieren kann.«

Kapitel 20

Nach dem Klettern hatten wir wieder Freizeit. Ich habe dann mit Xara und Elli die meiste Zeit einfach nichts getan. Mama würde wieder einmal sagen, wir hätten gegammelt. Wobei Elli komischerweise zwischendurch mal wieder verschwunden war. Keine Ahnung, was die da immer treibt. Will sie auch nicht sagen. Geht angeblich spazieren. Ob sie sich mit einem Jungen trifft? Irgendwie wirkte sie aber verstört, als sie zurückkam. Was soll's, auch egal!

Maja hat sich jedenfalls den Rest des Tages zusammengerissen und nicht mehr auf Xara rumgehackt. Und Xara geht es so einigermaßen. Natürlich hat sie Bammel vorm Klettern. Aber wir haben ihr immer wieder Mut gemacht. Es kann ja nichts passieren und wenn es bisher jeder geschafft hat, warum nicht auch sie. Problem ist nur, dass neben ihrem Ellbogen nun auch ihre Hand wehtut. Aber sie will trotzdem nicht zum Arzt. Da ist sie wirklich eigen! Aber ich glaube schon, dass sie es schaffen wird. Ich freue mich jedenfalls auf die Klettertour. Macht wirklich Spaß.

Ansonsten war den restlichen Tag nichts mehr los, außer dass es in der Nacht ganz schön geschüttet hat. Tja, und heute Morgen dachte ich, mich tritt ein Pferd. Erst hörte man einen Hahn krähen und dann brüllten die Beatles mehrmals »Good Morning«.

Da fragt man sich natürlich, woher ich diese singenden Opas kenne. Ich sage nur ein Wort: Papa! Ein riesen Fan. Ewig dudelt diese Musik bei uns. Naja, egal. Jedenfalls haben sie das Wecken mal variiert.

Den morgendlichen Lauf haben wir heute wieder einmal locker geschafft, auch wenn es zum Teil ganz schön matschig war. Selbst Maja hat es mit ihren Minusminuten geschafft. Sie war total fertig und ich glaube, sie hat sich wieder daran erinnert, dass sie das Xara zu verdanken hatte. Hoffentlich hält sie sich trotzdem zurück. Den Vogel hat jedoch mal wieder Topper abgeschossen. Alle starteten entsprechend ihrer Zusatzminuten vor den anderen. Topper hatte also eine Ewigkeit Zeit, seine Runde zu drehen. Der Trottel kommt doch wirklich eine halbe Stunde zu spät! Also alles für die Katz und er musste mal wieder alles geben, um noch rechtzeitig im Ziel zu sein. Manchmal frag ich mich, ob der das absichtlich macht.

So, jetzt müssen wir uns aber sputen! Nicht, dass wir zu spät kommen, denn es geht nun zum Klettern. Hoffentlich ist es inzwischen trocken genug, so dass wir auch klettern dürfen.

Nach dem vielen Regen in der Nacht schien den ganzen Vormittag die Sonne. Zum Teil hingen noch Nebelschwaden zwischen den Spitzen der hohen Bäume und lösten sich nur langsam auf. Der Waldboden war ziemlich aufgeweicht, so dass man recht vorsichtig zwischen den Bäumen gehen musste, um dem Matsch und den Pfützen auszuweichen. Alle hatten sich inzwischen an der Holzhütte zusammengefunden und starrten gebannt nach oben. Gemeinsam mit Fesl begutachtete Herr Vögli gerade den Parcours, ob es trocken genug zum Klettern war. Nach einer Weile kamen beide wieder zur Gruppe. Herr Vögli nickte zustimmend mit dem Kopf. »Alles klar! Es kann losgehen!«

Ein lautes Jubeln kam aus der Gruppe und Fesl holte gerade Luft, um mal wieder für Ruhe zu sorgen, als

Herr Vögli weitersprach. »Es ist zum Teil aber noch etwas glitschig. Passt also gut auf!« Fesl öffnete die Hüttentür und holte eine Kletterausrüstung heraus.

»Da es heute etwas zu matschig ist, werden wir euch die Ausrüstung nicht auslegen, sondern euch direkt geben. Ihr wisst ja, was damit zu tun ist«, erklärte Herr Vögli. Als alle darauf hin um die Tür herum ein Knäul bildeten, konnte Fesl sich nicht mehr zurückhalten.

»Ich glaub' ich spinne! In einer Reihe - aber Zack, Zack!«, schrie er.

Nach einem kurzen Moment standen alle hintereinander und er konnte zügig die Ausrüstung ausgeben. Jeder suchte sich einen etwas weniger matschigen Platz, um die Ausrüstung anzulegen. Kai, Elli und Xara halfen sich gegenseitig, und so hatte heute auch Xara keine Probleme. Alle drei waren zügig fertig und gingen wieder zum Sammelpunkt.

»Und, schon aufgeregt?«, fragte Elli Xara.

»Ja, schon. Zum Glück tun meine Hand und mein Arm nicht mehr allzu sehr weh.«

»Ich bin ja gespannt, wie der Parcours ist«, meinte Kai.

»Na, hoffentlich nicht zu schwer«, entgegnete Xara und machte ein besorgtes Gesicht. Herr Vögli war zu Ihnen gekommen und kontrollierte den Sitz ihrer Ausrüstung.

»Alles in Ordnung?«, fragte er Xara, als er sah, dass sie bedrückt aussah.

»Ach, geht schon«, antwortete sie.

»Keine Bange! Heute klettert ihr im Zweierteam. Es ist also immer jemand in deiner Nähe«, beruhigte er Xara.

»Oh, super! Kann ich mit Xara klettern?«, fragte Elli.

»Von mir aus«, antwortete Herr Vögli und zuckte dabei gleichgültig mit den Schultern. Dann schaute er Kai an.

»Ach ja, und du wirst mit Maja klettern. Frau Schwartz wünscht das so.« Er schien zu überlegen. »Keine Ahnung warum«, fügte er noch hinzu und ging dann zu den nächsten.

»Na, die will wohl sehen, ob ihr euch vertragen könnt«, meinte Xara.

»An mir soll's nicht liegen«, antwortete Kai knapp und verzog dabei keine Miene.

Nachdem Herr Vögli alle wieder zusammengerufen hatte, teilte er sie in Zweiergruppen auf. Wie versprochen waren Xara und Elli ein Team. Auch Kai und Maja durften ein Team bilden, wobei beide nicht gerade glücklich aussahen. Aber sie wussten, dass sie sich zusammenreißen mussten. Noch einmal hätten sie nicht so viel Glück. Die ersten Gruppen waren nun schon am Klettern und alle schauten mehr oder weniger interessiert zu. Die drei Mädchen standen zusammen, als Maja zu Ihnen herüberkam.

»Komm! Wir sind jetzt dran!«, forderte sie Kai auf. Die nickte nur kurz. Auf einmal ging Maja zu Xara und legte ihren Arm um sie.

»Und du? Fall mir nicht wieder runter!«, sagte sie grinsend. Als sie ging, schlug sie noch Xara so auf den Rücken, dass deren Sicherungsgurt klirrte. Kai wollte gerade etwas entgegnen, hielt sich dann aber zurück.

»Kopf hoch!«, munterte sie Xara stattdessen auf, »du kannst das!«

Dann folgte sie Maja, die sich bereits gesichert hatte und darauf wartete, dass sie starten durfte.

Den Anfang machte eine drei Meter hohe Art Holzleiter. Maja war vor Kai gestartet und lief fasst die Leiter hoch.

›Das ist doch kein Wettkampf. Oder flüchtet sie vor mir?‹, fragte sich Kai. Sie ließ sich lieber Zeit, denn sie wollte ihre Kräfte einteilen. ›Wer weiß, was noch alles kommt‹. Sie traute den Trainern nicht, denn es gab ja immer wieder mal eine Überraschung.

Oben angekommen ging es über quer aufgehängte Stämme. Hier sah es tatsächlich noch etwas feucht aus und Kai ging ganz vorsichtig von einem Stamm zum anderen. Zum Glück waren die Balken recht nahe beieinander, so dass man keine großen Schritte machen musste. Trotzdem musste Kai sich dabei gut festhalten, denn wenn sie einen Balken nicht richtig traf, war er ganz schön am Schwanken. Maja hingegen schien das Ganze nichts auszumachen. Die war über die Balken gegangen, als wäre es ein ganz normaler Weg.

»Wow!«, meinte Kai zu sich, »die kann das aber.«

Auf der nächsten Plattform angekommen, prüfte Kai nochmal ihre Sicherung. ›Sicher ist sicher! Ich fürchte, die brauche ich heute noch‹, dachte sie dabei. Als sie zurückschaute, bemerkte sie, dass ihr schon die nächsten folgten. »Okay, dann will ich mich mal sputen!«.

Nach einer Art Hängebrücke musste sie ein Netz hochklettern, so dass sie nun schon recht weit oben in den Bäumen angekommen war. Kai verschnaufte einen Moment und schaute nach unten. Sie entdeckte Xara und Elli, die gerade dabei waren, die Leiter hochzuklettern. Xara schaute frohen Mutes nach oben. ›Na siehst du‹, dachte Kai, ›geht doch!‹

Auf dem Kletternetz unter ihr kam Chloé immer näher. Kai rappelte sich auf und griff nach einem Seil, an dem man sich von einer Plattform zur nächsten schwingen musste. Sie nahm etwas Anlauf und sprang ab. Sofort merkte sie, dass das Seil glitschig war. Ganz langsam rutsche ihr das Seil durch die Hände. Panik stieg in ihr hoch. Sie wollte gerade schreien, als sie merkte, dass sie schon auf der anderen Seite angekommen war. Erleichtert atmete Kai durch.

»Uiii, das war knapp!«, meinte sie zu sich selbst.

Erleichtert überwand sie die nächsten Hindernisse und kam zu einer kleinen Seilbahn. Diesen Teil mochte Kai schon immer gerne. Einfach dranhängen und herunter schweben. Vorsichtshalber prüfte sie den Bügel, ob er nicht auch glitschig war. Dann ging es los und Kai genoss die kurze Fahrt. Angekommen, schaute sie sich um, ob sie Xara entdecken konnte. Die stand mit dem Tarzan-Seil in der Hand. Elli stand hinter ihr und redete auf sie ein. Sie waren zu weit entfernt, so dass Kai nicht verstehen konnte, worum es ging. Aber wahrscheinlich traute sich Xara nicht.

»Komm, Xara, das schaffst du!«, rief Kai hoch.

»Mann, geh weiter!« Kai erschrak. Chloé war hinter ihr aufgetaucht.

»Starr hier keine Löcher in die Luft! Du hältst alles auf! - Und mit wem redest du eigentlich?«

»Okay, okay! Ich geh ja schon«, antwortete Kai und ging zügig weiter. Als sie wieder nach oben schaute, konnte sie Elli und Xara nicht mehr sehen, da Bäume die Sicht versperrten.

›Ich hoffe, Xara hat sich getraut!‹, dachte Kai noch kurz. Mehr Zeit hatte sie nicht, denn Chloé und Hedda kam wieder näher. Es ging nun über eine Brücke, die aus Holzfässern bestand. Sie schimmerten im Sonnenlicht grün und sahen recht feucht aus. Vorsichtig machte sie einen Schritt nach dem anderen. Chloé wurde wieder ungeduldig.

»Komm, schlaf nicht ein! Geh mal 'n Schritt schneller!«, drängte sie.

Auf einmal rutsche Kai mit dem linken Fuß aus, verlor das Gleichgewicht, und fiel nach hinten.

»Mensch, passt doch auf!«, schrie Chloé. Kai fiel ihr direkt in die Arme. Das brachte Chloé aus dem Gleichgewicht und beide schwankten gefährlich. Chloé wollte ein Schritt zurück machen, doch beide kippten gemeinsam nach hinten. Hedda stieß reflexartig ihre Arme nach vorne und konnte das Kippen der beiden Mädchen aufhalten. Das rettete alle drei vorm gemeinsamen Sturz. Von unten sah das Ganze sicherlich ziemlich witzig aus, den dreien war jedoch nicht zum Lachen zu Mute.

»Danke!«, sagte Kai nach einem Augenblick der Stille. Ihr war flau im Magen und ihre Knie wurden ganz weich.

»Mannomann! Schwein gehabt!«, meinte Hedda erleichtert.

Auch Chloé stand der Schrecken im Gesicht.

»Los, lasst uns weiter gehen«, sagte sie nur knapp und kniff die Lippen zusammen.

Kai musste sich zusammenreißen und ging ganz vorsichtig die letzten Schritte zur sicheren Plattform. Sie hatte den Parcours nun fast geschafft, denn als letztes ging es nur noch an einer weiteren Seilbahn zum Zielpunkt. Unten angekommen ging sie wieder zum Start und hielt dabei nach Xara und Elli Ausschau. Direkt über ihr entdeckte sie die Fässerbrücke, die ihr fast zum Verhängnis geworden wäre. Bei dem Anblick konnte sie sich ein Schmunzeln doch nicht verkneifen.

›Hoffentlich kommen Xara und Elli da besser rüber. - Wo stecken die eigentlich?‹, fragte sie sich und suchte weiter nach den beiden. Ihr Blick ging immer weiter nach oben. Als sie endlich Xara entdeckte, stockte ihr vor Schrecken der Atem. Xara hing mit beiden Händen an einem gespannten Seil und strampelte wie wild. Selbst aus der Entfernung konnte sie die Panik in Xaras Augen sehen. Sie war kreidebleich. Elli rief irgendetwas, was Kai jedoch nicht verstand. Auch die anderen haben nun mitbekommen, was da passierte.

»Ganz ruhig bleiben!«, rief Herr Vögli zu Xara rauf, »Fesl ist gleich bei dir!« Man konnte einen Schatten durch die Bäume huschen sehen. Xaras Kräfte schienen nachzulassen.

»Keine Angst, ihr kann nichts passieren«, beruhigte Herr Vögli die übrigen, die nun ganz unruhig wurden. Herr Vögli wollte gerade Xara was zurufen, als er stockte und dann blass wurde.

»Fesl! Beeil dich!«, schrie er.

Kai fragte sich, warum er so panisch wurde und folgte seinem Blick. Schlagartig begriff Kai. Xaras Gurt baumelte leer an der Sicherungsschiene. Sie war überhaupt nicht mehr gesichert.

»Los, schneller!«, schrie Herr Vögli Fesl erneut zu.

Fesl war nun ganz nahe bei ihr. Xara wurde immer schwächer. Sie konnte sich kaum noch halten. Das Seil rutsche ihr aus der linken Hand. Jetzt hing sie nur noch mit der rechten am Seil. Endlich konnte Fesl nach ihr greifen. Xara verließen endgültige die Kräfte und sie ließ los. Fesl packte zu und griff daneben. Xara fiel.

Ein Schreckensschrei ging durch die Gruppe. Kai konnte alles nur mit aufgerissenen Augen verfolgen.

Xara fiel kerzengerade nach unten auf die Fässerbrücke zu. Es rumste heftig, als sie auf ihr aufschlug. Wie durch ein Wunder landete sie aber mit beiden Füßen und kam am Rande der Brücke zum Stehen. Schmerzverzerrt und starr vor Schrecken schaute Xara nach unten. Alle konnte gar nicht fassen, was da geschehen war. Xara stand dort wie ein Turmspringer kurz vorm Sprung.

›Glück gehabt!‹, dachte Kai erleichtert.

Da fing Xara an mit den Armen zu rudern. Sie verlor immer weiter das Gleichgewicht. Ganz langsam kippte sie nach vorne und fiel in die Tiefe. Ein gemeinsamer Schrei hallte durch den Wald. Dann schlug Xara auf. Matsch spritzte in alle Richtungen und plötzlich war Totenstille. Nicht einmal ein Vogel war zu hören.

Herr Vögli war der erste, der sich aus der Starre befreite und zu Xara lief. Einen Augenblick später war auch Fesl da. Alle anderen kamen ganz langsam vorsichtig näher und starrten auf Xara. Die lag bewegungslos im Matsch. Sie war von Dreck, Tannennadeln und Blättern bedeckt. Ihr linkes Bein war unnatürlich abgewinkelt. Herr Vögli dreht sie vorsichtig um und sprach auf sie ein. Fesl versuchte alle anderen zurückzudrängen. Immer noch traute sicher niemand ein Wort zu sagen. Kai wollte wieder zu Xara, doch Fesl hielt sie zurück.

»Ganz ruhig! Wir kümmern uns schon um sie!«, sagte er überraschend sanft. Tränen liefen ihr die Wange herunter.

Von weitem konnte man ein Auto heranbrausen hören und einen Augenblick später hielt ein Krankenwagen. Kaum stand er, sprangen Sanitäter heraus, liefen zu Xara und hantierten wie wild herum. Kai konnte jedoch nicht erkennen, was sie taten. Vor Sorge konnte sie es nicht mehr aushalten.

»Lebt sie noch?«, fragte sie Fesl mit letzter Kraft. Der verzog keine Miene. Die Zeit schien stehengeblieben zu sein. Endlich kam Herr Vögli zu den wartenden.

»Keine Sorge! Xara hat den Sturz einigermaßen gut überstanden.«

Kai fiel ein Stein vom Herzen. »Dann wird sie wieder gesund?«

»Keine Bange! Das bekommen wir schon hin«, versicherte Herr Vögli. Während er sprach, fing wieder an, seine Bartenden zu zwirbeln. »Zum Glück war der Waldboden sehr weich. Das hat das Schlimmste verhindert. - Und ihr werdet sehen, mit unseren Heilmethoden ist sie ruckzuck wieder in Ordnung.«

Inzwischen war auch Elli aus dem Parcours gekommen. »Und, wie geht es ihr?«, fragte sie Kai.

»Sie sagen, dass es nur halb so schlimm ist«, antwortete Kai, schaute aber so, als ob sie es nicht so recht glaubte.

»Gott sei Dank!«, sagte Elli erleichtert.

Die anderen fingen an, aufgeregt zu murmeln. Laut zu sprechen traute sich jedoch niemand. Kai entdeckte Maja, die etwas abseits auf einem Baumstamm saß. Ihr Gesicht war voller Matschspritzer. Trotzdem konnte man sehen, dass sie bleich war und es schien, als wäre ihr Tränen die Wange heruntergelaufen. Fragend schauten sich Kai und Elli an.

»Was hat die denn? Sie hasst doch Xara«, fragte Elli.

»Keine Ahnung! Ist mir aber auch egal!« Kai versuchte wieder klarer zu denken.

»Mich interessiert nur eins: Wie konnte das überhaupt passieren?«

Kapitel 21

Diese Frage stellte sich nicht nur Kai. Egal, wo man hinkam, überall wurde diskutiert und wild spekuliert. Auch unter den Trainern gab es heftige Wortgefechte, wer schuld an dem Unfall war. Um wieder Ruhe ins Trainingscamp zu bekommen, sah sich Mr. Antus gezwungen, alle zu einem Treffen im großen Saal zusammenzurufen. Gespannt warteten alle auf ihn.

»Ich sehe Herrn Vögli gar nicht«, bemerkte Kai.

Nun schaute sich auch Elli genauer um, konnte ihn aber auch nicht finden. »Wer weiß, was die mit ihm gemacht haben«, meinte sie nur knapp.

»Wieso das denn? War doch nicht seine Schuld!« Kai schaute Elli irritiert an.

»Na, wer denn sonst? Er ist der Trainer und hat für unsere Sicherheit zu sorgen!«, sagte Elli resolut.

»Das sehe ich aber anders«, widersprach Kai.

Mr. Antus betrat den Raum und alle Augen waren auf ihn gerichtet. Wäre da nicht seine bunt gestreifte Weste gewesen, hätte er heute ausnahmsweise einmal normal ausgesehen. Als ob er eine schwere Last tragen würde, ging er gebeugt langsam zum Rednerpult, schaute in die Runde und wartete. Nach kurzer Zeit war es still im Saal und jeder spürte die Spannung, die förmlich in der Luft lag. Mr. Antus räusperte sich und begann mit leiser Stimme zu sprechen.

»Liebe Mädchen, liebe Jungen und natürlich liebe Kollegen.« Er machte eine Pause und wischte sich mit einem Taschentuch über seine Stirn.

»Ich möchte mit der guten Nachricht beginnen: Xara geht es soweit gut und sie wird sehr schnell wieder auf den Beinen sein.« Jubel brach los und es wurde heftig geklatscht. Nach einem Moment hob Mr. Antus die Hände und bat wieder um Ruhe.

»Auch ich freue mich natürlich darüber. Wie heißt es so schön: Glück im Unglück. Und Xara hatte verdammt großes Glück!« Wieder machte er eine Pause und wischte sich erneut über die Stirn.

»Nichtsdestotrotz wollen wir alle natürlich wissen, wie es überhaupt so weit kommen konnte.« Seine Stimme war nun etwas kräftiger und er sah in viele erwartungsvolle Gesichter, die zustimmend nickten.

»Was ist also passiert? - Kurz zusammengefasst: die Ausrüstung war leider fehlerhaft. Wir sind noch am Prüfen, wieso der Sicherungsgurt die Last nicht getragen hat und gerissen ist.«

»Der war doch gar nicht gerissen«, flüsterte Kai Elli zu.

»Pst!«, war Ellis einzige Reaktion.

»Herr Vögli war für die Ausrüstung verantwortlich. Wir müssen nun schauen, welche Konsequenzen das Ganze für ihn haben wird.« Mr. Antus schaute in die Gruppe und schien abzuschätzen, ob man sich mit der Erklärung zufriedengab.

»Ich meine, dass sollte fürs Erste reichen. Ich hoffe, dass die Spekulationen nun beendet werden können und wir zum Alltag zurückkehren können.« Getuschel kam auf und Antus hob beschwichtigend die Hände.

»Nicht falsch verstehen! Wir nehmen das Ganze nicht auf die leichte Schulter und wir werden der Sache weiter nachgehen. Ihr sollte euch aber nun wieder ganz auf den Unterricht und die sportlichen Aktivitäten konzentrieren. Übermorgen steht unverändert die Abschlussprüfung an.« Das Getuschel ebbte nicht ab. Doch Antus sprach einfach weiter.

»Das war es von mir. In einer halben Stunde geht es mit dem Unterricht weiter. Weiterhin viel Spaß!« Mit diesen Worten drehte er sich vom Pult weg und bevor überhaupt jemand etwas sagen konnte, war er mit schnellen Schritten aus dem Raum gestürmt. Kai war völlig baff und brauchte einen Augenblick, bis sie wieder etwas sagen konnte.

»Das soll es nun gewesen sein?«, fragte sie ungläubig.

»Was willst du? Wie ich schon sagte, Vögli hat Schuld«, entgegnete Elli.

»Ach, das ist doch Quatsch. Ich hab' doch ganz genau gesehen, wie der Gurt heile an der Schiene hing!«, entgegnete Kai brüsk.

»Wer wird sich denn so aufregen? Das gibt nur hässlich Falten.« Topper und Jan waren rübergekommen.

»Lass mich zufrieden! Kannst du nicht einmal deine große Klappe halten?«, fuhr ihn Kai wütend an. Sie war rot angelaufen. Noch ein Wort von Topper und sie wäre geplatzt. Der ging erschrocken einen Schritt zurück.

»Entschuldige!«, sagte er überraschend kleinlaut.

»Das ganze hier ist kein Spaß, verstanden!« Kai konnte sich nicht beruhigen.

»Ich sagte doch schon: Entschuldigung.«

Jan trat zwischen beide.

»Kommt, lasst uns draußen einen Platz suchen. Dann können wir in Ruhe über alles reden«, schlug er vermittelnd vor. Kai zwang sich, sich wieder zu beruhigen und nickte nur.

Da es inzwischen wieder sehr heiß war, suchten sich die vier ein schattiges Plätzchen unter einem der vielen Bäume, etwas abseits vom Gebäude.

»Mann, ist das wieder warm«, stöhnte Elli und prüfte den Boden. »Kaum zu glauben, dass es heute Morgen noch so nass war. Jetzt ist alles wieder knochentrocken.«

»Na, zum Glück war es matschig«, meinte Jan, »ansonsten wäre das mit Xara ganz schön böse ausgegangen.«

Alle nickten zustimmend und schwiegen für einen Moment.

»So, Kai, was hat dich eigentlich vorhin so aufgeregt?«, unterbrach Jan die Stille.

»Was Antus erzählt hat, ist doch völliger Quatsch!«, regte sich Kai schon wieder auf.

»Wie meinst du das?«

»Na, von wegen! Der Gurt ist gerissen. Der hing eindeutig heile an der Sicherungsschiene.«

»Bist du dir da sicher?«, hakte Topper nach.

»Aber so was von sicher! - Elli, sag doch auch mal was!« Kai starrte Elli an. Doch die reagierte gar nicht.

»Ja, genau. Du warst doch genau hinter ihr, oder?«, fragte sie Jan.

»Ja, schon«, meinte Elli zögerlich, »aber so genau kann ich mich nicht mehr dran erinnern. Es ging alles so schnell.«

»Nun überleg mal ganz genau!«, drängte sie nun auch Topper.

»Ich überlege ja schon!« Elli wurde immer nervöser. Sie stand kurz davor, in Tränen auszubrechen.

»Hing da nun der ganze Gurt oder nicht?« Kai wurde so langsam ungeduldig.

»Ja ... - nein ... - Mensch, lasst mich doch zufrieden!«
Elli sprang auf und lief weg. Kai wollte hinter ihr her,
doch Jan hielt sie zurück.

»Lass sie! Ich glaube, sie macht sich Vorwürfe, dass
sie nicht helfen konnte.«

Jan und Kai setzten sich wieder und die drei verfielen in ein nachdenkliches Schweigen.

»Wenn das nun stimmt, was du sagst, und der Gurt
in Takt war«, Topper blickte Kai an, »warum hat Antus
dann gelogen?«

»Genau. Was soll das?«, fragte Jan nachdenklich.

»Keine Ahnung. Aber das müssen wir rausfinden«,
antwortete Kai.

»Und wie sollen wir das anstellen?«, fragte Jan.

Kai schüttelte den Kopf. »Da kann ich mich nur wie-
derholen: keine Ahnung!«

»Alles was wir zurzeit machen können, ist Augen
und Ohren offen zu halten. Vielleicht bekommen wir ja
was von den anderen Trainern mit«, schlug Topper vor.
Jan dachte nach.

»Ich fürchte, mehr können wir im Moment nicht machen«, gab er Topper Recht. »Außerdem müssen wir
nun zum Unterricht.«

»Jo, beim bekloppten Fesl«, meinte Topper grinsend.
»Mann, der schwirrte doch die ganze Zeit zwischen den
Bäumen rum. Vielleicht weiß der ja was.«

»...oder hatte sogar etwas damit zu tun«, fügte Kai
hinzu.

»Aber zum Reden werden wir den wohl nicht bekommen«, stellte Jan fest.

»Wir sollten trotzdem genau aufpassen, was er sagt.
Vielleicht rutsch im ja irgendetwas aus Versehen heraus.«

»Und nach dem Unterricht sollten wir uns dann einzeln umhören. Irgendwer muss doch was gesehen haben«, schlug Kai vor.

Das war zwar kein toller Plan, aber besser als gar keiner, dachten sich die drei und gingen zurück zum Unterricht. Vielleicht hatten sie ja doch die Chance, irgendetwas zu erfahren.

Kapitel 22

Auf dem Regierungsplaneten Tassat 4 gab es keine natürliche Atmosphäre. Aus diesem Grund sind vor langer Zeit eine Vielzahl an Kuppeln gebaut worden, unter denen inzwischen Hunderttausende lebten. Die größte Gruppe der Bevölkerung stellten die Regierungsangehörigen mit ihren Familien. Die bisher kleinste Gruppe wurde zum Leidwesen vieler immer größer: Lobbyisten mit dicken Koffern, voll mit Papieren und wenn es sein musste, voller Geld. Stets darauf bedacht, Einfluss auf die Politiker zu nehmen. Das schien überall gleich zu laufen, egal ob man sich auf der Erde befand oder weit entfernt von ihr.

Die Erbauer der Kuppeln hatten sich lange überlegt, wie man das Ganze zu einem lebenswerten Ort machen konnte, und hatten sich entschieden, Bäume und Pflanzen von den verschiedensten Planeten zu sammeln und hier anzupflanzen. So entstanden auf Tassat 4 unzählige freundliche Parks, die zum Verweilen und ausruhen einluden. Durch einen der Parks des Regierungsviertels schlenderte gutgelaunt Nyström. Die Wettermacher hatten sich heute für strahlenden Sonnenschein entschieden und das genoss Nyström in vollen Zügen. Endlich hatte er den Wirtschaftsbericht abgeschlossen. Ungewöhnlich lange Zeit hatte er dieses Mal für die Endfassung gebraucht, da immer wieder Änderungen vom Kanzler oder anderen Ministern gewünscht wurden. Nun aber war es vollbracht und er war mit sich und seiner Arbeit zufrieden. Zur Feier des Tages wollte er sich einen Tatshik gönnen, ein Getränk, das an ein

Cola-Kakao-Ahornsirup-Gemisch erinnert. Hörte sich furchtbar an, schmeckte aber sündhaft gut. Leider war es nicht gerade gesundheitsfördernd, aber ab und zu durfte man sich das ruhig mal gönnen, dachte Nyström voller Vorfreude. Mit dem Becher in der Hand, ging er zu seinem Lieblingsplatz, einem von unzähligen wilden Blumen eingerahmten Flecken. Wenn er hier auf einer der beiden Relaxe-Liege lag, kam er sich vor, wie im Paradies.

»Guten Tag, Minister Nyström!«

Er musste jedes Mal lächeln, wenn ihn die Liege begrüßte. Er konnte sich noch gut daran erinnern, wie er das erste Mal auf so ein seltsames Gebilde stieß. Da hatte er noch Bedenken, sich auf diese schwebende Wolke zu setzen. Nun gab es für ihn in seiner Pause nichts Schöneres - er fühlte sich wie in Watte gepackt. Einfach nur abschalten und die Ruhe genießen!

»Nyström!« - Keine Reaktion.

»Nyström!« - Ein Zucken der Augen. Allmählich nahm er wahr, dass man ihn ansprach.

»Los Nyström, wachen Sie schon auf!«

Schlagartig war er wach, richtete sich auf und schaute sich um.

»Was soll denn...«, setzte Nyström an, da entdeckte er Prumtus, der neben ihm saß. All seine Gelassenheit war sofort verflogen.

»Ach nein, nicht Sie schon wieder!«, sagte Nyström gelangweilt und ließ sich wieder in die Wolke fallen.

Prumtus überlegte einen Moment. Dann nahm er Nyströms Becher und roch daran. »Ah, Tatshik - Als alter Mann sollten Sie aber die Finger davonlassen!«

Nyström richtete sich wieder auf.

»Was soll das? Stellen Sie den Becher wieder hin! - Sind Sie etwa gekommen, um mir medizinische Ratschläge zu geben?«

»Nein, gewiss nicht«, antwortete Prumtus lächelnd und stellte den Becher ab. Um die Spannung etwas aufzubauen, machte er eine Pause.

»Ich hatte Sie letztens gewarnt. Scheinbar denken Sie, ich meinte es nicht ernst.« Als Nyström drauf nicht reagierte, fuhr er fort. »Ich nehme an, dass Sie in Kürze einen Anruf bekommen werden. Ihre Nichte hatte nämlich einen Unfall.« Bei dem Wort Unfall machte Prumtus eine Handbewegung, als würde er Anführungszeichen setzen.

»Was soll das heißen?« Nyström sprang auf.

»Ganz einfach, Sie haben nicht auf mich gehört und nun bekommen Sie die Quittung.«

Nyström wurde ganz anders. Er musste sich wieder setzen. »Sie ..., Sie ..., Sie Monster!«

»Pff!«, machte Prumtus abschätzig. »Jetzt hören Sie mir mal ganz genau zu!« Prumtus bückte sich zu Nyström runter, so dass er Auge in Auge vor ihm stand.

»48 Stunden - entweder haben Sie meinen Plan unterschrieben oder Ihre Nichte stirbt! Ist das klar?«, sagte Prumtus mit leiser, eiskalter Stimme.

Nyström konnte das Funkeln in Prumtus Augen sehen. Trotz des warmen Wetters, lief es im kalt den Rücken runter. Er versuchte seine Gedanken zu sortieren, aber alles überschlug sich gerade.

»Ich sagte Ihnen bereits: Sie sollten sich nicht mit uns anlegen«, setzte Prumtus hinzu.

Nyström fasste sich so langsam wieder. »Das werden Sie bereuen!«

Prumtus hatte sich wieder aufgerichtet und sah auf Nyström herab.

»Gar nichts werde ich! Sie sind es, der ganz alleine dasteht und Sie können überhaupt nichts machen!« Dabei verzog Prumtus sein Gesicht zu einem fiesen Grinsen. »Und bevor Sie mir wieder mit irgendwelchen Leuten drohen wollen, will ich Ihnen unter vier Augen etwas verraten: Ich komme gerade von einem Treffen mit dem Sicherheitsminister und dem Justizminister. Lass Sie es einfach, dort oder sonst wo nach Hilfe zu suchen! Sie stehen alleine da, verstanden?«

Beim letzten Satz war auch Nyström aufgestanden und wollte nach Prumtus greifen.

»Lassen Sie das!«, entgegnete Prumtus und schlug Nyström die Hände weg. »48 Stunden!«, sagte er barsch, drehte sich um und ging.

Nyström war starr vor Entsetzen. Dann ließ er sich auf die Wolkenliege fallen.

»Mein Gott, das darf doch alles nicht wahr sein!«, flüsterte er. Er dachte lange nach.

›Ich muss sofort zurück ins Büro und mit Antus sprechen. Der soll Xara in Sicherheit bringen. Hier darf ich vorerst keinem mehr trauen!‹

Nyström rappelte sich auf und machte sich auf den Weg zurück ins Büro. Dabei hatte er nur noch einen Gedanken: ›Xara - arme Xara!‹

Kapitel 23

Wie beim letzten Mal war der Unterrichtsraum noch verschlossen. Das gab Kai die Möglichkeit mit Elli noch ein paar Worte zu wechseln.

»Und? Hast du dich wieder beruhigt?«, fragte sie, als beide etwas bei Seite gegangen waren.

»Ja, ja, geht schon.« Elli machte jedoch immer noch einen komischen Eindruck und Kai wusste nicht, ob sie traurig oder verärgert war.

»Wir wollten dich nicht bedrängen. Wir wollen doch nur begreifen, was passiert ist«, versuchte Kai zu erklären.

»Ist schon gut. Können wir über etwas anderes reden?«, antwortete Elli knapp.

Kai kam das alles etwas komisch vor, sagte aber nichts, denn es kam gerade Bewegung in die Wartenden und die beiden schlossen sich den anderen an.

Der Raum hatte sich kaum verändert: immer noch kahl und die Hocker waren wieder im Kreis aufgestellt. Fesl stand in der Mitte und wartete, dass sich alle gesetzt hatten. Dieses Mal gab es von ihm kein Gemecker, keine Beleidigungen. Auf Kai wirkte er niedergeschlagen und ihr Gefühl festigte sich, als er mit leiser Stimme zu sprechen begann.

»Eins möchte ich gleich vorwegschicken: Ich möchte jetzt nicht über den Unfall sprechen!« Ein paar Schüler fingen an zu murmeln.

»Ruhe, bitte!« Auch dieses Mal wurde er nicht laut, sondern wartete, bis alle wieder still waren. Das irritierte die meisten noch mehr und sie schauten sich fragend an.

»Was ist denn mit dem los?«, flüsterte Jan und schaute dabei zu Topper. Dem fiel anscheinend ausnahmsweise Mal kein dummer Spruch ein, denn er zuckte nur mit den Schultern.

»Ich glaube, Xaras Sturz hat ihn ganz schön mitgenommen«, flüsterte Kai.

»Kann sein. Aber psst, ich glaube, er will weiter machen«, antwortete Jan, als Fesl ansetzte fortzufahren.

»Zum Unterricht: der Ablauf ist ähnlich dem von Vorgestern. Dieses Mal wisst ihr ja, was auf euch zukommt. Hört also ganz genau hin.« Es wurde wieder dunkel und alle horchten gespannt, was kommen mag. Nach einigen Minuten ging das Licht wieder an und es wurde darüber diskutiert, was zu hören war. Immer wieder unterbrach Fesl die Schüler und spielte ihnen Geräusche vor, um ihnen zu erläutern, auf was sie zu achten hatten. Fesl machte das heute so überzeugend und ruhig, dass alle mit sehr viel Spaß bei der Sache waren.

Für den zweiten Teil des Unterrichts mussten alle die Hocker an die Seite räumen.

»So, jetzt stellt euch in die Mitte des Raums. Aber alle bitte in der gleichen Richtung aufstellen, sonst geht ihr Rückwärts«, meinte Fesl mit einem Augenzwinkern.

Verwundert schauten sich einige an und fragten sich, was er damit meinte. Kurz darauf standen sie, wie erwartet, wieder in einer riesigen Simulation eines Waldes. Eigentlich wie beim letzten Mal. Aber auf einmal bewegten sie sich und ein ungläubiges Raunen ging durch den Raum. Es fühlte sich an, als ob sie tatsächlich durch den Wald gingen. Ab und zu wurde die Bewegung angehalten und die Schüler mussten entscheiden, wo es weiter gehen sollte. Jedes Mal stellte Fesl die gleichen Fragen: »Was habt ihr gesehen und gehört? - Warum da lang? - Seid ihr wirklich sicher?«

Meistens artete dieses in eine wilde Diskussion aus, denn alle waren gezwungen, sich zu einigen. Weiter konnte es nur in eine Richtung gehen. So ging es eine lange Zeit durch Wälder und über Wiesen. Als sie an einem Steilhang vorüber gingen, blieb das Bild plötzlich stehen. Irritiert schauten sie sich um, denn sie stellten fest, dass es gar keine Möglichkeit gab, einen anderen Weg zu wählen. Es ging nur rechts und links entlang der Steinwand lang. Als sie so grübelten, war ein leises Geräusch zu hören - so als würden Kieselsteine runterrollen. Man konnte die ersten kleinen Steine von oben fallen sehen. Dann wurde das Poltern lauter. Alle schauten sich unsicher um. So langsam kam Panik auf. Einige versuchten sich an den anderen vorbeizuschieben und wollten weglaufen. Dann ertöne ein ohrenbetäubender Lärm. Eine Steinlawine ging auf sie nieder und wollte alles unter sich begraben. Staub wurde aufgewirbelt. Alle fingen an zu schreien. Die einen versuchten zu fliehen, andere ließen sich einfach fallen. Inzwischen konnte man kaum noch etwas sehen. Dann war plötzlich Ruhe. Außer vereinzeltes Wimmern, war nichts zu hören. Alle waren noch starr vor Schrecken und schauten sich nur langsam um. Es dauerte einen Augenblick, bis ihnen dämmerte, dass das Ganze nicht real gewesen sein konnte. Erleichtert fingen alle an, durcheinander zu reden. Dann war die Projektion verschwunden und das kalte Weiß der Wände blendete sie.

Es kam ihnen vor, als wären sie aus einem Traum erwacht.

»Mein Gott, was war das denn für ein Mist?«, rief ein Junge.

Kai stand da nur kopfschüttelnd.

»Ich dachte wirklich, ich muss sterben«, meinte Elli. Der Schrecken stand ihr noch im Gesicht. Kai nickte nur zustimmend.

»Mann, ich konnte sogar den Staub schmecken!«, sagte Jan zu Topper. Der war immer noch bleich, lief aber wieder zur alten Form auf. »Mortimer, auf den Schrecken einen anständigen Drink!«, meinte er mit affektierter Stimme. Alle mussten lachen, was eine befreiende Wirkung hatte. Fesl räusperte sich und alle drehten sich zu ihm um.

»Tja, eure Entscheidung war schlecht! Alle tot!« Irritiert schauten ihn alle an.

»Schon gut, passiert eigentlich jedes Jahr«, meinte er beschwichtigend. »So holt euch euren Hocker und dann gehen wir das ganze mal durch. Ich wette, ihr werdet euren Fehler selber finden.«

Als alle wieder saßen, ging Fesl die einzelnen Entscheidungen der Gruppe durch und erklärte ihnen, wann sie etwas übersehen hatten. Er nahm sich viel Zeit dafür und alle hingen wie gebannt an seinen Lippen. Als er schließlich endete, waren alle enttäuscht, dass es nun vorbei sein sollte. Selten waren sie so fasziniert gewesen und als der Unterricht beendet war, verließen sie freudestrahlend den Raum. Kai machte absichtlich langsam, denn sie wollte unbedingt noch Fesl abfangen und zu Xara befragen.

»Kann ich Sie kurz sprechen?«, fragte Kai, als sie mit Fesl alleine war.

»Was gib es denn?«, fragte er freundlich und drehte sich zu ihr um.

»Sie haben das doch sicher gesehen. Ist der Gurt von Xara wirklich gerissen?«

Fesls Gesicht verfinsterte sich. »Ich will nicht darüber reden!«, antwortete er schroff. Schlagartig war er wieder zu dem kleinen, fiesen Männchen geworden.

»War es wirklich Hr. Vöglis Schuld?«, setzte Kai nach.

»Lasst doch endlich Vögli in Ruhe! Der kann doch gar nichts dafür!« Fesl war außer sich. Hielt aber schlagartig inne, als er merkte, dass er schon zu viel gesagt hatte.

»Das geht dich überhaupt nichts an!«, schrie er Kai an, »verschwinde endlich, sonst kannst du was erleben!«

Kai wich erschreckt zurück. Sie überlegte kurz und entschied sich, lieber abzuhauen. Fesl war schon wütend genug. Ohne noch etwas zu sagen drehte sie sich um und lief aus dem Raum.

›Mann, das war ja ein Schuss in den Ofen! Hoffentlich bekommen die anderen mehr heraus.‹

Kapitel 24

Jan und Topper erging es bei den Befragungen jedoch auch nicht besser. Sie hörten von den anderen
Teilnehmern so viele unterschiedliche Aussagen, dass
sie inzwischen gar nicht mehr wussten, was richtig und
was falsch war.

Beim Abendessen trafen sich Kai, Elli, Topper und
Jan das erste Mal wieder und die Vier stecken verschwörerisch die Köpfe zusammen.

»Ihr glaubt gar nicht, was ich alles für einen Blödsinn gehört habe«, meinte Jan.

»Bei mir das Gleiche«, bestätigte Topper kopfnickend. »Man hat das Gefühl, jeder war bei einem anderen Unfall.«

»Mal war Xaras Gurt heile, mal gerissen. Aber am
irrsten waren die, die meinten, Xara hätte gar keinen
Gurt gehabt«, berichtete Jan.

»Hat einer mit dem Trainer sprechen können?«,
fragte Kai.

Jan und Topper schüttelten den Kopf. Elli beteiligte
sich bisher gar nicht an der Diskussion.

»Was ist mit dir, Elli?«, fragte daher Jan, »hast du
mal überlegt, was du gesehen hast?«

Nur zögerlich begann Elli zu berichten. »Also, beim
Umhängen des Gurtes auf die neue Sicherungsschiene
war, glaub' ich, alles noch in Ordnung.« Elli überlegte.
»Als Xara dann das Gleichgewicht verlor, weiß ich
wirklich nicht, was los war. Sie hing da einfach hilflos.
Vor Entsetzen war ich wie gelähmt und habe einfach
nur auf sie gestarrt.«

»Und dann?«, fragte Topper gespannt.

»Wie? Was dann?« Elli schaute Topper böse an. »Das weißt du doch selber: sie ist gefallen, du Blödmann!«

»Reg' dich doch nicht so auf!«, entgegnete Topper, »ich meine, was hast du dann gemacht?«

»Ja, stimmt!«, meinte Kai, »der Gurt muss doch direkt vor dir gehangen haben!«

»Keine Ahnung! Ich bin zurück zur Plattform, habe mich entsichert und bin die Notfallleiter runter«, antwortete Elli aggressiv.

»Komm, ist schon gut«, versuchte Kai sie zu beruhigen.

»Ihr geht mir einfach auf den Geist mit eurer Fragerei. Ich weiß nicht, was los war!« Elli schien den Tränen nah zu sein.

Für eine Weile sagte niemand etwas und Elli schien sich wieder zu beruhigen.

»Sag mal, hast du eigentlich von Fesl etwas erfahren?«, fragte Jan.

»Nicht wirklich. Der wurde sofort wütend. Das einzige, was er meinte ist, dass Vögli unschuldig sei. Und das alle ihn zufriedenlassen sollen«, antwortete Kai.

»Was hat er denn damit gemeint?«

»Keine Ahnung.«

»Das würde doch bedeuten, dass es nicht an der Ausrüstung lag«, überlegte Jan.

»Stimmt! Irgendwie müssen wir das rauszubekommen«, gab ihm Topper Recht.

»Bleibt uns also nichts anderes übrig. Der gleiche Plan wie vorhin: wir hören uns weiter um und versuchen rauszubekommen, was mit der Ausrüstung ist«, beschlossen sie gemeinsam.

Nach dem Essen teilen sich die vier daher auf und versuchten den restlichen Abend Informationen zu sammeln, die sie morgenfrüh austauschen wollten.

›Detektivarbeit ist ja gar nicht so einfach‹, dachte Kai. ›Merkwürdig, in Büchern geht das irgendwie fast von selbst. Die haben immer einen tollen Plan und wissen, was zu tun ist. Tja, und im richtigen Moment bekommt der Held den entscheidenden Hinweis. - Naja, vielleicht hat einer von uns ja auch so viel Glück!‹

Mit diesem Gedanken verließ sie den Speisesaal. Sie hatte vor, nach Trainern Ausschau zu halten und sie zu Xaras Ausrüstung auszuhorchen. Sie fragte sich nur, wie sie am geschicktesten dieses Thema ansprechen konnte, ohne gleich wieder verscheucht zu werden. Fesls plötzlicher Wutausbruch war ihr noch in guter Erinnerung. Doch es war wie verhext, nirgends fand Kai einen Trainer, den sie befragen konnte. Seltsamer weise hatten auch die anderen keinen gesehen. Es war so, als ob sie vom Erdboden verschluckt waren.

›Ich frage mich, ob die gerade alle zusammensitzen. - Wahrscheinlich bei Antus im Büro.‹ Den Gedanken fand sie gar nicht mal so schlecht und musste sich selber Recht geben. ›Aber da traue ich mich nicht hin‹, dachte sie skeptisch, fing aber einen Moment später an zu grinsen. Ihr war eingefallen, dass Antus Büro ein Fenster hatte, das sie nun suchen wollte. ›Mit etwas Glück kann ich sehen oder sogar hören, was da so abgeht.‹

Es war inzwischen schon sehr spät geworden und in einer halben Stunde müsste sie eigentlich im Bett liegen. Doch das war ihr egal. Sie musste wissen, ob sie sich dort wirklich alle trafen. Unbemerkt machte sich Kai auf den Weg nach draußen. Die Abenddämmerung war zum Glück weit fortgeschritten und so fiel es ihr nicht schwer, im Schatten des Gebäudes unterzutauchen. Denn eines wollte sie mit Sicherheit nicht: entdeckt werden.

Als sie langsam um die Gebäudeecke ging, fiel ihr sofort ein hell erleuchtetes Fenster auf. ›Das müsste es eigentlich sein!‹ Wie eine Motte vom Licht, wurde Kai von dem Fenster angezogen. In gebückter Haltung schlich sie ganz vorsichtig unter das Fenster und wartete dort für einen Moment. Ganz vorsichtig schob sie ihren Kopf nach oben. Es schienen mehrerer Leute im Zimmer zu sein, denn sie konnte schemenhaft Bewegungen erkennen. Mehr war noch nicht zu sehen. Dafür musste sie sich noch weiter aufrichten. Sie schob sich langsam weiter nach oben und erschrak fürchterlich. Antus stand direkt vor ihr. Sofort ließ sie sich fallen. Auf allen vieren verharrte sie unter dem Fenster und wartete. Nichts passierte. Kai hatte gar nicht gemerkt, dass sie die ganze Zeit die Luft angehalten hatte und atmete nun erst einmal durch.

»Puh, das war knapp«, murmelte sie erleichtert, als immer noch nichts geschah. Jetzt musste sie sich erst einmal setzen. Ihr Puls raste wie wild. Zum Glück war sie vom Weg aus nicht zu sehen, so konnte sie sich ungestört an die Wand lehnen und sich vom Schrecken erholen. Als sie sich wieder beruhigt hatte, wollte sie einen neuen Versuch starten, ins Büro zu schauen. Ganz vorsichtig hob sie wieder den Kopf nach oben, um zu erkennen, ob Antus immer noch am Fenster stand. Erleichtert stellt sie fest, dass sie nun ungestört ins Büro schauen konnte. Wie sie vermutet hatte, waren tatsächlich einige Trainer im Zimmer. Jedoch schien ihre Besprechung gerade vorüber zu sein, denn alle verließen den Raum. Antus und Frau Schwartz bildeten den Schluss und schlossen die Tür hinter sich.

»So 'n Mist«, fluchte Kai, »jetzt habe ich ja wieder nichts erfahren!« Sie schaute noch einmal vorsichtig durchs Fenster, denn Antus hatte nicht das Licht ausgemacht und Kai vermutete, dass er gleich wieder zurückkommen würde. Da öffnete sich auch schon wieder die Tür. Obwohl Kai eigentlich damit gerechnet hatte, erschrak sie erneut fürchterlich. Sie wollte sich gerade wieder fallenlassen, als sie sah, dass nur eine Hand erschien, die nach dem Lichtschalter tastete. Das gab ihr noch kurze Zeit, sich weiter umzusehen. Und endlich entdeckte Kai, wonach sie gesucht hatte: auf dem Sideboard lag Xaras Kletterausrüstung. Dann war das Büro plötzlich finster. Auch Kai stand nun im Dunkeln und sie musste sich erst einmal wieder an die Dunkelheit gewöhnen.

»Jetzt aber schnell zurück«, meinte sie zu sich selbst, als sie auf ihre Uhr sah. »Gleich müssen wir im Bett liegen.«

Kai beeilte sich, wieder ins Gebäude zu kommen und schaffte es tatsächlich unbemerkt in ihr Zimmer. Elli lag bereits im Bett und wartete ungeduldig auf sie.

»Mensch, wo bist du denn gewesen?«, fragte Elli vorwurfsvoll, »ich habe mir schon Sorgen gemacht!«

Dann schaute sie sich Kai etwas genauer an. »Und warum sind deine Knie und deine Hände so schmutzig?«

»Erzähl ich dir gleich. Will nur schnell ins Bad«, antwortete Kai und verschwand mit ihren Waschsachen unterm Arm.

Im Bad war nur noch Hedda, die sich gerade das Gesicht wusch. Kai holte ihre Zahnbürste heraus und fing an zu putzen. Sie dachte nach und merkte gar nicht, dass sie immer langsamer putzte und teilnahmslos vor sich hinstarrte.

Hedda stupste sie an. »Bist du eingeschlafen?«

Kai erwachte aus ihrer Trance und musste sich erst einmal sammeln.

»Häh ...? Was? Ja, ja ...«, meinte sie etwas verwirrt, doch Hedda hatte den Raum bereits verlassen. Kai starrte wieder in den Spiegel.

»Die Ausrüstung müssen wir unbedingt untersuchen. Aber wer weiß, ob die morgen noch da ist.«

Kai überlegte kurz weiter, dann hatte sie einen Entschluss gefasst: »Elli und ich werden das heute Nacht untersuchen!«

Kapitel 25

Als Kai wieder im Zimmer war, erstattete sie Elli über ihre Beobachtungstour ausführlich Bericht. Von ihrem Plan für heute Nacht erzählte sie noch nichts. Das wollte sie sich für zu Letzt aufheben. Elli hörte interessiert zu, schüttelte aber immer wieder den Kopf.

»Mann, wenn die dich erwischt hätten, wärst du doch geflogen!«, war Ellis einziger Kommentar.

»Was habe ich denn schon getan? Unter einem Fenster gesessen. Na und?«

Elli schüttelte erneut ungläubig den Kopf. »Deine Nerven möchte ich haben! Vor allem, was hast du schon erreicht? Nichts! Rein gar nichts«

»Was heißt hier nichts? Wir wissen jetzt wo die Ausrüstung ist.«

»Ja und?« Elli schaute Kai fragend an.

»Na, die werden wir untersuchen, ob sie wirklich defekt war, wie es Antus behauptet hat.«

Elli wusste zunächst nicht, was sie darauf sagen sollte.

»Was meinst du denn jetzt schon wieder?«, fragte sie daher.

»Wir gehen in Antus' Büro und untersuchen sie.«

»Was? - Spinnst du?«

»Nee! Wenn alle schlafen, schleichen wir uns hin. Sollte kein Problem sein«, antwortete Kai leichtfertig.

»Auf keinen Fall!« Elli war entsetzt. «Du spinnst doch wirklich! Wegen dir fliegen wir noch raus!«

»Ach Quatsch! Wir müssen nur leise sein!«

»Und was soll das überhaupt bringen? Ist doch völlig egal, wie Xaras Ausrüstung aussieht!« Elli lief rot an, so sehr regte sie sich auf.

»Verstehst du nicht? Das ist super wichtig! Wenn die Ausrüstung in Ordnung ist, kann es nicht Vöglis Schuld gewesen sein. Und wenn du mich fragst, war es dann Sabotage.« Auch Kai redete sich inzwischen in Rage.

»Aber das geht uns doch gar nichts an!«, erwiderte Elli.

»Und ob! - Wenn du nicht wissen willst, was wirklich passiert ist, dann lass es doch sein! Ich jedenfalls gehe los!«

»Mir doch egal! Wegen dir werde ich hier jedenfalls nicht rausfliegen!«

Dann schwiegen beide. Kai war sauer und konnte überhaupt nicht verstehen, warum Elli nicht mitmachen wollte.

»Dann mach' ich es halt alleine«, murmelte Kai wütend.

Elli hatte sich im Bett zur Wand gedreht und tat so, als ob sie schlafen würde. Kai war fest entschlossen, es durchzuziehen. Sie löschte das Licht und legte sich ins Bett. Sie wollte vorsichtshalber noch etwas warten, bis es überall ruhig war im Haus.

Kai musste heftig mit dem Schlaf kämpfen und ein paarmal wäre sie fast eingenickt. Sie hatte das Zeitgefühl verloren und fragte sich, ob sie schon lange genug gewartet hatte. Plötzlich ertönte Fesls mahnende Stimme in ihrem Kopf: »...Dunkelheit trübt das Zeitempfinden. Merken!« Kai spürte, wie ein Lachen langsam in ihr aufstieg. Schnell vergrub sie ihr Gesicht im Kissen. Und als sie losprusten musste, war nur noch ein erstickendes Geräusch zu hören. Es dauerte etwas, bis sie sich wieder beruhigt hatte und ein paar Tränen liefen ihr vom Lachen über die Wange. Die wischte sie sich mit ihrem Ärmel grinsend weg und musste aufpassen, dass sie nicht wieder loslachen musste. So leise wie möglich holte sie ihre Turnschuhe hervor und zog sie an. Zu ihrem Glück schien der Mond schwach durch das Fenster, so dass sie sich im Zimmer einigermaßen zurechtfinden konnte. Alles was sie sonst noch brauchte, war ihr Handy, das ihr als Taschenlampe dienen sollte. Zum Glück hatte sie es vorhin noch einmal aufgeladen. Kai warf noch einen Blick auf Elli und schlich dann aus dem Zimmer. Als Kai leise die Tür hinter sich schloss, richtete sich Elli auf und schaute zur Tür.

»Das gibt es doch gar nicht. Die macht das wirklich«, murmelte sie kopfschüttelnd und legte sich wieder hin.

»Also, ich weiß von nichts!«

Die Flure wurden nachts immer leicht beleuchtet. Für Kai war das einerseits gut, denn so konnte sie problemlos den Weg zu Antus Büro finden. Auf der anderen Seite konnte man sie natürlich auch sofort entdecken. Bis zu den Toiletten wäre es kein Problem, aber danach müsste sie sich schon eine gute Ausrede ausdenken, warum sie hier herumgeisterte.

So leise wie möglich schlich sie zum Treppenhaus. Bis auf ein paar Schnarchern war es ruhig im Gebäude. Kai war froh, dass es hier keine Holzstufen gab, die knarren konnten. Das kannte sie nämlich von zu Hause. Doch da wusste sie Bescheid und umging die zweite Stufe, wenn sie mal nachts durchs Haus schlich. Hier war es etwas anderes. Sie hatte nie darauf geachtet, was Krach machen könnte. Immer wieder blieb sie stehen und horchte. Nichts zu hören, stellte sie fest und ging weiter. Als sie den Verbindungsgang erreichte, wusste sie, dass es nun ernst wurde. Wenn sie hier durch ging, konnte ihr auch die beste Ausrede nicht mehr helfen. Leise öffneten sich die Türen und sie trat hindurch. Jetzt wurde es heikel, denn durch den gläsernen Gang konnte man sie von draußen sehen. Ohne nach rechts oder links zu schauen, lief sie so leise und schnell wie möglich zur zweiten Tür. Diese öffnete sich vor ihr und Kai schlüpfte hindurch in den Empfangsraum. Schnell ging sie hinter dem Tresen in Deckung, denn sie musste erst einmal durchatmen.

›War ja bis hierhin ja ganz einfach!‹, dachte Kai erfreut. ›Zum Glück sind diese komischen Türen geräuschlos.‹

Sie überlegte, ob auch die Geheimtür zu Antus Büro lautlos war, konnte sich aber nicht mehr daran erinnern.

›Tja, was soll's! Probieren geht über Studieren!‹

Kai erhob sich wieder und drückte auf ein Muster an der Wand. Nichts geschah. Kai drückte noch einmal. Doch die Tür öffnete sich immer noch nicht. Ratlos ging sie wieder in Deckung und setzte sich auf den Boden.

›Hä? Warum funktioniert das nicht?‹ Sie war gerade am Grübeln, ob sie auch das richtige Muster gedrückt hatte, als ihr Blick auf einen kleinen Schalter fiel, der unter der Tischplatte des Tresens befestigt war.

›Ob das zur Tür gehört?‹, fragte sie sich. ›Kann aber auch ein versteckter Alarmknopf sein.‹

Kai war unschlüssig, was sie tun sollte. Auf den Knopf drücken oder unverrichteter Dinge wieder zurückkehren. Dann entschied sie sich und drückte den Knopf. Gespannt horchte sie in die Stille. Kein Alarm!

Das war schon einmal gut, aber die Tür hatte sie damit nicht geöffnet. Kai stand auf und drückte erneut das Muster an der Wand. Nicht passierte. Sie wollte gerade anfangen zu fluchen, als sich die Tür einen Spalt weit öffnete.

›Na super! Die macht es aber spannend!‹ Sie schob die Tür einen wenig weiter auf, schlüpfte schnell hindurch und schloss sie sofort wieder. Kai hatte keinen Augenblick daran gedacht, dass jemand im Gang stehen könnte. Als sie sich umdreht, war sie zum Glück alleine. Vorsichtig schielte sie um die Ecke. Auch hier war niemand zu sehenden und sie ging zu Antus Bürotür.

›Bitte lass sie unverschlossen sein!‹, dachte sie flehend. Sie wollte gerade die Türklinke herunterdrücken, als ihr ein Gedanke durch den Kopf schoss: ›Stopp! Vielleicht ist Antus ja in seinem Büro!‹

Langsam nahm sie wieder die Hand weg und betrachtete die Tür genauer. Durch das Türschloss konnte man nicht schauen. Unter der Tür schien auch kein Licht hervor.

›Alles dunkel!‹, dachte sie erleichtert. Es gab aber die Möglichkeit, dass die Tür besonders gut schloss und so kein Licht zu sehen war. Daher bückte sich Kai, um zu schauen, ob die Tür unten einen kleinen Spalt hatte. Angestrengt versuchte sie etwas zu erkennen. Sie kniff ein Auge zu, um besser sehen zu können und war sich ziemlich sicher, dass sie in den Raum schauen konnte - aber beschworen hätte sie es nicht.

›Umdrehen oder es wagen? - Ach, ich versuch 's einfach!‹

Ganz langsam drückte sie die Klinke nach unten. Sie stockte noch einen Moment, dann öffnete sie vorsichtig die Tür einen Spalt weit und versuchte etwas zu erkennen. Vor ihr war es dunkel. Erleichtert öffnete sie die Tür ganz. Da quietschte es. Hastig verschwand Kai im Büro, schloss die Tür und wartete. Sie horchte, ob irgendjemand kam, hörte aber nur ihr Herz, das wie wild klopfte. Draußen blieb es ruhig. Kai schaute sich um und versuchte sich zu orientieren. Mehr als Schemen vom großen Schreibtisch konnte sie jedoch nicht erkennen. Der Mond stand scheinbar auf der anderen Seite des Gebäudes, denn es fiel nur wenig Licht durch das Fenster ins Zimmer. Wie geplant schaltete Kai die Taschenlampe ihres Handys an und ließ den Lichtkegel durch den Raum wandern. Sie suchte nach dem Sideboard, auf dem sie vorhin Xaras Ausrüstung entdeckte hatte. Es musste gleich neben dem Schreibtisch stehen und der Lichtkegel wanderte weiter in diese Richtung. Dann erfasste er die Ausrüstung.

›Super! Sie ist noch da!‹

Kai ging hinüber und begann die Ausrüstung zu untersuchen. Obwohl sie vorsichtig vorging, schlugen immer wieder Metalösen aneinander. ›Verflucht! Pass doch auf!‹, ermahnte sie sich jedes Mal, wenn es wieder leise klirrte. Sie wollte so wenig Krach wie möglich machen, denn wer wusste, ob nicht doch jemand in der Nähe war. Bisher konnte sie nichts Auffälliges entdecken. Alles war in Ordnung. Nach einer Weile hatte sie auch den Sicherungsgurt gefunden.

›Na, wie ich es sagte‹, dachte sie triumphierend, ›völlig heile! - Von wegen, die Ausrüstung war defekt!‹ Sie legte gerade den Gurt wieder hin, als sie draußen ein Geräusch hörte. Sofort schaltete sie die Taschenlampe aus. Es war wieder finster im Zimmer. Kai zögerte.

›Ach, vielleicht habe ich mir das nur eingebildet.‹

Trotzdem wollte sie noch einen Augenblick warten und starrte gebannt in Richtung Tür. Da erblickte sie einen Lichtstreifen. Jemand öffnete langsam die Tür.

Mit einer schnellen Bewegung ließ sie sich hinter dem wuchtigen Schreibtisch fallen und ging ganz vorsichtig in Deckung. Dann war es wieder finster. Kai hielt den Atem an.

›War jemand reingekommen?‹ Sie traute sich nicht, sich zu bewegen. Doch sie konnte spüren, dass noch jemand mit im Zimmer war.

›Mein Gott, wer ist das? - Und warum macht er kein Licht an?‹

Da rumpelte es neben der Tür, als wäre irgendwer an einen Schrank gestoßen. Jemand fluchte leise. Kai konnte sich immer noch nicht bewegen, denn nur langsam wich der Schrecken aus ihren Knochen.

›Ich muss unbedingt unter den Schreibtischen kommen - ansonsten kann man mich sehen!‹, befahl sie sich selber. Es war immer noch dunkel und Kai bewegte sich ganz langsam unter den Tisch. Da flammte das Bürolicht auf. Kai hielt automatisch wieder den Atem an.

›Verdammt, wer ist das denn?‹

Als sie hörte, wie am Schrank neben der Tür gekramt wurde, versuchte sie einen Blick auf den Besucher zu werfen.

Fesl!

Er stand mit dem Rücken zu Kai und hatte eine Schublade vom halbhohen Aktenschrank geöffnet. Eilig suchte er nach etwas. Kai schielte vorsichtig unter dem Tisch hervor und fragte sich, was das schon wieder zu bedeuten hatte. So wie Fesl das machte, war ihr klar, dass er es heimlich tat. Dann schien er etwas gefunden zu haben, denn er nahm einen Ordner heraus und öffnete ihn.

Fesl blätterte durch die Akte, nahm verschiedene Blätter heraus und las diese interessiert. Auch ein paar Fotos waren dabei, die er genauer betrachtete. Inzwischen hatte er fast die ganze Akte auf dem Schrank verteilt. Kai konnte aus der Entfernung aber nicht erkennen, um was es sich handelte. Sie musste warten und vorsichtig bleiben. Wenn Fesl sie erwischen sollte, wusste sie nicht, was dann passieren würde. Sie traute ihm wirklich alles zu, selbst sie verschwinden zu lassen.

Dann hellte sich Fesls Gesicht auf. Scheinbar hatte er gefunden, wonach er gesucht hatte. Hastig fing er an, alle Blätter wieder zusammenschieben und in die Akte zu stopfen. Da klirrte es leise rechts von ihm und er fuhr erschrocken herum. Ein Foto fiel aus dem Stapel und segelte unter den Schreibtisch. Direkt vor Kai blieb es liegen.

›Oh, nein!‹, dachte Kai, ›so 'n Mist‹. Ihr Herz schlug wie wild. Was sollte sie bloß tun?

Fesl starrte immer noch in Richtung des Geräuschs. Als er die Ausrüstung sah, zuckte er mit den Achseln und drehte sich wieder zum Schrank. Kai hatte vor Angst die Augen geschlossen. Jeden Moment konnte Fels sich nach dem Foto bücken und sie entdecken. Fesl schob erst einmal die restlichen Blätter in den Ordner, legte die Akte wieder in den Schrank und schloss die Schublade. Dann drehte er sich zum Schreibtisch um und überlegte einen Moment. Kai zwang sich, ihre Augen wieder zu öffnen. In dem Moment ging das Licht aus. Die Tür öffnete und schloss sich mit einem kurzen Quietschen.

Dann war es stille.

Kai konnte ihr Glück gar nicht fassen: er war weg! Ihr Herz schlug immer noch wie verrückt und sie war unfähig sich zu bewegen. Sie wusste nicht, wie lange sie so unter dem Schreibtisch hockte. Als sie sich endlich etwas beruhigt hatte, machte sie wieder die Taschenlampe ihres Handys an. Mit zittriger Hand nahm sie das Foto, das immer noch vor ihr lag und betrachtete es. Sie konnte es nicht glauben, aber sie kannte das Foto. Es war das gleiche, das Antus gestern schnell beiseiteschob. Im Schein der Taschenlampe versuchte sie zu erkennen, wer abgebildet war. Die Männer darauf sagten ihr jedoch nichts. Sie vermutete, dass einer eventuell ein jüngerer Antus sein konnte. Aber sicher war sie sich da nicht.

Kai überlegte, was sie machen sollte. Irgendwie muss es wichtig sein, sonst hätte Fesl nicht danach gesucht.

Sollte sie es mitnehmen oder es lieber hier liegen lassen? Oder vielleicht sogar nach der Akte suchen? Wer weiß, was da drinnen stand? Interessant war es sicher.

›Nein, nein, nein!‹, ermahnte sie sich.

Sie sollte ihr Schicksal nicht herausfordern. Noch einmal konnte sie nicht so viel Glück haben und unentdeckt bleiben. So entschloss sich Kai, das Foto lieber mit ihrem Handy aufzunehmen und es dann einfach liegen zu lassen. Auf keinen Fall durfte man es bei ihr finden.

Sie wollte es gerade wieder unter den Tisch schieben, als ihr einfiel, dass ja etwas auf der Rückseite stehen musste. Stirnrunzelnd lass sie, was dort stand:

»Antus! Denk an deinen Schwur!«

Kapitel 26

Das war vielleicht ein Ausflug. Mann, das brauche ich aber wirklich nicht öfter. Zum Glück war der Rückweg völlig unproblematisch. Ich hatte aber die ganze Zeit Angst, Fesl über den Weg zu laufen. Ich verstehe immer noch nicht, was der da gesucht hat und was er scheinbar gefunden hat. Mir kommt das hier alles sowieso immer komischer vor.

Warum passiert das alles Xara? Warum hat Antus gelogen? Welche Rolle spielt dabei Fesl? So viele Fragen und so wenige Antworten.

Eigentlich hätte ja nur noch Maja gefehlt. Wenn die mir heute Nacht auch noch über den Weg gelaufen wäre, hätte ich gepackt und wäre abgereist. Das hält man doch im Kopf nicht aus.

Naja, heute Morgen sieht es zum Glück nicht mehr ganz so dramatisch aus. Vielleicht liegt das am Waldlauf, den wir gerade hinter uns gebracht haben. »Lüftet den Kopf«, wie Papa immer so schön sagt, wenn er nach der Arbeit noch joggen geht.

DeNosi war heute mal nicht ganz so mürrisch. Lag vielleicht auch daran, dass sich Topper ausnahmsweise mal zusammengerissen hat.

So, dann will ich mich mal beeilen, denn heute gibt es erst jetzt Frühstück. Keine Ahnung, warum man das auf einmal geändert hat. Elli ist schon los, um Jan und Topper abzufangen und einen Tisch zu reservieren. Wir vier müssen gleich mal alles diskutieren. Das Ganze muss doch einen Sinn ergeben!

Und das Schlimmste ist, ich habe über die ganze Detektivspielerei doch wirklich Xara total vergessen. Hoffentlich geht es ihr wirklich so gut, wie es Antus behauptet hat.

Ach ja, falls es jemanden interessiert: wir wurden heute mit »Good morning« geweckt. Nee, nee, nicht wieder die Beatles. Ich glaub', das war aus irgend so 'n Uralt-Musical. Naja, immerhin variieren sie inzwischen.

Schnell machte sich Kai auf den Weg, denn sie wollte endlich mit jemanden ausführlich sprechen. Nach dem Aufstehen hatte sie keine Zeit, um mit Elli zu reden. Und während des Laufens war sie viel zu sehr außer Atem, um alles in Ruhe erzählen zu können.

Schon von der Tür des Frühstücksraums aus entdeckte sie Elli, die bereits an einem Tisch wartete. Topper und Jan konnte sie nicht entdecken.

»Bist du allein?«, fragte sie Elli und setzte sich zu ihr.

»Nein. Sie holen sich nur schon was zu essen.«

Kaum hatte Elli es ausgesprochen kam auch schon Jan zurück, in der Hand eine Schüssel Müsli.

»Hallo Kai!«

»Hallo! Wo bleibt denn Topper?«

»Du kennst ihn doch, der haut sich wieder den ganzen Teller voll.« Jan verdrehte dabei die Augen und die beiden Mädchen mussten lachen.

»Also wirklich! Wie am ersten Tag!« Topper war zurückgekommen. »Ihr seid immer nur am Gackern!«

Der Teller, den er auf seinen Platz stellte, war wirklich wieder einem randvoll. Neben Würstchen, Bacon, Rührei waren dort noch zwei Brötchen, ein Croissant, zwei gekochte Eier und ein Pott mit Marmelade zu entdecken. Kai fragte sich, ob da noch mehr darunterlag, was nicht zu sehen war. Sie fand es nur erstaunlich, dass Topper alles ohne etwas zu verlieren bis zum Tisch balancieren konnte.

»Willst du das etwa alles essen?«, fragte Elli. Sie machte dabei einen angewiderten Ausdruck.

»Natürlich! Das Frühstück ist die wichtigste Mahlzeit! Sagte schon meine Oma!«

»Ja, ja!«, meinte Kai, »Kommt gleich nach dem Mittag und dem Abendbrot, nicht wahr?«

»Genau Schwester!«, antwortete Topper mit vollem Mund.

Alle drei schüttelten nur den Kopf und Elli ging mit Kai los, sich ebenfalls etwas zu Essen zu besorgen.

Als sie zurückkamen, wartete Jan schon gespannt, was Kai zu berichten hatte. Topper stopfte sich vergnüglich ein Würstchen in den Mund. ›Immerhin ist er dann still‹, dachte sich Kai.

Kai biss kurz von ihrem Brötchen ab und fing dann an zu berichten. Gebannt hörten alle zu und als Kai endete, schwiegen zunächst alle.

»Mann, das war aber wirklich riskant von dir«, meinte Jan anerkennend.

»Aber aufschlussreich«, fügte Topper hinzu.

»Findest du?«, fragte Elli, »ich halte das eigentlich alles für unwichtig.«

»Hä, unwichtig?« Topper schaute sie an, als ob sie gerade behauptet hätte, die Erde wäre eine Scheibe.

»Ja! Was wissen wir denn nun schon? Toll, der Gurt ist nicht gerissen. Und? Was soll 's?«

»Ja, kapierst du denn nicht?« Topper war nun völlig außer sich. »Erstens: wir wissen nun, dass Antus uns alle angelogen hat. Zweitens: Vögli ist nicht schuld am

Sturz. Und drittens: es muss eine andere Ursache für den Sturz gegeben haben.«

»Ja, und viertens, dass Fesl noch undurchsichtiger ist, als vorher«, ergänzte Kai.

»So langsam habe ich die Befürchtung, dass man Xara absichtlich abstürzen lassen wollte«, meinte Jan nach einem Moment des Nachdenkens.

»Jetzt übertreibst du aber«, widersprach ihm Elli.

»Dann sag mir mal, warum sie keinen Sicherungsgurt mehr hatte!«, fuhr Topper sie lautstark an. Die anderen an den Nachbartischen fuhren herum und schauten interessiert zu ihnen herüber.

»Beruhigt euch mal wieder! Die starren uns schon alle an!«, versuchte Kai zu beschwichtigen.

»Ja, schon gut. Entschuldigt!«, antwortete Topper leise. Um sich wieder etwas zu beruhigen, biss er erst einmal herzhaft in sein Croissant.

»Okay«, meinte Jan, »es ergeben sich dann einige Fragen. Nehmen wir mal an, Topper hat Recht.« Er hob beschwichtigend die Hand, als er merkte, dass Elli ansetzte, etwas zu sagen.

»Warte, ist ja nur ein Gedankenspiel.« Elli schwieg darauf hin.

»Wer sollte das tun und warum sollte er es gerade Xara antun?«, führte Jan fort.

»Na, bei ›wer‹ fällt mir sofort jemand ein: Maja!«, meinte Kai entschlossen.

»Glaub' ich nicht«, entgegnete Topper. »Klar, sie hat was gegen Xara, aber sie umbringen? Nee! - Habt ihr gesehen, wie aufgelöst sie nach dem Sturz war?«

»Aber vielleicht nur deshalb, weil sie merkte, dass sie zu weit gegangen war«, warf Elli ein.

»Hmm, könnte sein«, stellte Jan fest. »Aber warum tut sie so was? Und vor allem, wie soll sie es angestellt haben? Sie war ja nicht mal in der Nähe von Xara.«

Die vier schauten sich schweigend an.

»Fesl! Für mich ist er immer noch der Verdächtige Nummer eins«, behauptete Kai entschlossen. »Der turnte doch durch die Bäume und war auch beim Umhängen der Gurte dabei!«

»Stimmt! Natürlich! Fesl muss es gewesen sein!«, stimmte Elli kopfnickend ihr zu.

»Kommt schon eher in Frage«, meinte auch Jan.

»Ja, da muss ich euch zustimmen. Fesl kommt in Frage«, bestätigte Topper. »Was aber gar nicht dazu passt ist, warum hat Antus gelogen?«

»Na, um Fesl zu schützen!«

»Kann sein. Aber warum stöbert dann Fesl in Antus Akten und sucht nach irgendetwas, was scheinbar mit Antus zu tun hat?«, erwiderte Topper.

Wieder schwiegen alle.

»So kommen wir nicht weiter«, meinte Kai, »vor allem sollten wir mal an Xara denken.«

»Stimmt! Warum hat man es gerade auf Xara abgesehen?«, fragte Jan.

»Nein, ich meinte, wir sollte uns mal Gedanken machen, ob es ihr gut geht.«

»Da hast du Recht. Ich hoffe natürlich, dass es ihr so gut geht, dass sie bald wieder auftaucht«, antwortete Jan etwas kleinlaut.

»Ich glaub, mich tritt ein Pferd!«, meinte Topper und startet zur Tür des Frühstücksraums. Die drei wollten ihn gerade für den Spruch maßregeln, als sie die Verblüffung in seinem Blick sahen. Verwirrt drehten sie sich zur Tür und waren sprachlos: Dort stand Xara.

Kapitel 27

Mit offenen Mündern starrten die vier ungläubig zur Tür. Als Xara sie entdeckte, fing sie freudestrahlend an zu winken. Endlich erwachten sie aus ihrer Starre, sprangen auf und eilten Xara entgegen. Es wurde unruhig im Saal, als auch die anderen mitbekamen, was da gerade geschah. Kai fiel Xara überglücklich um den Hals und drückte sie wie wild.

»Nicht so fest!«, meinte Xara bemüht. Kai ließ erschrocken los und schaute Xara besorgt an.

»Oh, entschuldige! Tut 's noch weh?«

»Nein, nein. Ich bekam nur keine Luft mehr«, antwortete Xara lächelnd.

»Mann, ich kann es noch gar nicht glauben!« Auch Jan strahlte sie an. »Komm mit rüber und erzähl!«

Das Tuscheln im Raum hielt an, doch traute sich scheinbar keiner herüber, um ebenfalls Xara zu begrüßen. Zu fünft gingen sie zurück zu ihrem Tisch und setzten sich. Gespannt schauten sie Xara an.

»Na, nun erzähl schon«, forderte sie Topper auf, als Xara sie nur schweigend ansah.

»Was soll ich schon erzählen. Ich hab' unglaubliches Glück gehabt!«

»Aber so schnell wieder auf den Beinen, ich kann es wirklich nicht fassen«, meinte Jan ungläubig.

»Naja, mit der Heiltechnik der FoP ist das kein Wunder. Die kriegen noch viel verrücktere Sachen hin«, meinte Elli lapidar. Kai schaute sie verwundert an.

»Was? Woher willst du das denn wissen?«

»Von meinem Vater.«

»...?« Kai konnte damit nichts anfangen.

»Mensch, guck nicht wie 'n Auto! Er ist bei der FoP tätig.«

»Was, der auch? - Bin ich hier eigentlich die einzige, die vorher noch nie was von der FoP gehört hat?« Kai konnte nur mit dem Kopf schütteln.

»Ist doch egal«, meinte Jan, »Hauptsache ist doch, dass Xara wieder gesund ist. - Bist du doch, oder?«

»Eigentlich schon. Nur sehr müde - und hungrig«, antwortete sie. Darauf stand Xara auf, um sich etwas vom Buffet zu holen. »Entschuldigt, aber ich muss erst einmal was essen.«

»Kein Problem«, meinte Topper, »das kenne ich.«

Ungeduldig beobachteten die vier, wie Xara genussvoll in ihr Brötchen biss. Dann hielt es Jan nicht mehr aus.

»Was ist denn nun passiert? Warum war dein Sicherungsgurt ausgeklinkt?«

»Ja, genau! Hast du gemerkt, wer das war?«, fragte Elli vorsichtig.

»Tja, das ist ein Problem. Ich kann mich kaum noch daran erinnern.« Xara kaute weiter. »Ist alles nur schemenhaft da. Soll aber normal sein, meinten die Ärzte.«

»Du weiß also nicht, was passiert ist?«, hakte Elli nach.

»Nein, nicht wirklich. Ich erinnere mich, wie ich mich fertig gemacht habe. Ach ja, dann kam Maja und hat irgendetwas gesagt, glaube ich. - Ab dann wird 's richtig trübe. Irgendwann habe ich Fesl gesehen, weiß aber nicht mehr wann.«

»Beim Umhängen des Gurts«, versuchte Kai zu helfen.

»Ja, stimmt.« Xara dachte weiter nach. »Dann habe ich ein Bild vor Augen, wie ich am Seil hing - tja und dann weiß ich nur noch, wie ich im Sanitätsraum aufgewacht bin.«

Alle schwiegen und dachten nach.

»Und mehr nicht?«, fragte Jan enttäuscht.

»Leider nicht. Kommt aber vielleicht noch. Kann aber dauern.«

»Dann sind wir schon wieder zu Hause«, sagte Jan resigniert.

»Hast du irgendeine Ahnung, warum und vor allem wer dir das antun will?«, fragte Topper.

»Nicht die geringste!«

»Naja, Maja hat es ja schon auf dich abgesehen«, warf Elli ein. Xara überlegte kurz, bevor sie darauf antwortete.

»Sie ärgert mich immer wieder, das stimmt - aber mich ernsthaft verletzen? Nein, das kann ich mir nicht vorstellen.«

Kai fiel plötzlich das Telefongespräch mit Antus ein.

»Als Maja und ich bei Antus waren, hatte er doch diesen komischen Anruf von einem Minister. Und wenn ich mich recht erinnere, ging es dabei um einen Anschlag. Kennst du irgendeinen Minister?«

»Na klar! Mein Onkel ist der Wirtschaftsminister der FoP.«

Vier Augenpaare schauten Xara verblüfft an.

»Was?«, fragte Topper, »und das erzählst du uns erst jetzt so nebenbei?«

»Ist doch völlig unwichtig«, entgegnete Xara.

»Nee, nee, ist schon wichtig«, entgegnete Jan. »Wenn der Anrufer dein Onkel war und es um einen Anschlag ging, kann er nur dich gemeint haben.«

»Aber das ergibt doch gar keinen Sinn. Was habe ich denn mit meinem Onkel zu tun? Den sehe ich gerade mal zweimal im Jahr - wenn es hochkommt.«

Wieder fielen sie in Schweigen.

»Nein, Sinn ergibt das eigentlich nicht«, meinte Kai nach einem Moment. »Trotzdem will dir jemand schaden.«

»Also, so kommen wir nicht weiter«, warf Topper ein. »Ich würde folgendes vorschlagen: wir gehen davon aus, dass wirklich irgendwer Xara schaden will. - Lass mich bitte ausreden«, sagte er in Richtung Elli, die gerade etwas erwidern wollte. »Dabei sollten wir das Warum erst einmal nicht betrachten.«

Dieses Mal wollte Kai Einspruch erheben, doch Topper signalisierte ihr, dass er mit seinen Ausführungen noch nicht fertig war.

»Ich gehe davon aus, dass man es erneut versuchen wird. Fragt mich nicht warum. Darum ist nun das Wichtigste: wie können wir Xara schützen?«

»Gerade morgen, wenn es zur Abschlussprüfung geht«, meinte Jan, »da lauern genügend Gefahren.«

»Dann lasst uns einen Plan für morgen machen«, schlug Kai vor.

»Geht jetzt nicht«, sagte Topper, als er auf seine Uhr geschaut hatte, »wir müssen zum Unterricht.«

»Oh, ja. Wir sind sowieso schon die letzten«, gab Jan ihm Recht. Gemeinsam verließen sie den Frühstücksraum und machten sich auf den Weg in den Keller. Unterwegs hielt Kai Xara zurück und holte ihr Handy hervor.

»Hier übrigens das Foto, dass ich in Antus Büro gemacht habe. Keine Ahnung warum das wichtig sein soll.«

Verdutzt schaute Xara auf das Handy.

»Was hast du?«, fragte Kai.

»Das Foto kenne ich.«

Kapitel 28

Verblüfft schaute Kai Xara hinterher. Dann beeilte sie sich, sie einzuholen, denn sie wollte wissen, was Xara damit gemeint hatte. Sie waren die letzten, die in den Raum kamen. Alle anderen saßen bereits und auch Miss Gounegale wartete schon. Dieses Mal gab es kein plötzliches Erscheinen.

»Das musst du mir erklären«, flüsterte Kai Xara zu. Dabei schaute sie sich suchend im Raum um, um freie Plätze für sie beide zu finden. Scheinbar gab es jedoch nur noch Einzelplätze.

»Würden sich die Damen nun bitte auch setzen!«, bat Miss Gounegale ungeduldig. Sofort setzte sich Xara in die letzte Reihe.

»Hier vorne ist auch noch ein Platz!«, forderte Miss Gounegale Kai auf und zeigte auf den freien Stuhl neben Topper. Der drehte sich zu Kai um und fing an zu grinsen.

›Oh Gott, nein!‹, dachte Kai, ›nicht zu ihm!‹

Wiederwillig schlich sie in die erste Reihe und nahm Platz.

»So, dann können wir ja beginnen.« Miss Gounegale schaute in die Runde bevor sie fortfuhr. »Heute geht es um Logik und Deduktion.«

»Dedu was?«, fragte Kai leise und schaute dabei Topper verwirrt an.

»Mensch, Deduktion! Du bist wirklich nicht die Hellste, was?«, antwortete Topper kopfschüttelnd.

»Mr. Steel, sie haben etwas zu sagen?« Ms. Gounegale schaute ihn streng an.

»Emm, eigentlich nicht. Kai fragte nur was Deduktion ist«, antwortete er etwas kleinlaut, was völlig untypisch für ihn war.

»Und, was ist das?« Miss Gounegale schaute Topper provozierend an und hob dabei fragend eine Augenbraue.

Sofort breitete sich ein Grinsen in seinem Gesicht aus und da war er wieder: der alte Topper.

»Also, Deduktion ist der Schluss vom Allgemeinen auf das Besondere. Oder anders ausgedrückt: Eine Schlussfolgerung gegebener Prämissen auf die logisch zwingenden Konsequenzen«, sprudelte es fröhlich aus ihm heraus.

»Häh, was?«, hörte man aus der letzten Reihe.

»Kann mal einer das für Blöde übersetzen!«, schimpfte eine andere. Die meisten saßen nur kopfschüttelnd da und es waren leise Kommentare wie ›Streber‹ und ›Spinner‹ zu hören.

»Schon gut, schon gut!«, versuchte Miss Gounegale das immer lauter werdende Gemurmel zu stoppen. »Ich erkläre es euch.«

Kai war das Ganze völlig egal. Ihr ging immer noch das Foto durch den Kopf. ›Warum kennt Xara das Bild? Das ergibt doch gar keinen Sinn! - Nützt nichts! Ich kann nur bis nachher warten.‹ Kai musste sich zwingen, Miss Gounegale zu zuhören, die die ganze Zeit weitergeredet hatte.

»...so ist das, mal ganz vereinfacht ausgedrückt«, schloss Miss Gounegale gerade ihre Ausführungen. In ein paar Gesichtern konnte sie erkennen, dass es verstanden wurde, aber noch nicht bei allen.

»Ich gebe euch ein Beispiel: Alle Fische leben im Wasser. Mein Goldfisch Henry ist ein Fisch. Die logische Konsequenz ist, dass Henry im Wasser lebt. - Verstanden?«

Allgemeines Nicken war die Reaktion und so fuhr Miss Gounegale fort. »Gut, dann lasst uns zunächst ein paar Rätsel lösen, um euer logisches Denken zu verbessern.«

»Gibt es wieder Extraminuten zu gewinnen?«, fragte Maja.

»Die würden euch ja nichts nutzen, denn morgen ist doch die Abschlussprüfung und die ist ja zum Glück nicht auf Zeit.«

Wieder nickten alle wissend.

»Dann kann es ja losgehen. Wer die Lösung weiß, meldet sich und wir schauen, ob es richtig ist. Ach ja, Thomas, ich weiß, dass du das sich wieder gut kannst. Ich möchte dich aber bitten, den anderen eine Chance zu geben, okay?«

Topper sagte gar nichts, sondern grinste nur breit.

»Hier zum Aufwärmen ein einfaches Rätsel: Zwei Männer sitzen auf einer Parkbank, haben die gleiche Kleidung an, sind gleich groß, haben dieselben Eltern und am selben Tag Geburtstag. Trotzdem sind sie keine Zwillinge. Warum?«

Miss Gounegale konnte förmlich sehen, wie die meisten angestrengt nachdachten. Nach kurzer Zeit viel den meisten die Antwort ein und die Hände schossen nach oben.

»Es sind Drillinge!«, rief Anne in den Raum.

»Könnte stimmen. Zumindest sind es mehr als zwei Geschwisterkinder, die zusammen geboren wurden«, antwortete Miss Gounegale. »So, nun etwas wieder in Richtung Deduktion...«

Weiter hörte Kai nicht mehr zu. Sie wollte lieber über die letzten Tage nachdenken. Vielleicht fand sie ja einen Zusammenhang oder einen Sinn für das Ganze. Doch all das Grübeln half nichts, sie kam kein Stück weiter. Vom Unterricht bekam Kai nichts mit und merkte nicht, wie die Zeit verging. Als sie mal wieder aufschaute, ergriff Miss Gounegale gerade wieder das Wort.

»So, das war es für heute. Vielen Dank, dass ihr so gut mitgemacht habt. Dann viel Glück für morgen!«

Alle sprangen auf und strömten aus den Raum.

Topper stupste Kai an. »Sag mal, hast du die ganze Zeit geschlafen?«

»Was? - Nein!«, antwortete Kai barsch.

»Sah aber so aus. Hast ja nicht mal mitbekommen, dass Miss Gounegale dich immer wieder fragend ange- schaut hat.«

»Ich hatte für diesen Humbug keine Zeit. Ich musste nachdenken, was das mit Xara alles zu tun hat.«

»Ach so. Aber das hätte doch Zeit gehabt! Das Ganze läuft ja schließlich nicht weg«, meinte Topper lächelnd.

»Lass den Quatsch! Wir sollten uns gleich zusam- mensetzen und uns beratschlagen.«

»Immer langsam, ich muss erst mal was zu mir neh- men. Mittag ist ja schon eine Ewigkeit her.«

»Mann, bist du verfressen! - Egal! Last uns in einer halben Stunde im Aufenthaltsraum treffen. Sagst du Jan Bescheid? Ich bringe Elli und Xara mit.«

»Okay. Aber was gibt es schon zu besprechen?«

»Xara kennt das Foto. Das muss was zu bedeuten haben!«, antwortete Kai.

»Wow, ehrlich? - Na gut. Dann bis in einer halben Stunde.«

Topper verschwand und Kai schaute sich nach ihren Freundinnen um, konnte aber nur Xara entdecken, die vorm Raum wartete.

»Wo ist denn Elli?«

»Maja und ein paar andere sind raus an die frische Luft. Da ist Elli hinterher. Wollen die Sonne genießen.«, antwortete Xara und verdrehte dabei die Augen.

»Ich weiß nicht, aber irgendwie habe ich das Gefühl, als ob sie einen Freund hat«, meinte Kai skeptisch.

»Nee. Ich glaube eher, dass sie Maja nicht traut und sie beobachten will.«

Wie bei den letzten Treffen, warteten die beiden schwarz gekleideten Männer abseits des Gebäudes im Schatten der Bäume. Ungeduldig schauten sie den Weg hinunter, ob das Mädchen endlich kommen würde. Als sie sie sahen, gaben sie ihr ein Zeichen und sie folgte ihnen wortlos.

Wie immer sprach nur einer von beiden, der andere stand erneut etwas abseits.

»So, morgen ist alles vorüber.« Der Mann sah erschöpft aus. Er holte aus seiner Sakkotasche ein Tuch und wischte sich den Schweiß vom Gesicht.

›Na, die sind ja doch menschlich, hätte ich ja gar nicht für möglich gehalten‹, dachte das Mädchen sarkastisch.

»Ja, endlich! Aber warum müssen wir uns noch einmal sehen?«, fragte sie.

»Also mit dem Absturz war ein großer Erfolg.«

»Eben, dann sollte es ja wohl genügen!«

Der Mann zögerte etwas, bevor er weitersprach.

»Naja, noch nicht ganz.«

«WAS?«, rief das Mädchen entsetzt aus.

»Nicht so laut, oder willst du, dass man uns entdeckt?« Prüfend schauten beide Männer in alle Richtungen, ob jemand auf sie aufmerksam geworden war.

»Auf keinen Fall tue ich Xara noch einmal was an oder helfe dabei!« Mit verschränkten Armen starrte sie ihn an.

Wieder wartete der Mann, bevor er etwas sagte. Das machte sie noch nervöser und gleichzeitig wütend.

»Oh doch, das wirst du!«, sagte er entschlossen. Dabei starrte er sie eindringlich an und versuchte sie so einzuschüchtern. Das Mädchen wollte gerade ansetzen zu protestieren, als er weitersprach.

»Du hast gar keine andere Wahl! Ansonsten werden alle erfahren, wer bisher dahintersteckte. Dann bist du geliefert.«

»Dann sind Sie auch mit dran!«, erwiderte sie.

Der Mann lächelte arrogant. »Uns kennt doch keiner. Du doch auch nicht. Ansonsten weißt du so gut wie gar nichts. Was willst du denn schon erzählen? Da waren zwei Männer, die haben gesagt, ich soll ein Mädchen sabotieren?«

»Das Mädchen hat einen Namen! Sie heißt Xara!«, unterbrach sie wütend.

»Meinet wegen, Xara! Trotzdem hast du nichts gegen uns in der Hand. Kein Mensch wird dir deine Geschichte glauben. Wir hingegen haben dich in der Hand.«

Das Mädchen dachte nach, doch fiel ihr nichts ein, was sie entgegnen konnte.

»Gut, das hätten wir also geklärt! Morgen geht es um alles. Das Mädchen, entschuldige, Xara muss noch einmal einen Unfall haben. Einen ernsten Unfall. Verstehen wir uns richtig?«

Wieder schwiegen beide. Sie konnte einfach nicht glauben, dass das wirklich passierte. Kommt sie denn aus dem Schlamassel gar nicht mehr heraus, fragte sie sich.

»Verstanden?«, fragte er noch einmal nachdrücklich. Widerwillig nickte sie.

»Und denk erst gar nicht daran, nicht zu deinem Wort zu stehen. Notfalls können wir auch deinen Vater unter Druck setzen!«

Die Augen des Mädchens weiteten sich vor Entsetzen. Dann nickte sie erneut knapp.

»Gut, du weißt was zu tun ist. - Dann verschwinde jetzt, sonst vermisst man dich noch!«

Bevor sie etwas entgegen konnte, war er zu seinem Kollegen gegangen und beide waren auch schon verschwunden.

Sie war wie betäubt. Verzweiflung stieg in ihr hoch. Was soll sie nur tun? Sie lehnte sich an einen Baum und ließ ihren Tränen freien Lauf. Es dauerte eine Weile, bis sie sich wieder beruhigt hatte. Als sie sich wieder gefasst hatte, machte sie sich langsam auf den Rückweg.

›Hoffentlich sieht keiner, dass ich geweint habe‹, dachte sie und wischte vorsichtig über ihr Gesicht. ›Mann, wie komme ich bloß aus dieser Hölle wieder heraus?‹

Kapitel 29

Kai wartete bereits seit ein paar Minuten in einer abgelegenen Sitzecke im Aufenthaltsraum. Da die meisten sich draußen vergnügten, war sie ganz alleine. Sie fand das super, denn so hatten sie gleich die Möglichkeit, völlig ungestört miteinander alles zu besprechen. Ungeduldig schaute sie auf ihre Uhr. Xara wollte Elli suchen gehen, was etwas dauern konnte. Aber auch Topper und Jan verspäteten sich. Kai wollte gerade aufstehen und schauen gehen, wo allen blieben, da kamen Jan und Topper um die Ecke.

»Tut uns leid, wir sind etwas spät«, entschuldigte sich Jan. Er nickte dabei in Richtung Topper und verdrehte die Augen.

»Schon gut«, meinte Kai lachend, »ich kann mir schon denken, was dazwischengekommen ist.« Sie blickte dabei Topper an. Der schaute irritiert zu Kai und dann zu Jan und wieder zu Kai.

»Waff ifft?«

»Mensch, mit vollem Mund spricht man nicht!«, sagte Kai oberlehrerhaft, schaffte es aber nicht, ernst zu bleiben. »War ja klar, dass die Zeit für dich nicht ausreichte, um sich mal so richtig zu stärken.«

Als Antwort verzog Topper nur sein Gesicht zu einer Grimasse und kaute weiter.

»Wo sind denn Xara und Elli?«, fragte Jan, der sich inzwischen gesetzt hatte.

»Hier sind wir!«, hörte man Xara von der Tür aus rufen. Beide kamen außer Atem um die Ecke und ließen sich auf die Sessel fallen.

»Seid ihr gelaufen?«, fragte Jan.

»Klar, wir wollten doch nicht zu spät kommen«, antwortete Elli immer noch kurzatmig.

»Na, so streng wird Kai ja nun auch nicht sein, oder willst du sie nun bestrafen?« Dabei schaute Topper Kai herausfordernd an. Am liebsten hätte sie Topper eine runtergehauen, schaute ihn stattdessen mit zusammengekniffenen Augen böse an.

»Kommt, reißt euch zusammen! Wir haben wichtigeres zu besprechen!«, forderte Jan auf.

»Stimmt! - Kai meinte, du kennst das Foto aus der Akte?«, fragte Topper.

»Ja, seit Jahren«, antwortete Xara, »ist das wichtig?«

»Keine Ahnung. Aber woher kennst du das denn nun?«

»Als ich bei meinem Onkel im Büro war, sind wir auch mal zum Kanzler.«

»Was, du kennst den Kanzler?« Elli schaute Xara ungläubig an. »Persönlich?«

»Ist das was Besonderes?«, fragte Kai irritiert.

»Na klar! Das ist so, also ob du den ... was weiß ich ... den Präsidenten der USA kennst. Nicht gerade selbstverständlich, oder?«

Kai zuckte nur mit den Schultern, so als ob sie sagen wollte: mir doch egal.

»Naja, kennen ist übertrieben«, warf Xara ein. »Wir waren halt ein, zweimal bei ihm im Büro. Und da lag genau das gleiche Bild auf seinem Schreibtisch.«

Man konnte förmlich die Fragezeichen in den Gesichtern sehen.

»Antus und der Kanzler haben das gleiche Bild? Was hat das denn nun wieder zu bedeuten?« Fragend schaute Topper in die Runde. Doch alle zuckten nur mit den Schultern. Wie schon einige Male in den letzten Tagen, umgab sie ein ratloses Schweigen.

»Ach, soll doch egal sein«, unterbrach Jan die Stille, »wir müssen an morgen denken.«

»Meint ihr wirklich, dass mir einer noch einmal was antun will?«, fragte Xara ängstlich.

»Da wir nicht wissen, warum derjenige es beim letzten Mal gemacht hat, können wir es nicht wirklich ausschließen.«

»Genau, und Vorsicht ist besser als Nachsicht«, ergänzte Topper und nickte dabei heftig, als würde er sich selber recht geben.

»Aber selbst, wenn es Maja war, so blöd ist sie ja nicht und versucht es noch einmal«, meinte Elli.

»Aber du bist es doch, die Maja alles zutraut. Jetzt auf einmal nicht mehr?«, entgegnete Topper.

»Ja, schon, aber ich glaube nicht, dass sie noch einmal was vorhat.«

»Vor allem: wer sagt uns denn, dass es Maja war? Ich glaube eher, dass es jemand anderes war«, warf Jan ein.

»Du meinst Fesl?«, fragte Kai.

»Ja, zum Beispiel. Oder jemanden den wir noch gar nicht im Blickfeld haben.«

»Das hilft uns aber auch nicht weiter.«

»Das stimmt! Die ganze Spekuliererei hilft nichts. Lasst uns lieber einen Plan machen, wie wir Xara morgen schützen können«, forderte Jan auf. Alle nickten.

»Und schon eine Idee?«, fragte Xara.

»Im Prinzip schon. Denn eigentlich ist es ganz einfach. Es muss immer jemand von uns bei dir bleiben.«

»Und das soll reichen?«, fragte Kai.

»Na klar. Wer sollte ihr denn was antun, wenn wir dabei sind?«

»Aber das fällt doch auf. Nicht, dass wir Ärger bekommen«, meinte Elli.

»Darum sollten wir uns aufteilen. Jeder übernimmt einen Streckenabschnitt. Das heißt, einer beim Schwimmen, einer beim Laufen und einer beim Klettern.«

»Genau! Und da wir zu viert sind, wechseln wir uns fliegend ab«, gab Topper Recht.

»Und die anderen halten Ausschau nach unseren Hauptverdächtigen Maja und Fesl«, schlug Kai vor.

»Hört sich gut an. Wer macht was?«, fragte Topper.

»Ich würde vorschlagen, damit es nicht so auffällig ist, fangen wir beiden Jungs an, Xara zu begleiten. Während des Laufes übernehmt ihr beide dann«, sagte Jan zu Elli und Kai.

»Genau, so machen wir das!«, beschloss Kai.

Auch die anderen nickten zustimmend. »Ich glaube, das ist ein ganz guter Plan. Dann war's das für heute?«, fragte Topper.

»Sag nicht, du willst schon wieder was essen gehen?«, fragte Kai ungläubig.

»Ja, das auch. Aber eigentlich wollte ich heute mal etwas chillen. Man gönnt sich ja sonst nichts.«

»Okay, dann sehen wir uns beim Abendessen?«

Alle stimmen zu. Auch Kai und Elli wollten auf ihr Zimmer

»Sag mal, was hast du vorhin eigentlich draußen getrieben? Hast du Maja beobachtet?«, fragte Kai.

»Nee, hat nicht geklappt. Irgendwie war die verschwunden.«

»Und ich dachte schon, du triffst dich mit jemanden.«

Darauf antwortete Elli nicht, sondern wurde nur rot im Gesicht. Als Kai das sah, musste sie innerlich grinsen und dachte nur: ›Na, wenn da man nicht doch ein Junge dahintersteckt!‹

Kapitel 30

Den restlichen Tag war nicht mehr viel los. Man merkte nur überall, dass alle doch ziemlich aufgeregt sind. Denn so richtig wissen wir ja nicht, was bei dem Abschlusstest auf uns zukommen wird. Schwimmen, Laufen, Klettern - mehr Infos gab es nicht. Echt toll! Aber das passt ja zu dem ganzen hier: bloß nicht zu viel verraten und immer schön geheimnisvoll tun.

Apropos geheimnisvoll, mit dem Attentat auf Xara sind wir kein Stück weitergekommen. Auch nicht, was Antus mit diesem Kanzler zu tun haben könnte. Naja, ich kenne den ja nicht einmal. Und ich glaube auch nicht, dass wir noch rausfinden werden, was wirklich dahintersteckt. Wichtig ist erst einmal, dass Xara nicht noch einmal was passiert. Aber wer weiß, ob es wirklich nochmal einer auf Xara abgesehen hat. Vielleicht ist der ganze Spuk ja nun vorbei - oder es trifft jemanden anderen? Am besten nicht allzu viele Gedanken machen. Einfach unterwegs aufpassen, ob etwas Verdächtiges passiert.

Wir drei sind jedenfalls sehr zeitig ins Bett, da morgens noch etwas früher geweckt werden sollte. Haben sie auch gemacht. Mitten in der Nacht - für mich zumindest. Tja, und das nicht mal wie üblich mit Musik. Pünktlich um sechs Uhr war eine Fanfare zu hören. Und das in einer Lautstärke! Also ich hab' im Bett gestanden vor Schrecken. Wirklich 'ne Fanfare wie aus 'nem Western - als wollten wir gleich angreifen. Manchmal spinnen die wirklich hier!

Jetzt geht's erstmal zum Frühstück, etwas stärken für den anstrengenden Tag!

Wie üblich trafen sich die fünf am gleichen Frühstückstisch. Auch sonst war es halt wie jeden Tag: Toppers Teller war randvoll und alle konnten nur staunen, was der alles verdrücken konnte. Bis auf Topper machten alle einen angespannten Eindruck und deshalb wollte kein Gespräch so richtig in Gang kommen.

»Mann, bist du sicher, dass dir das bekommen wird?«, meinte Elli und machte dabei ein angewidertes Gesicht.

»Aber klar doch. Ist ein langer Tag, da muss man vorsorgen«, antwortete Topper fröhlich.

Kai konnte nur den Kopf schütteln. »Sag mal, du bist nun ja wirklich kein Sportler und trotzdem bist du so gelassen. Machst du dir gar keine Sorgen, dass du das nicht schaffen könntest?«

»Was heißt hier kein Sportler? Hast du mich mal Bowling spielen sehen? Da bin ich ein Gott!«

»Na, dass wird dir heute wohl nichts nützen«, entgegnete ihm Xara.

»Obwohl - so eine kleine Bowlingeinlage zwischendurch wäre doch auch mal was«, meinte Elli grinsend.

»Genau! Am besten während des Schwimmens!« Kai konnte nicht mehr und prustete los. Auch die anderen fielen in ihr befreiendes Lachen ein. Endlich war etwas ihrer Anspannung von ihnen abgefallen und es störte sie nicht, dass sie von den anderem im Raum angestarrt wurden.

»Ich bin jedenfalls gespannt, wie das heute ablaufen wird. Habt ihr eine Ahnung?«, fragte Jan.

Alle schüttelten den Kopf. »Das geht mir hier am meisten auf den Geist, nie weiß man, was wirklich los ist oder passieren soll«, antwortete Kai.

»Komm, beschwer dich nicht! Immerhin wissen wir, dass wir laufen, schwimmen und klettern müssen«, versuchte Topper Kai aufzumuntern. »Und es werden keine von deinen Lieblingsaufgaben gestellt«, fügte er grinsend hinzu.

»Du Blödmann!«, erwiderte sie schnippisch und trat im vor sein Schienbein.

»Aua! Spinnst Du? - Wenn ich jetzt nicht mehr laufen kann, bist du schuld!« Topper rieb sein Bein und machte dabei ein schmerzverzogenes Gesicht. Kai wollte gerade etwas entgegnen, als Jan ihr zuvorkam. »Kommt, seid friedlich!«

»Genau! Wir müssen schließlich zusammenhalten«, fügte Xara hinzu. Daraufhin schauten Kai und Topper auf ihren Teller und schwiegen. Elli hatte sich rausgehalten und sah sich im Saal um und stutzte. Dann blickte sie hastig auf ihre Uhr. Ihre Augen weiteten sich. »Mann, wir müssen los!«

Sie hatten es wieder einmal geschafft, ohne es zu merken, die letzten im Frühstücksraum zu sein. Eilig stürmten sie hinaus auf den Vorplatz und kamen gerade rechtzeitig, als DeNosi mit seinem Klemmbrett unterm Arm um die Ecke kam.

»Los, alle aufstellen!«, schrie er, kaum dass er angekommen war.

»Warum muss der eigentlich immer so schreien?«, fragte Topper leise. Scheinbar nicht leise genug, denn DeNosi schnellte zu ihm rum. »Ah, Mr. Steel! Wieder ein loses Mundwerk!«, spottet er. »Das wird Ihnen heute gründlich vergehen. Und dann muss ich mich beim nächsten Mal nicht mehr mit Ihnen rumärgern!«

»Pfff, das glaub er doch selber nicht«, meinte Topper selbstbewusst, »das schaffe ich doch mit links!«

»Mensch, sei doch endlich still«, versuchte Jan leise ihn in seinem Redefluss zu stoppen. »Wer weiß, was der dir an Hindernissen in den Weg legen kann.«

Als hätte es DeNosi gehört, führte er weiter fort. »Wenn ein Trainer meint, dass einer der Schüler heute noch einen zusätzlichen Anreiz benötigt, können wir ihn während der Abschlussübungen ein paar ›extra Aufgaben‹ geben.« Dabei schaute er in die Runde blasser werdender Gesichter. Bei Topper machte er kurz halt und grinste ihn wissend an.

»Siehst du, das hast du nun davon«, meinte Jan knapp.

»C'est la vie!«, erwiderte Topper achselzuckend.

»So, dann nun zum heutigen Ablauf. Zunächst geht es zum See. Den müsst ihr zweimal durchqueren, also hin- und zurückschwimmen - nichts Wildes. Dann gibt es einen lockeren Lauf von fünf Kilometern.«

DeNosi machte eine kleine Pause und der ein oder andere freute sich schon, dass die Laufstrecke nicht allzu lang sein würde.

»Anschließend Mittagspause. Dann kommen wir zum richtigen Waldlauf.« Verwundert schauten ihn nun alle an.

»Dann geht es den Berg hinauf und wieder runter«, dabei zeigte er auf den Bergwipfel in der Ferne. Alle schauten ihn nun mit aufgerissenen Augen an und die ersten fingen an zu tuscheln. »Ruhe bitte! - Wenn ihr das geschafft habt, kommen wir zum krönenden Abschluss: ihr müsst an einem Seil 30 Meter auf das Bergplateau klettern, dass ihr vom Weg aus sehen könnt.«

›Das hörte sich alles nicht gut an‹, fand Kai, ›nein, das hört sich wirklich schlimm an.‹

»Dann, sind es nur noch ein paar Meter ins Ziel. Wer ankommt ist durch.«

»So, nun zieht euch zum Schwimmen um und packt Sachen zum Umziehen ein. Wir treffen uns in exakt fünf Minuten hier vor der Tür. Wer nicht da ist, ist raus!«

Alle starrten DeNosi an und warteten, was als nächstes kommen würde.

»Na los! Eure Zeit läuft!« Schlagartig kam Bewegung in die Gruppe und alle verschwanden im Gebäude. Keine drei Minuten später waren die ersten wieder vor der Tür, mit ein paar Sachen unter dem Arm.

DeNosi schaute immer wieder auf die Uhr und als die fünf Minuten um waren, standen alle gespannt vor ihm.

»Na, das hat ja schon mal wunderbar geklappt. Nun laufen wir gemeinsam zum See.«

»Mit den Klamotten unterm Arm?«, fragte jemand.

»Ach ja. Da vorne liegen leichte Rucksäcke. Da könnt ihr eure Sachen reinpacken«, antwortete DeNosi und zeigte auf einen Haufen hellgrüner Säcke.

»Los, los, beeilt euch!« Und wieder spurteten alle los und standen einen kurzen Augenblick später wieder vor ihm. Vereinzelt versuchten sie noch ihre Sachen in den Rucksack zu packen, der eher ein Beutel mit zwei Riemen war.

»So, auf geht's! Alle mir nach!« DeNosi schaute sich noch einmal um.

»Mr. Steel, Sie brauchen doch sicher schon einmal einen Motivationsschub.« Topper schaute in fragend und zugleich ängstlich an, als DeNosi auf einen Sandsack zeigte, der in der Ecke lag.

»Der da ist Ihrer. Der kommt mit in Ihren Rucksack!«

Kapitel 31

DeNosi lief nicht allzu schnell, so dass ihm auch Topper mit seinem schweren Gepäck noch folgen konnte. Nach wenigen Metern war Topper jedoch bereits am schnaufen. Kai, Jan, Elli und Xara blieben bei ihm und zu fünft bildeten sie den Abschluss der Gruppe.

»Kopf hoch, wir begleiten dich«, versuchte Jan ihn aufzumuntern.

»Und so weit ist es ja auch nicht zum See«, fügte Xara hinzu.

»Ja, ja, geht schon. Ich schaffe das. Ist doch eine Kleinigkeit.« Topper versuchte dabei zu grinsen, was ihm jedoch nicht wirklich gelang.

Der Weg zog sich unerwartet, da DeNosi einige Umwege einschlug. Endlich erreichten sie den See, in dem sich gerade die Sonne spiegelte. Mit dem Bergrücken dahinter und den kleinen Schäfchenwolken darüber entstand ein Panorama, wie von einer Postkarte. Wäre nicht ihr Abschlusstest, hätten alle diesen schönen Anblick sicherlich genossen. Auf dem See war eine Schwimmstrecke mit Bojen markiert worden und Kai schätzte, dass sie insgesamt sicherlich anderthalb Kilometer schwimmen mussten. Ihr Blick fiel auf die Mitte des Sees und sie stutzte kurz. Es sah so aus, als würde dort auf dem Wasser ein Stuhl stehen. Erst bei genauerem Hinsehen konnte sie eine Plattform entdecken, auf dem wirklich ein Campingstuhl stand. Scheinbar saß dort sogar jemand. ›Was soll das denn schon wieder?‹, fragte sich Kai kopfschüttelnd. Als sie endlich den Start erreicht hatten, wurden sie bereits ungeduldig von Miss Porter erwartete.

Völlig erschöpft ließ sich Topper fallen. Jan half ihm den Rucksack vom Rücken zu nehmen und nahm dann den Sandsack heraus. »Mann, so schwer war der doch gar nicht«, meinte Jan überrascht.

»Was? Nicht schwer? Der wiegt doch mindestens 'ne Tonne«, gab Topper zurück.

Kai und Xara verdrehten die Augen. Nur Elli konnte das Sticheln nicht lassen. »Ich würde mal eher sagen, dass du nicht fit genug bist, du Weichei! Kommt von deinem ewigen Fressen!«

»Na, na, na! Jetzt gehst du aber zu weit!«, protestierte Jan.

»Genau! Was ist denn mit dir los?«, fragte Kai irritiert.

Elli schaute erst erschrocken und dann verlegen die anderen an. »Entschuldige, war nicht so gemeint. - Irgendwie bin ich ziemlich nervös. Weiß auch nicht warum.« Elli reichte Topper die Hand und half ihm auf.

»Schon gut, halb so schlimm. Und ganz unrecht hast du ja auch nicht«, gab er grinsend zu.

»Kommt, alle versammeln sich schon beim Miss Porter«, mahnte Xara.

Neben Miss Porter hatte sich DeNosi postiert. Braungebrannt und mit stolzgeschwellter Brust stand er da. Es schien, als wollte er Miss Porter beeindrucken. Kai musste darüber lächeln. »Sieh dir mal den Spinner an«, meinte sie leise zu Xara.

»Als würde die auf so 'nen Idioten stehen«, antworte sie.

»So, jetzt kommen wir zum Schwimmen. Wie ihr seht, geht es einmal hin und zurück. Das sind schon ein paar Meter, aber es dürfte für die meisten von euch kein Problem sein.«

»Naja, für mich schon«, meinte Xara skeptisch. »Ich bin ja froh, wenn ich die Hälfte schaffe. Du weißt ja, wie schlecht ich schwimme.«

»Wir bleiben bei dir. Es kommt ja nicht auf die Zeit drauf an. Das schaffst du schon«, antwortete Kai.

»Was gibt es da zu flüstern?«, polterte DeNosi los.

»Immer mit der Ruhe, Francesco!«, beruhigte Miss Porter DeNosi. »Aber bitte hört nun gut zu: es stimmt, dass ihr heute nur ins Ziel kommen müsst. Dennoch werden die, die sich anstrengen belohnt bzw. die, die sich nicht anstrengen, wird es etwas schwerer gemacht. Beim Schwimmen bekommt ihr ein Zeitfenster; wer es überschreitet, muss beim Laufen ein Zusatzgewicht tragen.«

Schlagartig wurde überall aufgeregt getuschelt. »Mist, damit ist unseren Plan dahin, dich zu begleiten«, schimpfte Topper und machte ein zerknirschtes Gesicht. »Tut mir leid, aber nochmal so 'n Zusatzgewicht schaffe ich nicht!«

»Ach, mich stört es nicht. Dann trage ich halt ein paar Kilo mit mir rum. Wird schon gehen. Kannst auf mich zählen«, meinte Jan mit einem Augenzwinkern. Xara strahlte ihn glücklich an.

»Ich bleibe auch in deiner Nähe«, meinte Elli.

»Ruhe, verdammt!«, brüllte DeNosi erneut los, »sonst bekommt ihr alle eine Bleiweste zum Schwimmen!«

Miss Porter funkelte DeNosi böse an. Als es bemerkte, machte er einen Schritt zurück und es schien, als würde er rot werden. Kai konnte sich ein Grinsen nicht verkneifen.

»So, dann macht euch bereit. Fesl ist dort auf der Plattform und beobachtet euch von da aus. Falls doch jemand wider Erwarten Hilfe benötigt, wird er zur Hilfe eilen. Also nicht wundern, wenn er irgendwo auftaucht«, fügte Ms. Porter schmunzelnd hinzu.

»Es ist übrigens egal, wie ihr schwimmt: Brust, kraulen, Rücken. Hauptsache ihr bleibt im Zeitfenster. Die Mädchen haben fünf Minuten mehr Zeit und starten entsprechend vor den Jungen. Den Countdown des Zeitfensters könnt ihr unterwegs auf der großen Uhr ablesen.« Sie zeigte auf eine riesige Stoppuhr, die DeNosi gerade aufbaute. »So wisst ihr immer, wie es um euch steht und könnt euch die Strecke einteilen. Sollte es jemand nicht schaffen, muss er für jede Minute darüber ein halbes Kilo mit auf den Waldlauf nehmen.« Wieder einmal wurde wild getuschelt, doch DeNosi traute sich dieses Mal nicht, rumzubrüllen. Die einen waren scheinbar recht zuversichtlich, dass sie es schaffen werden, andere schimpften vor sich hin. Xara schüttelte nur den Kopf.

»Komm, schaffst du!«, munterte Kai sie auf und legte einen Arm um sie.

»Naja, wird schon ziemlich eng werden«, gab Xara zu bedenken.

»So, dann alle Mädchen los zum Start! Die Jungen halten sich bitte bereit«, forderte Ms. Porter alle auf. Sofort gingen alle Mädchen zum Holzsteg und stellten sich auf. Sie passten gerade so neben einander. Ms. Porter kam zu ihnen und betrachtete sie fragend.

»Wollt ihr etwa so ins kalte Wasser springen? Ist vielleicht etwas gefährlich, oder?«

Die ersten fingen an, sich auf den Steg zu knien und mit der Hand Wasser über ihren Körper laufen zu lassen.

»Kommt, lasst das mal sein. Alle ins Wasser steigen, ihr startet von dort aus«, forderte Miss Porter sie auf und zeigte vor den Steg. »Es ist ja kein 100 Meter Schwimmen, wo es auf jede Zehntelsekunde ankommt.«

Sofort kamen die Mädchen wieder vom Steg und schritten in den See. Die meisten stiegen ganz vorsichtig ins Wasser. Es war wirklich noch ziemlich kalt und es fiel einigen ganz schön schwer, nicht aufzustöhnen oder gar zu quieken, als es immer tiefer wurde. Nur Maja und Chloé liefen todesmutig ins kalte Nass. Nach einem kurzen Augenblick haben sich alle vorm Steg eingefunden und warteten, dass es endlich losging.

»Dann viel Glück!«, meinte Kai zu Xara und Elli.

»Ja, dir auch!«, meinte Elli. Xara nickte nur kurz.

Über ihnen stand Miss Porter mit der Startpistole. Bevor sich noch jemand weitere Gedanken machen konnte, fiel ein Schuss. Alle zuckten zusammen und es dauerte einen Moment, bis sie realisiert hatten, dass es nun losging. Dann jedoch waren die Mädchen nicht mehr zu halten. Man hatte den Eindruck, ein Bootsmotor wäre angeworfen worden, so sehr wurde das Wasser in dem Gewühle aufgewirbelt. Es platschte und spritze in alle Richtungen und erst nachdem einige Meter zurückgelegt waren, konnte man vom Steg aus die einzelnen Mädchen wiedererkennen. Kai hatte den Überblick völlig verloren und versuchte sich erst einmal zu orientieren und schwamm langsamer. ›Wo ist Xara‹, fragte sie sich. Mit langsamen Zügen bewegte sie sich vorwärts und schaute sich dabei immer wieder um. Doch Xara war nicht zu entdecken.

»Verdammt, wo steckt sie?«, schimpfte sie, »und wo ist Elli?«

Sie musste vor Kai liegen, denn sie war so langsam geschwommen, dass nur noch drei Mädchen hinter ihr lagen. Und von denen war keine Xara oder Elli. Kai fing an zu kraulen, um an die nächsten Mädchen ran zu kommen. Als sie es geschafft hatte, suchte sie wieder nach Xara, konnte sie aber immer noch nicht finden. ›Ist doch Mist. Von hinten ist sie nicht zu erkennen. So werde ich sie nie finden‹, dachte sie, ›na, hoffentlich ist Elli bei ihr.‹

Inzwischen hatte Kai den kleinen Steg in der Mitte des Sees erreicht, auf dem Fesl saß und die Schwimmerinnen beobachtete. Sie musste schmunzeln, denn es sah schon komisch aus, wie er dort mitten auf dem See saß. Fesl schaute gerade zum Start und nickte zufrieden. Auch Kai warf mal wieder einen Blick nach hinten und erschrak. Die Jungen hatte sie völlig vergessen. Die waren natürlich schon vor ein paar Minuten gestartet und kamen nun immer näher.

›Oh Mann, da sollte ich nun aber Gas geben. Wenn die uns erreicht haben, finde ich ja Xara gar nicht mehr.‹ Sie fing wieder an zu kraulen und nach ein paar Minuten hatte sie eine größere Gruppe an Mädchen erreicht. Nun waren es nur noch ein paar Meter, bis es wieder auf den Rückweg ging. In dem Moment entdeckte sie Xara und Elli knapp vor ihr. Sie wollte gerade ihnen etwas zurufen, als drei Jungen sie überholten. Plötzlich traf eine Welle ihr Gesicht und ein Schwall Wasser füllte ihren geöffneten Mund. Kai erschrak und fing an zu husten. Sie hörte vor Schrecken auf zu schwimmen und ging unter. Schnell schaffte sie es, ihren Kopf wieder aus dem Wasser zu bringen und rang hektisch nach Luft. Jedoch tauchte sie direkt vor einen Jungen auf, der nicht mehr reagieren konnte. Er drückte sie mit voller Kraft nach unten. Wieder war sie nur von Wasser umgeben und jetzt stieg Panik in ihr auf.

›Mann, wo ist oben und unten?‹ Sie hatte keine Luft mehr und war völlig orientierungslos. Ihre Lungen brannten und ihr Körper schrie nach Sauerstoff. Sie hatte das Gefühl gleich bewusstlos zu werden und merkte, wie ihr Gehirn den Befehl zum Atmen geben wollte.

›Warum hilft mir denn niemand?‹, dachte sie verzweifelt. ›Mama! HILFE!‹

Plötzlich sah sie kleine Luftblasen, die nach oben stieg. Da merkte sie, dass sie sich in die falsche Richtung bewegt hatte. ›Folgen!‹, war ihr einziger Gedanke. Sie drehte sich um und erkannte nun die Wasseroberfläche, die einige Meter von ihr entfernt war. Kai versuchte ihre Kraftreserven zu mobilisieren. Nur ganz langsam kam sie ihrem ersehnten Ziel näher. Ihre Lungen brannten immer mehr.

›Komm! Das schaffst du!‹, feuerte sie sich an, aber ihre Schwimmzüge brachten sie immer weniger nach oben. Sie wurde immer schwächer. ›Ich kann nicht mehr!‹ Ihr wurde so langsam schwindelig und sie musste atmen.

›KOMM!‹, schrie sie sich innerlich an und sie machte einen letzten Schwimmzug. Mit letzter Kraft durchbrach sie die Wasseroberfläche und versuchte wieder Luft in ihre Lungen zu bekommen. Erleichtert atmete sie tief ein und ließ sich auf der Stelle treiben. Sie schaute sich vorsichtig um, aber scheinbar hatte niemand mitbekommen, was mit ihr passiert war. Fesl saß immer noch seelenruhig auf seinem Stuhl.

»Mann, wofür sitzt der da? Ich verrecke hier und der sonnt sich!«, schimpfte sie laut, denn sie musste ihrer Angst und Wut Luft machen. Unter Wasser kam es ihr wie eine Ewigkeit vor, doch die Mädchen waren nicht weit weg. Kai wartete noch einen Moment, dann folgte sie den anderen. Einige Meter machte sie noch etwas langsamer, wechselte dann zu einem gleichmäßigen Kraulen. Ihr Kopf fühlte sich völlig leer an. An Xara und Elli dachte sie nicht mehr.

Kapitel 32

Im Ziel angekommen, stieg Kai aus dem Wasser und setzte sich gleich ans Ufer, um zu verschnaufen.

»Miss Mayers! Nicht ausruhen!« Kai drehte sich in Richtung der Stimme und sah auf dem Steg Miss Porter. »Bitte da oben gleich umziehen!«, forderte sie Kai auf. Irritiert schaute Kai sich um und staunte nicht schlecht, als sie zwei Zelte bemerkte. Die mussten DeNosi und Miss Porter in der Zwischenzeit aufgebaut haben und dienten nun scheinbar als Umkleidekabinen. Auf dem Weg zu den Zelten fiel ihr Blick auf die riesige Uhr.

›Super, immerhin bin ich in der Zeit geblieben‹, dachte sie, denn es waren noch fünf Minuten übrig. Plötzlich schoss ihr ein Gedanke durch den Kopf und sie blieb stehen. ›Wo ist Xara?‹ Seit ihrem unfreiwilligen Tauchgang dachte sie jetzt das erste Mal wieder an die anderen. Mit leicht zugekniffenen Augen suchte sie den See ab. Es waren nur noch wenige Schwimmer zu sehen, aber sie konnte nicht erkennen, ob eine davon Xara war. Plötzlich fiel ihr ein, dass sie auf dem Rückweg ja auf niemanden geachtet hatte und daher nicht wusste, ob sie überhaupt Xara und Elli überholt hatte. Sie wollte sich gerade auf den Weg zum Zelt machen, um zu schauen, ob die beiden vielleicht schon dort waren, als sie eine Dreiergruppe entdeckte. Die näherte sich zügig dem Ziel und kamen aus dem Wasser. Erleichtert konnte sie Jan, Xara und Elli erkennen und rannte ihnen entgegen. Xara war scheinbar völlig fertig, denn sie musste sich gleich wieder setzen. Jan und Elli standen um sie herum.

»Super!«, rief Kai, als sie die drei erreicht hatte, »alle innerhalb der Zeit!«

Jan und Elli drehten sich zu ihr um und schauten sie vorwurfsvoll an.

»Na, du hast ja Nerven!«, schimpfte Elli los. »Erst warst du nicht zu entdecken und dann schwimmst du einfach an uns vorbei!« Xara war wieder aufgestanden und schaute Kai fragend an.

»Was war denn los? Hast du uns nicht rufen hören?«, wollte sie wissen. Kai machte ein nachdenkliches Gesicht.

»Entschuldigt! Kann ich aber erklären.«

»Na, da bin ich aber mal gespannt«, antwortete Elli, die sie immer noch wütend anstarrte.

»Kommt, da oben sind Zelte zum Umziehen. Auf dem Weg erzähle ich, was passiert ist.«

Die drei folgten ihr und Kai erzählte in knappen Worten ihre Schreckensgeschichte. Vor den Zelten blieben sie stehen und sahen sich an.

»Da hast du ja noch mal Glück gehabt«, meinte Xara, »kein Wunder, dass du nicht auf uns geachtet hast.« Jan nickte zustimmend.

»Was macht ihr den für ein Gesicht?« Topper war aus dem Jungenzelt gekommen, »so schaue ich nur aus, wenn mir einer den letzten Doughnut vor der Nase weggeschnappt hat.«

»Ich glaub 's nicht! Ich saufe ab und der denkt ans Essen!«

Topper schaute Kai verwirrt an. Man konnte förmlich das Fragezeichen in seinem Gesicht sehen.

»Komm!«, meinte Jan, »ich erklär es dir beim Umziehen!« Er legte seinen Arm um Toppers Schulter und schob ihn zurück ins Zelt. Schweigend verschwanden auch die drei Mädchen, um sich für den anschließenden Lauf umzuziehen.

Fünfzehn Minuten später hatten sich alle wieder versammelt und warteten gespannt, was nun auf sie zukommen würde. Verwundert starrten einige auf kleine Säcke, die auf einem Haufen lagen. Daneben stand eine riesige Waage, wie man sie früher an Bahnhöfen finden konnte.

»Was haben die denn vor?«, fragte Elli.

»Keine Ahnung«, meinte Jan. Auch Kai und Xara konnten sich keinen Reim darauf machen.

»Wo haben die denn bloß dieses alte Dingen her?«, fragte Elli kopfschüttend.

»Ich tippe mal aus DeNoisi's Wohnung. Der Typ ist so schräg, dem traue ich voll zu, zwischen solchem Trödel zu leben«, antwortete Topper grinsend.

»Musst du immer alles lächerlich machen?«, fragte ihn Kai vorwurfsvoll. Topper hob nur entschuldigend die Schultern.

»Irgendwann wirst du dafür richtig einen reingewürgt bekommen«, fügte Elli hinzu. Man konnte ihr ansehen, dass sie es Topper gönnen würde, mal so richtig Ärger zu bekommen.

Topper wollte gerade etwas erwidern, als DeNosi auftauchte. Sein breites Grinsen machte alle nervös.

»Der hat doch was vor«, flüsterte Jan.

Bevor die anderen rätseln konnten, was es sein könnte, kam DeNosi gleich zur Sache.

»So Kinders! Jetzt zum kurzen Lauf. - Ganz so einfach wollen wir es euch natürlich nicht machen. Da die Strecke wirklich kurz ist und völlig flach, muss jeder ein bisschen Gepäck mitnehmen.« Dabei zeigte er auf die Säckchen. Chloé hob die Hand.

»Was gibt es?«, fragte er kurz angebunden.

»Ich dachte, nur wer zu langsam schwimmt, muss ein Zusatzgewicht mitnehmen.«

»Ist doch richtig. Wer hat denn gesagt, dass ihr nicht sowieso ein Gewicht tragen müsst? Wer zu langsam gewesen wäre hätte halt mehr mitnehmen müssen.« De-Nosi machte eine kurze Pause und konnte sehen, wie die meisten den Kopf schüttelten. Widerspruch gab es keinen, denn inzwischen war es wohl auch dem letzten klar geworden, dass es immer wieder eine Überraschung gab.

»So, stellt euch in einer Reihe vor der Waage auf. Jeder muss zehn Prozent seines eigenen Gewichts mitnehmen. Euren Rucksackbeutel habt ihr ja noch.«

Nach kurzer Zeit bewegten sich die ersten langsam zur Waage.

»Los, etwas zügiger!«, schrie DeNosi, «sonst nimmt jeder das doppelte mit!«

Sofort bewegten sich alle schneller und eine lange Schlange bildete sich. Die fünf bildeten absichtlich das Ende der Schlange, um besser miteinander reden zu können.

»Na toll!«, meinte Elli missmutig, »war ja klar, dass noch was kommt.«

»Topper, was ist los? Du bist ganz blass geworden«, fragte Xara.

»Na seht mich doch an. Ich wiege schon etwas mehr als ihr. Und vorhin war ich schon ganz schön geschafft. Was soll das denn nun wieder geben?« Topper ließ den Kopf hängen.

»Es sind doch wirklich nur ein paar Kilo. So schlimm wird es nicht. Deine Schultasche ist sicherlich schwerer«, versuchte Jan ihn aufzumuntern.

»Damit muss ich ja auch nicht laufen. Nee, nee! Ich glaube, das war's für mich. Ich kann ja gerade mal mich durch die Gegend tragen.«

So niedergeschlagen hatten sie Topper noch nicht erlebt. Keine Spur mehr von seiner Fröhlichkeit oder seinem Übermut.

»Ach komm, zusammen schaffen wir das«, meinte Kai. »Weißt du was? Wenn uns keiner sieht, tauschen wir den Rucksack.«

»Oder wir nehmen deine Säckchen und verteilen sie auf unsere«, schlug Jan vor. Topper schaute sie dankbar an, wusste jedoch nicht, was er sagen sollte.

»Seid ihr verrückt?«, fragte Elli so brüsk, dass sich zwei Jungen vor ihr in der Schlange interessiert umdrehten.

»Was ist, wenn uns jemand erwischt? Dann war's das für uns alle!«, fügte sie etwas leiser hinzu.

»Ach, quatsch! Wenn wir es an der richtigen Stelle machen, bekommt das keiner mit. Und im Ziel überprüft das doch sowieso niemand«, widersprach ihr Jan.

»Ach, lasst mal. Das ist viel zu gefährlich für euch. Lieber fliege ich alleine raus, als wir fünf zusammen.«

»Seht ihr, sage ich doch!« Elli machten einen selbstzufriedenen Ausdruck und stand mit verschränkten Armen vor ihnen. Dann drehte sie ihnen den Rücken zu, um die inzwischen aufgetretene Lücke in der Schlange zu schließen. Für Elli schien die Sache damit erledigt zu sein, denn sie starrte weiterhin nach vorne.

»Auf keinen Fall lassen wir dich hängen«, meinte Xara energisch. »Ihr habt mir schließlich auch immer geholfen und seid für mich da gewesen. Wenn ihr nicht mitmacht, egal, ich werde Topper jedenfalls helfen!«

»Natürlich helfen wir ihm«, stimmt ihr Kai zu. Topper wollte etwas erwidern, doch Jan legte eine Hand auf seine Schulter, um ihn zu stoppen. »Keine Widerrede! So wird es gemacht. Wir nehmen dein Gewicht!«

»Ihr spinnt doch komplett!«, schimpfte Elli. Sie hatte sich wieder zu ihnen umgedreht und starrte sie zornig an. »Da mache ich nicht mit!« Sie zögerte einen Augenblick und ging dann an der Schlange vorbei nach vorne.

»Was hat die vor?«, fragte Topper, doch keiner wusste eine Antwort. Verdutzt schauten sie ihr hinterher. Elli ging immer weiter, bis sie Maja erreicht hatte, sprach kurz mit ihr und stellte sich dann vor ihr in die Schlange.

»Okay!«, meinte Kai, »Da waren wir nur noch zu viert!«

Kapitel 33

Fesl organisierte das Wiegen und Austeilen der Säckchen und wurde dabei mit strengen Blicken von DeNosi überwacht. Scheinbar traute er Fesl nicht und überprüfte genau, dass keiner zu wenig mitnahm. Xara, Kai und Jan hatten ihre Säckchen bereits verpackt, als Topper als letzter Teilnehmer auf die Waage musste.

»Na, Dicker, schon gespannt, was dich ereilt?«, fragte ihn DeNosi spöttisch. Fesl warf DeNosi einen bitter bösen Blick zu und wandte sich dann an Topper.

»Komm, schauen wir mal, wie schlimm es wird«, sagte Fesl ruhig zu ihm. «Tja, sind schon 83 Kilo. Na, runden wir mal auf acht Kilo Zusatzgewicht ab.«

»Ne, ne! Er nimmt achteinhalb Kilo mit!«, befahl DeNosi. Topper wurde kreidebleich. Kopfschüttelnd stopfte Fesl 17 Säckchen in den Beutel und gab ihm an Topper zurück.

»Der will ihn wirklich fertig machen«, flüsterte Jan.

»Er hat doch Topper schon seit dem ersten Tag auf dem Kieker«, antwortete Kai skeptisch.

»Egal, wir helfen ihm ja«, meinte Xara zuversichtlich, als Topper endlich zu ihnen kam.

»So, da nun auch der letzte endlich fertig ist, kann es ja losgehen«, rief DeNosi allen zu. Alle hatten sich vor ihm versammelt und warteten, dass es endlich losgeht. »Wie gesagt, ein kleiner Lauf zurück. Wer da ist, gibt seine Säckchen ab und kann dann zur Mittagspause. Um 14 Uhr geht es dann mit dem letzten Teil weiter.« Er schaute in die Runde, ob es dazu noch Fragen gab, was aber nicht der Fall war.

»Dann los! Mir folgen!«

DeNosi lief los und die ersten folgten ihm sofort. Die übrigen machten etwas langsamer, so dass sich schon nach wenigen Metern die Gruppe wie eine lange Schlange durch die Landschaft wand. Die vier machten besonders langsam, um den Schluss zu bilden.

»Na, Topper, wie geht's?«, fragte Jan.

»Ach, geht schon.« Aber man sah ihm schon nach der kurzen Strecke an, dass es ihm nicht leichtfiel und er schnaubte bereits wie eine alte Dampflok.

»Komm, nur noch ein paar Meter«, versuchte Xara ihn aufzumuntern, »da vorne geht es in ein kleines Wäldchen, da kann uns keiner sehen und wir verteilen deine Säckchen.«

Kaum waren sie zwischen den Bäumen angekommen, blieben sie stehen.

»Wir müssen uns beeilen, sonst verpassen wir den Anschluss!«, meinte Jan. Zügig holte Topper die Säckchen aus seinem Rucksack und gab jedem fünf Stück.

»Was soll das? Gib die anderen beiden auch her!«, forderte Jan ihn auf. »Ich kann das ganz locker tragen!«

»Lass gut sein. Das schaff' ich schon! Außerdem könnte es im Ziel auffallen, wenn ich nichts auszupacken habe!«

»Mensch, stimmt! Daran habe ich gar nicht gedacht.«

»So, dann wieder los!« Kai schaute dem Ende der Gruppe hinterher. »Die sind schon ganz schön weit weg!«

Topper war anzusehen, dass es ihm nun viel leichter fiel. Er schnaufte zwar immer noch, aber schaute dabei nicht mehr so verkniffen aus. Zusammen schafften sie es, die Gruppe wieder einzuholen, denn zum Glück liefen die meisten nicht sehr schnell.

Als sie aus dem Wäldchen wieder herauskamen, konnten sie sehen, dass sich einzelne Grüppchen gebildet hatten und dazwischen riesige Lücken bildeten.

»Mann, geben die da vorne Gas«, meinte Jan, »die sind ja bald da.«

»Ist doch egal. Wer es nötig hat! Wir haben Zeit«, beruhigte ihn Xara.

»Außer, dass es von unserer Essenszeit abgeht.« Gleichzeitig drehten sie sich zu Topper um.

»Wenn du dir heute den Magen vollschlägst, kannst du was erleben!«, schimpfte Kai. »Meinst du etwa, wir können dich nachher auch noch tragen, oder was?«

»War doch nur ein Scherz! Ich werde heute Mittag nur einen Salat essen.«

Ungläubig starrten sie Topper an. Der grinste nur und nutzte die Verwirrung, um sie zu überholen.

Es dauerte nicht mehr lange und sie konnten bereits die Stelle sehen, an der die Säckchen wieder eingesammelt wurden.

»So, jetzt haben wir es gleich geschafft. War doch nur halb so schlimm, oder?«, fragte Jan Topper.

»Ja, ging eigentlich. Nachher wird es sicherlich viel dramatischer für mich. - Aber kommt Zeit, kommt Rat.« Topper schien wirklich erleichtert zu sein, dass er auch diesen Teil hinter sich gebracht hatte.

Die vier gingen gemächlich auf den Sammelplatz der Säckchen zu, als aus einer kleinen Gruppe von Mädchen DeNosi heraustrat.

»Steel! Herkommen!«

Topper blieb wie angewurzelt stehen und überlegte einen Moment.

»Ihr drei könnt gleich mitkommen«, blaffte DeNosi Jan, Xara und Kai an.

Das schlimmste befürchtend, gingen sie zu ihm hinüber.

»Los, mach deinen Rucksack auf!«, befahl er Topper. Zögerlich nahm er ihn vom Rücken und schaute die anderen fragend an. DeNosi riss ihm den Beutel aus der Hand und schaute hinein.

»Steel! Nur zwei Säckchen? Wusste gar nicht, dass sie so ein Fliegengewicht sind!«, spottete DeNosi und schaute alle vier überlegen an.

»Dann zeigt ihr mal, ob ihr wenigstens die richtige Anzahl mit euch rumschleppt!« DeNosi wollte gerade Jans Rucksackbeutel schnappen, als der ihn wieder wegzog.

»Lassen Sie die Show!« Jans Gesicht war rot vor Wut. »Sie wissen doch ganz genau, dass wir seine Säckchen haben!« DeNosi hob zur Antwort nur die Augenbrauen und grinste.

»Wer hat uns verpfiffen?«, wollte Kai wissen. «War es Elli? Die kann was erleben«

»Das geht euch gar nichts an! Und erleben werdet ihr jetzt was! Das war's nämlich für euch. Schummelei wird nicht geduldet!« DeNosi schaute zur Eingangstür des Gebäudes, als würde er auf jemanden erwarten. »Ihr bleibt hier. Antus wird gleich da sein und euch offiziell rausschmeißen!«

Die vier hatten es noch gar nicht realisiert, was DeNosi ihnen an den Kopf geworfen hatte. Erst ganz langsam sickerte der Gedanke durch, dass nun alles umsonst war. Sie waren raus! Ungläubig und betreten schauten sie nach unten. Keiner wusste, was er sagen sollte. Topper dachte angestrengt nach und wollte gerade ansetzen etwas zu sagen, als Antus auf sie zukam.

»Was gibt es denn nun wieder für einen Ärger?«, fragte er knapp.

DeNosi berichtete mit wenigen Worten, was geschehen war. Antus sagte jedoch nichts. Alle starrten sich nur gegenseitig schweigend an.

»Hmmm!« Endlich eine Reaktion von Antus. Er überlegte einen Moment und schaute dann die vier einzeln an.

»Kai, du bist also auch mal wieder dabei. Du hattest doch schon einmal mächtigen Ärger, nicht wahr?« Betreten schaute sie auf den Boden und traute sich nicht etwas zu sagen.

»Thomas, bei dir habe ich nichts anderes erwartet. Klug, vorlaut und aufmüpfig. Gibt es eigentlich irgendetwas, das du ernst nimmst?« Topper wollte etwas erwidern, aber es fiel ihm nichts Sinnvolles ein. Da schwieg er lieber.

»Aha, Xara. Mit bei der Verschwörung. Interessant!« Antus schaute sie direkt an, doch Xara hielt seinem Blick stand. Antus murmelte etwas, was aber nicht zu verstehen war.

»Wir mussten ihm doch helfen!«, platzte aus ihr heraus.

»Bist du wohl still!«, brüllte sie DeNosi an.

»DeNosi! Ich darf doch wohl bitten! Was erlauben Sie sich?«, maßregelte ihn Antus und schaute DeNosi strafend an. Der sah völlig irritiert aus, schloss seinen immer noch offenstehenden Mund und machte einen kleinen Schritt zurück. Er wirkte wie ein Hund, der mit eingekniffenem Schwanz weglaufen wollte.

Mit sanfter Miene schaute Antus wieder zu Xara. »Du meinst also, ihr musstet eurem Freund helfen und durftet einfach die Regeln brechen?«

Endlich fand auch Jan seine Stimme wieder. »Aber sicher! Wir lassen niemanden hängen!« Kai nickte zustimmend.

»Außerdem hat niemand gesagt, dass wir das so nicht machen dürfen«, warf Xara energisch ein. Kai war erstaunt, mit welchem Mut Xara Antus entgegentrat.

Antus überlegte kurz. »Okay, ich habe verstanden. Dazu habe ich zwei Dinge anzumerken. Erstens wird Teamarbeit bei uns wirklich großgeschrieben. Und zweitens: Xara du hast recht. Niemand hat verboten, die Last eines anderen zu tragen.« Wieder machte er eine Pause. Alle schauten ihn fragend an. DeNosi kam aus seiner Deckung wieder heraus.

»Was wollen Sie damit sagen?« Das gleiche hatte sich Kai auch gerade gefragt. Antus schaute zunächst DeNosi und dann die vier an.

»Eigentlich war die Aufgabe ja anders gemeint. Aber wie sollten wir jemanden bestrafen, der einem Freund hilft?«

Es dauerte einen Moment, bis sie verstanden hatten, was Antus gemeint hatte. Dann fiel ihnen ein riesen Stein vom Herzen und sie schauten sich erleichtert an.

»Sie wollen sie doch wohl damit nicht durchkommen lassen?«, fragte DeNosi entsetzt.

»Was heißt durchkommen lassen? Sie haben nichts anderes verdient! Sich für jemanden zu opfern, auch wenn es nur ein kleines Opfer war«, hierbei zwinkerte er ihnen zu, »ist zu belobigen und nicht zu bestrafen!«

Dann schaute er DeNosi scharf an. »Woher wussten sie eigentlich von der Sache?«

DeNosi fing an zu stammeln.

»Ach, lassen Sie mal. Ich will es gar nicht wissen. Verräter interessieren mich nicht!«

Antus wandte sich lieber wieder den vieren zu. »So, dann ab mit euch in die Mittagspause. Ruht euch gut aus. Nachher kommt der entscheidende Teil.«

Ohne lange zu zögern, verschwanden sie ins Gebäude.

»Mann, ich kann unser Glück noch gar nicht fassen«, meinte Topper überglücklich.

»Nee, ich auch nicht«, gab ihm Kai recht. »Wäre das ein Roman, hätte ich wieder nur den Kopf geschüttelt und gesagt: na klar, unsere Helden kommen da natürlich unbeschadet heraus!«

Kapitel 34

Die vier beeilten sich, denn sie wollten sich noch kurz auf ihrem Zimmer frisch machen und anschließend wieder im Speisesaal treffen. Als Kai und Xara den Saal betraten, warteten Jan und Topper bereits an ihrem Tisch.

»Habt ihr Elli irgendwo gesehen«, fragte Kai die beiden. »Auf dem Zimmer war sie nicht.«

»Warum willst du das wissen?« Jan schaute sie skeptisch an.

»Nur so«, meinte sie, aber man sah Kai an, dass sie etwas im Schilde führte.

»Nö«, meinte Topper, »bisher ist sie nicht aufgetaucht.«

»Hat wohl ein schlechtes Gewissen«, meinte Kai. »Was soll's. Kommt, lasst uns etwas essen.«

Zu viert gingen sie los, um sich etwas zu holen und saßen nach kurzer Zeit wieder am Tisch. Kai schaute erstaunt auf Toppers Teller. »Ich glaub 's ja nicht! Du isst wirklich nur einen Salat?«

»Ach, ist nur die Vorspeise«, antwortete er. Entsetzt schauten ihn alle drei an und Topper fing an zu grinsen. »Nur ein Scherz! Heute Mittag halte ich mich wirklich zurück.« Erleichterung war auf dem Gesicht von Jan zu sehen. »Endlich mal vernünftig! Ich befürchtete schon, ich müsste dich nachher ins Ziel tragen.«

»Nee, nee. Aber keine Angst, dass hole ich alles heute Abend nach. Mann, das wird ein Fressgelage, das sage ich euch!«

Xara und Kai fingen an zu lachen und machten sich dann über ihr Essen her. Nach einer Weile räusperte sich Xara. »Sagt mal, hat einer verstanden, was Antus vorhin gemurmelt hat?«

»Was meinst du?«, fragte Kai kauend.

»Na, als er mit mir gesprochen hat.«

»Ach ja, stimmt. Da hat er etwas gemurmelt. Aber was, weiß ich nicht.«

»Also, ich auch nicht«, antwortete Jan. Topper überlegte einen Augenblick und die drei schauten ihn gespannt an.

»Naja, verstanden wäre der falsche Ausdruck. Ich meine etwas wie ›...muss bleiben ...‹ oder so ähnlich gehört zu haben.«

»Ja, stimmt, jetzt erinnere ich mich auch«, meinte Kai und dachte nach. »War wirklich so was wie ›...verdammt, sie muss dabei bleiben ...‹«

»Und was hat das zu bedeuten?«, fragte Xara.

»Naja, er weiß ja sicherlich von deinem Onkel und befürchtet, Ärger zu bekommen, wenn du rausfliegst«, antwortete Topper. Er grinste dabei Xara wissend an. »Ein bisschen Vitamin B kann nicht schaden, oder?«, setzte er spöttisch hinzu.

»Vitamin B?« Xara verstand nicht.

»Na, Beziehungen! Wer will sich denn mit einem Minister anlegen.«

»Ach, Quatsch! Das würde mein Onkel nie machen!«

»Wer weiß. Es kann zumindest Antus nicht schaden, vorsichtig zu sein und vielleicht hat das uns heute geholfen.«

»Kann schon sein«, pflichtete ihm Kai bei und wand sich wieder ihrem Essen zu.

Als Topper von seinem Salat aufsah, schaute er interessiert in den Saal.

»Na, schaut mal, wer jetzt dort sitzt.« Topper zeigte auf einen Tisch weiter hinten im Saal. Xara und Kai folgten seinem Finger und entdeckten Elli.

»Bei Maja?«, fragte Xara ungläubig. »Was hat die denn auf einmal mit der am Hut? Ich denke sie kann sie nicht leiden?« Kai sagte gar nichts dazu. Ihr Gesicht verfinsterte sich und sie starrte böse ihn Ellis Richtung.

»Tja, manche finden halt schnell neue Freunde«, meinte Topper und machte dabei ein zerknirschtes Gesicht.

Plötzlich sprang Kai auf und marschierte quer durch den Saal auf den Tisch von Elli und Maja zu. Verwundert schauten sie ihr hinterher.

»Hast du Topper verpfiffen?«, fauchte Kai Elli an. Die fuhr erschrocken herum und starrte Kai nur an. Auch Maja wusste nicht, was gerade geschah.

»Nun los, sag schon!«, bohrte Kai nach.

»Äh, nein! Selbstverständlich nicht!«, erwiderte Elli irritiert, als sie sich wieder gefasst hatte.

»Natürlich warst du das! Kannst jemanden anderen veräppeln!«

Nun erwachte auch Maja aus ihrer Starre und sprang auf. »Lass sie zufrieden!«

»Halt du dich da raus!« Kai drohte Maja mit dem Finger. »Das geht dich überhaupt nichts an!« Kai ging bedrohlich auf Maja zu.

In der Zwischenzeit war Jan hinterhergeeilt. Als er Kai erreichte, zog er sie an sich ran.

»Lass gut sein«, sagte er leise, »mach es nicht noch schlimmer!«

Kai sah in wütend an. »Aber das können wir uns doch nicht gefallen lassen!«

Jan drehte sich von Elli und Maja weg und zog Kai mit sich. »Lass es! Das bring doch nichts!«, sagte er energischer. Kai schwieg und folgte ihm auf den Weg zurück zu ihrem Tisch.

»Mann, der Zicke hättest du ja fast eine gescheuert«, rief Topper aufgeregt. »Richtig so! Und Elli am besten auch gleich!«

»Nun beruhigt auch mal wieder!«, forderte Jan sie auf und sie setzten sich wieder an den Tisch. Betreten schwiegen alle und starrten auf ihren Teller.

»Warum macht sie das nur?«, brach Kai das Schweigen.

»Wer macht was?«, fragte Topper.

»Na Elli! Warum dreht sie total durch und verpfeift uns?«

Ratlos schauten sie sich an. »Keine Ahnung«, antwortete Topper mit vollem Mund.

»Ich glaube, sie hat wirklich riesigen Schiss, nicht durchzukommen«, sagte Xara.

»Aber das gibt ihr noch lange nicht das Recht, uns zu verpetzen!«, erwiderte Topper zwischen zwei Bissen.

»Wer sagt denn, dass sie es war?«, meinte Jan.

»Bist du jetzt etwa auf ihrer Seite?«, fragte Kai irritiert.

»Das hat damit überhaupt nichts zu tun!« Jan wurde sauer. »Es kann uns irgendwer gesehen haben. Vielleicht hat DeNosi irgendwo Wachposten gehabt. Oder was weiß ich!«, fügte Jan hinzu.

»Das glaubst du doch selber nicht!«, erwiderte Kai und starrte dabei Jan wütend an. »Inzwischen würde es mich nicht wundern, wenn Elli hinter allem steckt!«

»Jetzt reicht es aber! Du hast sie doch nicht alle!« Jan war inzwischen rot angelaufen. »Dein Verfolgungswahn ist ja schon krankhaft!«

Topper und Xara schauten betreten zu und trauten sich nicht, etwas zu sagen. Sie spürten, dass das nicht gut ausgehen konnte.

»Verfolgungswahn? - Elli ist eine Verräterin und ich habe Verfolgungswahn?« Kais Stimme überschlug sich fast vor Aufregung. Am Nachbartisch schaute man bereits interessiert zu ihnen herüber. Topper fühlte, dass er eingreifen musste.

»He, kommt mal wieder runter!« Jan und Kai hielten inne und starrten ihn an.

»Was soll das denn? Ich dachte wir sind Freunde?«, setzte Topper energisch hinzu. Schlagartig war es still am Tisch und die anderen um sie herum kümmerten sich wieder um sich selbst.

»Ich habe einfach keine Lust, mir ewig so 'n Mist anzuhören!«, schimpfte Jan leise weiter. Scheinbar hatte er sich noch nicht beruhigt.

»Das ist kein Mist!« erwiderte Kai und versuchte dabei ebenfalls leise zu bleiben. »Wieso verteidigt du sie überhaupt? Seid ihr etwa ein Pärchen?«, fragte Kai gehässig. Jan wurde wieder rot.

»Aha, da haben wir es!« Kai machte hässliche Kusslaute. »Ihr dürft meinem Schätzchen doch nichts Böses unterstellen!«, provozierte sie mit gekünstelter Stimme.

Jan war kurz vorm Platzen und Topper legte zur Beruhigung eine Hand auf seinen Arm.

»Lass das!« raunte er Topper an und schüttelte die Hand ab. Dann sprang er auf. Sein Teller klirrte, als er sein Besteck darauf warf.

»Mir reicht's! Ihr könnt mich mal!«

»Kommt, beruhigt euch!«, versuchte Topper zu beschwichtigen.

Doch Jan stampfte davon.

»Na toll! Das hast du ja super hinbekommen!«, warf Topper Kai vor, stand auf und eilte Jan hinterher. Xara und Kai schauten ihnen mit offenem Mund ungläubig hinterher. Betretendes Schweigen umhüllte sie, bis Kai endlich wieder etwas sagen konnte.

»Oh, Mann, da habe ich aber richtig Mist gebaut«, meinte sie kleinlaut. Xara nickte nur stumm. Beide schienen nachzudenken.

»Dabei haben wir völlig vergessen, um was es eigentlich geht: wir müssen dich doch beschützen.«

»Naja, wer weiß, ob ich überhaupt in Gefahr bin«, versuchte Xara wieder einmal abzuwiegeln.

»Na, darauf ankommen lassen möchte ich es aber nicht«, entgegnete Kai. »Und dank meiner Schuld, sind wir nun alleine.«

Kai schaute Xara traurig an. Doch dann schien sie wieder Mut zu fassen.

»Ach, was soll!«, sagte sie wieder etwas optimistischer. »So lange ich bei dir bin, kann dir nichts passieren!« Xara nickte zustimmend. Beide fingen an zu grinsen und standen auf, um ebenfalls zu gehen. Sie schienen wieder beruhigt zu sein und machten ein fröhliches Gesicht. Als Xara vor Kai durch die Tür ging, verfinsterte sich Kais Gesicht jedoch wieder.

›Hoffentlich habe ich nicht zu viel versprochen!‹

Kapitel 35

Um allen aus dem Weg zu gehen, setzten sich Xara und Kai etwas abseits in den Schatten der Bäume. Kai war in ihren Gedanken verloren, denn der Streit mit Jan ärgerte sie immer noch. Sie wusste, dass sie sich hätte zusammenreißen sollen und fragte sich, warum sie so aufbrausend reagiert hatte. Normalerweise war sie nicht so. Im Gegenteil: meistens war sie es, die einen Streit schlichtete.

»Du siehst so nachdenklich aus.« Xara riss sie aus ihren Gedanken.

»Na klar. Das Ganze geht mir halt noch im Kopf herum.«

»Ach, mach dir nicht zu viele Gedanken«, meinte Xara fröhlich. Doch Kai redet weiter, als hätte sie Xara nicht gehört. »Ich weiß wirklich nicht, was in mich gefahren ist. Und das geht eigentlich schon die ganze Woche so.« Kai dachte wieder nach. »Ich kann mich nicht erinnern, jemals so aggressiv gewesen zu sein. - Schon komisch.« Kai verfiel wieder in ein nachdenkliches Schweigen.

»Vielleicht ist ja was im Essen«, gab Xara zu bedenken. Kai schaute sie fragend an. Als sie ihr verschmitztes Lächeln sah, konnte sie auch nicht anders und lachte befreit auf.

»Na, dann müsste Topper hier ja wüten wie ein Berserker«, meinte Kai zwischen zwei Lachanfällen. Nun prustete auch Xara los und beide hatten Schwierigkeiten, mit dem Lachen wieder aufzuhören. Nachdem sie sich endlich beruhigt hatten, legten sie sich ins Gras und

nach einer kurzen Weile waren beide tatsächlich einge-
schlummert.

Ein schriller Pfiff riss Kai aus ihrem Schlaf. Im ersten
Moment wusste sie nicht, wo sie war und es dauerte etwas, bis sie realisiert hatte, dass sie mit Xara unter einem Baum lag. Die atmete regelmäßig ein und aus und
Kai vermutete, dass Xara noch schlief. Vorsichtig rüt-
telte sie an ihr.

»Du hast ja einen gesunden Schlaf!«, meinte Kai.

Xara öffnete die Augen und schaute sie irritiert an.
»Hmm? Was ist?«

»Los! Es geht weiter!« Kai erhob sich und schaute
zum Eingang des Gebäudes. Dort hatten sich schon fast
alle versammelt. »Komm, beeil dich! Ich glaube, wir
sind mal wieder die letzten!« Kai hielt Xara eine Hand
hin, um ihr aufzuhelfen. Zusammen liefen sie zu den
Übrigen und waren gerade rechtzeitig, denn Antus kam
aus dem Gebäude.

»Schau mal, da sind Jan und Topper«, meinte Xara
leise.

»Ja, und auf der anderen Seite stehen Elli und Maja«,
antwortete Kai gleichgültig.

»Wollen wir nicht zu ihnen gehen?«, fragte Xara.

»Zu Elli und Maja?« Kai schaute Xara verwirrt an.

»Nein, zu Topper und Jan.«

»Ach, lass die mal zufrieden. Außerdem geht es jetzt
los«, antwortete Kai und schaute demonstrativ nach
vorne, wo Antus sich gerade bereit machte, eine Ansprache zu halten. Das war natürlich nur eine Ausrede.
In Wirklichkeit traute sich nicht, denn ihr schlechtes Gewissen hatte sich wieder gemeldet.

»So, liebe Mädchen und Jungen!«, begann Antus, »nun habt ihr es so gut wie geschafft.« Freundlich schaute er in die Gruppe. Einige scharrten ungeduldig mit den Füßen, denn keinem war so richtig klar, was nun auf sie zukommen würde.

»Jetzt kommen wir zum großen Abschluss dieser Woche. Es geht den Berg rauf. Auf dem Weg dorthin, haben wir ein paar Hindernisse eingebaut. Dieses soll euch schon einmal einen kleinen Vorgeschmack für die Aufnahmeprüfung geben. Das letzte Hindernis haben wir ja schon angekündigt: es wird geklettert.« Antus zeigte in Richtung des Plateaus, an dem Kai bei ihrer Ankunft Seile hat hängen sehen. Auch Xara erinnerte sich und wurde blass. »Mein Gott, da müssen wir rauf?«, flüsterte sie entsetzt.

»Warten wir es erst einmal ab«, versuchte Kai sie zu beruhigen. Aber auch ihr wurde es mulmig im Magen. In der Gruppe fingen einige an zu murmeln.

»Kommt! Seid nicht so aufgeregt. Es ist nicht so schwierig und gefährlich, wie es aussieht. Zum einen sind auf dem Weg nach oben immer wieder Absätze, auf denen ihr euch ausruhen könnt. Und zum anderen seid ihr ja gesichert. Herr Vögli überwacht das Ganze von unten und passt auf euch auf. Fesl hilft euch von oben, denn anschließend sind es nur noch wenige Meter ins Ziel, wo ich euch höchst persönlich in Empfang nehmen werde.«

Trotz der Erklärungen brach das aufgeregte Murmel nicht ab.

»Bitte etwas mehr Ruhe!«, forderte Antus auf und wartete, bis es wieder leise war. »Bis dahin gibt es, wie gesagt, noch ein, zwei Hindernisse zu überwinden. Zu viel möchte ich nicht verraten. Ihr werdet schon sehen, worum es geht.« Erneut machte Antus eine Pause. »Aber keine Angst, es ist nichts Schlimmes. Wir wollen es euch halt nur nicht zu leicht machen«, fügte er hinzu und grinste dabei verstohlen.

»Na klar. War ja bisher alles auch nur ein Kinderspiel!« Jedem war klar, von wem der Kommentar kam und die meisten konnten sich ein Lachen nicht verkneifen. Antus sah ihn freundlich an. »Genau Mr. Steel, so sehen ich das auch. - So, bevor es nun losgeht, werdet ihr Zweierteams bilden, die in einem Abstand von zwei Minuten starten. Es wäre schön, wenn ihr euch nun nach und nach paarweise zum Start begebt, so dass gestartet werden kann.« Antus zeigte auf DeNosi, der zwanzig Meter entfernt am Waldesrand stand und wie üblich sein Klemmbrett unterm Arm hatte. »Ich hoffe, dass es klappt, ohne dass wir das regeln müssen. - Dann also ein letztes Mal: Viel Glück! Wir sehen uns hoffentlich alle im Ziel wieder.«

Mit dem letzten Wort drehte sich Antus um und ging ohne zu zögern wieder ins Gebäude. Alle schauten sich fragend an, bis die ersten losgingen, um sich bei DeNosi zu melden.

»Komm, lass uns als letzte anstellen«, meinte Kai.

»Warum das denn?«, wollte Xara wissen.

»Na, wenn ich dich schon alleine beschützen muss, dann will ich wenigstens den Rücken frei haben.«

»Ach so«, mehr sagte Xara nicht dazu. Interessiert schauten sie den anderen zu, wie sie sich anstellten. Topper und Jan waren mit einer der ersten, die sich bei DeNosi gemeldet haben.

»Na, die ziehen es wirklich durch, mich zu ignorieren«, sagte Kai enttäuscht. »Ich dachte Jan hätte sich wieder beruhigt und würde bei uns mitstarten.«

»Soll ich mal mit ihnen reden?«

»Ach lass mal!« Kai verstand nicht, wieso Jan immer noch so sauer auf sie war. Aber sie hatte auch ihren Stolz. Darum betteln, ihr zu helfen, wollte sie auch nicht.

Inzwischen waren die ersten beiden Paare gestartet und Jan und Topper waren an der Reihe und verschwanden kurz danach auch im Wald.

»Komm, lass uns im Schatten warten. Bis wir dran sind, dauert es ja fast noch 'ne halbe Stunde.« Xara nickte nur und zusammen setzten sie sich unter einen Baum und dösten vor sich hin. Immer mehr Paare waren inzwischen gestartet und Kai schaute sich mal wieder um. »Oh, Mann, komm, wir müssen zum Start! Ich glaub' wir sind die letzten!«, sagte sie erschrocken. Doch da tauchten neben DeNosi zwei Mädchen aus dem Schatten auf und stellten sich an den Start.

»Das sind ja Maja und Elli«, meinte Kai verwundert.

»Haben die auf uns gewartet?«, fragte Xara.

»Wer weiß. Aber ist doch toll, dann kann uns von vorne auch nicht passieren.« Kai schaute nun etwas glücklicher und wollte noch schnell zu Elli laufen, um sich für das Warten zu bedanken, doch da schickte sie DeNosi bereits auf die Strecke.

»So, Ladies. Ihr seid das letzte Paar«, meinte er ungewohnt fröhlich, als Kai und Xara bei ihm ankamen. Schweigend stellten sich an die Startlinie. DeNosi schaute auf seine Stoppuhr, wartete noch etwas und sagte dann: »Los geht's!« Kai und Xara schauten sich an, nickten sich zu und liefen los.

Kai war nun wieder frohen Mutes und dachte nur: ›Na dann auf zum letzten Abenteuer. Wird schon alles gut gehen!‹

Kapitel 36

Jemand hatte sich für diesen Lauf viel Arbeit gemacht, denn der Weg war durch farbige Bändchen an den Bäumen oder am Wegesrand gekennzeichnet und somit leicht zu erkennen. Für Kai und Xara ging es ziemlich rasch immer tiefer in den Wald, wobei es zu ihrer Freude nur langsam berghoch ging. Kai musste feststellten, dass sie diesen Weg noch gar nicht kannte. Beide liefen die ganze Zeit schweigend neben einander. Eilig hatten sie es nicht, denn wer wusste schon, was noch alles auf sie zukommen würde, wofür sie ihre Puste brauchten.

»Was meinst du, was die für Überraschungen für uns haben?«, fragte Xara, denn sie wollte sich ein wenig unterhalten. Die Stille machte sie so langsam nervös.

»Keine Ahnung.« Kai überlegte etwas. »Ich gehe mal davon aus, dass es wieder irgendwas Verrücktes ist.«

So langsam wurde der Wald wieder etwas lichter und auf einmal ging der Weg steil nach oben.

»Na, jetzt wird es aber ernst«, meinte Xara skeptisch.

»Wir haben doch Zeit. So lange wir vor Sonnenuntergang ankommen, ist doch alles okay«, antwortete Kai schelmisch. Doch dann verging beiden rasch die Lust, Späßchen zu machen, denn die Steigung wurde immer schlimmer. Beide fingen kräftig an zu schnaufen. Der Schweiß lief ihnen übers Gesicht und die Klamotten fingen an, unangenehm am Körper zu kleben. Der Weg wurde immer schmaler, so dass Kai nun vor Xara laufen musste. Die Steigung schien kein Ende nehmen zu wollen. Plötzlich bekam Xara Schwierigkeiten Kai zu folgen.

»Warte auf mich! - Ich kann nicht mehr«, versuchte sie gequält zu rufen.

Kai blieb sofort stehen und wartete bis Xara wieder bei ihr war. »Entschuldige!«, meinte Kai nur knapp, denn auch sie war völlig außer Atem. »Wollen wir kurz Pause machen?«

Xara nickte nur, beugte sich nach vorne und stützte sich mit ihren Händen auf ihren Beinen ab. »Nur einen kurzen Augenblick!« Kai schaute sie besorgt an, denn Xaras Gesicht war knallrot.

»Geht's wieder?«, fragte sie nach einer Weile.

Xara richtete sich auf. »Ja, ja. Können gleich wieder los. Hab' Seitenstiche bekommen.« Kai machte ein mitfühlendes Gesicht, denn sie kannte das vom Sportunterricht. Kein tolles Gefühl.

»Sag einfach, wenn wir wieder starten sollen.«

Xara atmete mehrmals tief ein und aus, dann nickte sie Kai zu. »Kann weiter gehen! Aber bitte nicht so schnell.« Langsam liefen sie die Steigung weiter hinauf, die sie immer weiter nach oben führte. Endlich sahen sie erleichtert, dass es wieder flacher wurde.

»Wow, die Steigung kam jetzt aber überraschend«, meinte Xara gequält zwischen zwei Atemzügen, als sie endlich oben waren.

»Jo, stimmt. Ich kann's auch nicht fassen: Da liegt das Ziel aufm Berg und die schicken uns doch wirklich berghoch!«

Xara schaute Kai völlig verständnislos an. Doch die grinste nur.

»Mann, wenn Topper mal nicht da ist, muss ihn wohl immer einer ersetzen und dummen Sprüchen kloppen?« Xara war etwas stinkig.

»Komm, war doch nur ein Scherz. - So einfach war das für mich auch nicht.«

»Schon gut«, meinte Xara und sah sich um. »Dafür haben wir auch schon einige Höhenmeter geschafft.«

»Stimmt, und da die Kletterpartie sicherlich so 20 bis 30 Meter hoch geht, kann es eigentlich nicht mehr ganz so schlimm werden«, versuchte Kai ihr Mut zu machen.

In diesem Streckenabschnitt standen nur wenige Bäume. Es wurde immer felsiger und der Untergrund wurde immer steiniger, was das Laufen unangenehm machte. Immer wieder führte der Weg um Felsgruppen herum. Zum Glück kam ihnen nun ein leichter Wind entgegen, was beide sichtlich genossen. Als sie wieder um einen Fels geführt wurden und ein langer Weg vor ihnen lag, stutzen sie.

»Siehst du das auch?«, fragte Kai. »Das ist hier ja eine Sackgasse.« Beide wurden langsamer und starrten auf das Ende des Weges, denn dieser endete direkt vor einer Felswand.

»Mein Gott! Haben wir uns etwa verlaufen?«, fragte Xara erschrocken. Gleichzeitig blieben sie stehen und schauten sich verunsichert um.

»Nein - schau - da vorne - da sind immer noch Markierungen.« Fragend schauten sich beide an.

»Dann lass uns mal weiterlaufen. Mal sehen, wie wir da weiterkommen«, meinte Xara.

»Ist sicherlich eine der versprochenen Überraschungen«, antwortete Kai skeptisch. Langsam setzten sie sich wieder in Bewegung und starrten die ganze Zeit gebannt auf das Ende des Weges, um zu erkennen, wie es dort weitergehen könnte - dass das Ende im Schatten lag, machte die Sache dabei nicht leichter. Jetzt waren es nur noch ein paar Meter und sie sahen immer noch keinen Hinweis.

»Mann, es geht da nicht weiter!«, rief Xara verzweifelt und blieb stehen.

»Komm, lass es uns ansehen. Da wird schon was sein.« Links von ihnen ragten nun steile, glatte Felswänden hinauf. Rechts vom Weg ging es steil nach unten.

»Da kommen wir nicht rauf und da können wir auf keinen Fall runter. Also muss es irgendwie weiter gehen«, meinte Kai nachdem sie alles betrachtet hatte. Sie ging auf die Felswand zu, der ihnen den Weg versperrte.

»Vielleicht gibt es ja eine Geheimtür«, meinte sie zuversichtlich.

»Na klar, mitten auf dem Berg. Wahrscheinlich von Zwergen gemacht«, antwortete Xara.

»Na, na - jetzt hörst du dich aber an wie Topper!«

»Tja, er ist allgegenwärtig«, antwortete Xara grinsend.

Beide fingen an, die glatte Fläche zu untersuchen. Aber da war rein gar nichts. Kai trat ein Schritt zurück und meinte: »Sprich Freund und tritt ein!«

»Häh?« Xara schaute sie fragend an.

»Na, Herr der Ringe. Hat doch da auch geklappt.«

»Also doch Zwerge«, kommentierte sie es grinsend. Kai untersuchte den Abgrund, ob es vielleicht einen Weg drumherum gab, was jedoch nicht der Fall war. Als sie sich wieder zu Xara umdrehte, blieb ihr fast das Herz stehen. Xara war verschwunden.

»Xara?«, fragte sie zögerlich, dann schrie sie panisch: »Xara!«

Was dann passierte, verschlug ihr den Atem. Xaras Gesicht tauchte in der Ecke auf, wo sich die Felswände trafen, und verschwand wieder. Es war wirklich nur ihr Gesicht und sonst nichts. Kai war völlig fassungslos. Dann stand Xara plötzlich wieder da. Kai machte große Augen.

»Entschuldige!«, meinte Xara. »Musste mich hier nur durchquetschen.«

Kai verstand gar nichts. »Wo warst du verdammt noch mal?«, fragte sie, nachdem sie sich wieder gefasst hatte.

»Komm her, und schau es dir an!«

»Mann, das gib es ja gar nicht!«, meinte Kai erstaunt, nachdem sie einen Moment lang die Ecke betrachtet hatte. »Das ist ja wirklich nicht zu erkennen.«

Zwischen den Felswänden war ein Spalt, der durch die Lichtverhältnisse völlig mit dem Hintergrund verschmolz und nur zu sehen war, wenn man genau hinschaute.

»Und da geht es weiter?«, fragte sie Xara.

»Da ist scheinbar ein Gang aber es ist stockfinster.«

»Na dann lass uns weiter gehen. Vielleicht liegt ja irgendwo eine Taschenlampe herum«, meinte Kai und zwängte sich durch den Spalt. Xara folgte ihr und nach ein paar Metern war es so finster, dass sie ihre Hand nicht mehr vor Augen sehen konnten. Taschenlampen gab es keine.

»Meinst du, wir müssen hier wirklich lang?«, fragte Xara ängstlich.

»Uns bleibt ja keine Wahl. Komm lass uns an den Händen fassen, damit wir uns nicht verlieren«, schlug Kai vor. Es war scheinbar ein in den Berg geschlagener Stollen, der breit genug war, um neben einander gehen zu können. Vorsichtig versuchten sie sich mit kleinen Schritten nach vorne zu tasten. Kai ließ dabei immer ihre freie Hand an der Wand des Stollens gleiten, die sich glatt und kalt anfühlte. Es war toten still. Sie hörten nur ihre eigenen Schritte. Und selbst die waren wie gedämmt. Kai wurde es immer unheimlicher.

»Sag mal, wie mag Topper durch den Spalt durchgekommen sein?«, fragte sie, um auf andere Gedanken zu kommen.

Sie wusste genau, dass sich Xaras Gesicht zu einem Grinsen verzog.

»Keine Ahnung. Vielleicht hat ihn Jan ja durchgestopft.«

Eine Weile mussten beide über den Gedanken grinsen, bis sie die Dunkelheit und Stille wieder in die Realität zurückholte. Es wurde ihnen wieder mulmig zu mute.

»Stopp!«, rief Kai plötzlich und blieb so abrupt stehen, dass sie Xaras Hand verlor.

»Was ist?«, fragte Xara panisch und versuchte wieder Kais Hand zu finden.

»Auf meiner Seite ist die Wand weg. Ist auf deiner Seite noch eine?« Vorsichtig gingen sie weiter nach links und Xara tastete danach.

»Ja, hier ist zum Glück die Wand noch da.«

»Dann ist das hier eine Abzweigung.«

»Und wo wollen wir lang?« Xara klang nun völlig verängstigt.

»Immer mit der Ruhe!«, versuchte Kai sie zu beruhigen. »Irgendeinen Hinweis werden sie schon platziert haben. Lass uns ein Stück zurückgehen und die Wände abtasten.«

Kai und Xara fingen an der linken Seite an, mit ihren Händen diese gründlich abzutasten. Aber mehr als eine glatte Fläche war nicht zu fühlen.

»Dann halt die andere Seite«, meinte Kai knapp. Aber auch hier war nichts zu ertasten. Ratlos standen sie im Dunkeln.

»Und wo wollen wir nun lang?«, fragte Xara. Panik stieg in ihr auf.

»Keine Ahnung. Vielleicht ist es aber auch egal und beide Wege führen wieder heraus.«

»Na toll! Ich habe keine Lust, mich hier zu verlaufen.« Tränen stiegen ihr in die Augen.

»Meinst du ich etwa?«, antwortete Kai etwas schroffer als gewollt. Aber Xara steckte sie allmählich mit ihrer Angst an.

Schweigend standen sie an der Gabelung des Weges.

»Warte mal. Hörst du das auch?«, unterbrach auf einmal Xara die Stille. Wäre es nicht so finster, hätte sie Kais fragenden Gesichtsausdruck gesehen.

»Da ist doch ein Geräusch! Ganz leise. - Wie ein Plätschern.«

Beide versuchten sich auf die Stille zu konzentrieren.

»Ja, stimmt«, meinte Kai. »Jetzt höre ich es auch. Von wo kommt das?«

Vorsichtig bewegten sie sich mal nach rechts und dann wieder nach links.

»Ganz klar aus diesem Gang«, sagten sie gleichzeitig und mussten darüber lachen.

»Und nun? Gehen wir dem Geräusch nach?«, fragte Kai.

»Ich würde sagen: ja. Denk doch nur an Fesls Unterricht. Wäre doch ein typischer Hinweis von ihm, oder?« Xara hatte wieder Mut gefasst. Kai überlegte angestrengt, ob sie es wirklich wagen sollten.

»Nun sag doch mal was dazu«, meinte Xara ungeduldig.

»Hast Recht. Komm lass es uns wagen«, antwortete ihr Kai. Vorsichtig tasteten sie sich in den neuen Gang entlang. Hier war es genauso finster und wieder ging es für sie nur langsam voran. Das Plätschern wurde aber immer deutlicher, was ihnen weiter Mut machte. Kai hoffte nur, dass das keine Finte war und sie wieder umdrehen müssten. Auf einmal meinte sie aufgeregt: »Spinn ich oder wird es da vorne heller?«

»Mann, du hast recht«, stimmte ihr Xara begeistert zu.

Nun versuchten sie in der Finsternis zügiger zu gehen. Tatsächlich verschwand allmählich die Dunkelheit und inzwischen konnten sie sich wieder schemenhaft erkennen. Beide strahlten sich an. Vor Erleichterung fingen sie an zu laufen und erreichten endlich einen ähnlichen Spalt wie am Eingang. Ungeduldig zwangen sie sich hindurch und schlagartig wurden sie von der hoch stehenden Sonne geblendet. Beide rissen die Hand schützend vor ihre Augen und es dauerte eine Weile, bis sie sich wieder an die Helligkeit gewöhnt hatten. Nun konnten sie auch die Ursache des Geräuschs erkennen, das ihnen so hilfreich war. Eine Bergquelle plätscherte fröhlich vor sich hin. Die Gelegenheit konnten sie sich nicht entgehen lassen und genehmigten sich erst einmal einen kräftigen Schluck des kristallklaren, kalten Wassers.

»Oh, Mann, das war aber was«, meinte Xara erleichtert. »Echt gruslig. Die kommen aber auf komische Ideen.«

»Das stimmt«, meinte Kai nickend. »Und stell dir mal vor, wieviel schlimmer sie es für uns hätten machen können.«

»Wie? Noch schlimmer?«, fragte Xara.

»Naja, Fesl hätte da rumgeistern können, Falltüren, Schlangen oder was auch immer.«

»Deine Fantasie möchte ich haben«, entgegnete ihr Xara grinsend. »Komm lass uns weiterlaufen. Mal schau 'n was noch so kommt!« Langsam setzten sie sich wieder in Bewegung.

»Ein Gutes hatte das Ganze aber«, meinte Kai und bemerkte Xaras fragenden Blick.

»Wenn dir jemand was antun wollte, dann dort. Wäre doch *die* Gelegenheit gewesen. Ich glaube so langsam, das mit dem Attentat war nur ein Hirngespinst von mir. Man will dir überhaupt nichts anhaben.«

Kapitel 37

Den finsteren Weg durch den Bergstollen fanden Kai und Xara immer noch unheimlich und so waren sie froh, nun wieder in der hellen Sonne laufen zu dürfen, auch wenn der Weg nun wieder steinig und damit recht unangenehme war.

»Was meinst du, wie weit es noch ist?«, fragte Xara nach einer Weile.

»Allzu weit kann es eigentlich nicht mehr sein. Wir sind ja nun schon recht lange unterwegs«, antworte ihr Kai.

Beide schwiegen wieder und konnten nun ohne große Mühen dem Weg folgen, da dieser sie leicht bergab führte. Nach einiger Zeit kamen sie wieder in einen bewaldeten Teil, was Kai aufmerken ließ.

»Hast du gemerkt, dass wir wieder nach unten laufen?«

»Ja, stimmt! Jetzt wo du es sagst.«

»Na, da schwant mir ja schlimmes. Dann wird es sicherlich noch einmal richtig steil werden.«

Als Antwort stöhnte Xara nur. Die Bäume wurden immer dichter und der Weg führte sie in einem großen Bogen durch den Wald. Plötzlich stutzte Kai.

»Da hinten! Da hat sich doch was bewegt!« Kai zeigte auf das Ende des Weges, das sie durch die Bäume hindurchsehen konnten. Xara nickte nur und sie versuchten angestrengt ohne Erfolg zu erkennen, was sich da bewegte.

»Was ist das?«, fragte Xara ängstlich.

»Keine Ahnung. Vielleicht noch eine Überraschung«, versuchte Kai sie zu beruhigen.

Die Bewegung verschwand nun aus ihrem Blickwinkel, da sie die Kurve fast durchlaufen hatten. Als sie endlich auf dem geraden Stück des Weges waren, konnten sie sehen, dass wirklich jemand auf dem Weg stand. Automatisch wurden beide langsamer und näherten sich der Person nun vorsichtig. Kai hatte ein ungutes Gefühl. ›Hoffentlich gehört es wirklich zum Lauf‹, dachte sie ängstlich. Auf einmal schoss ihr ein Kinderlied durch den Kopf und sie fing an zu summen. ›Ein Männlein steht im Walde, ganz still und stumm ...‹ Bei dem skurrilen Gedanken musste sie auflachen, verstummte aber sofort wieder. Xara blickte sie verwirrt an.

»Was hast du?«, fragte sie.

»Ach, nichts. Nur ein blöder Gedanke.«

Beide versuchte immer noch die unheimliche Gestalt zu erkennen. Diese war nicht all zu groß, komplett in grün gekleidet und verschmolz fast mit dem Wald. Wer es war und was es wollte, war immer noch nicht auszumachen.

»Wer kann das verdammt noch mal sein?« Kai fragte sich, ob es nicht besser wäre, umzudrehen. Die Gestalt schien sich nun auf sie zu konzentrieren, kam ihnen aber nicht näher.

»Keine Angst, ihr könnt ruhig näherkommen«, rief ihnen auf einmal eine Frauenstimme zu. Kai kannte die Stimme, konnte sie aber im Moment nicht zuordnen.

»Mensch, das ist doch Miss Gounegale!«, rief Xara freudig. Auch Kai viel ein Stein vom Herzen. Erleichtert liefen beide auf sie zu.

»Da sind ja nun auch die letzten beiden Teilnehmer. Willkommen bei einer kleinen Zwischenübung«, begrüßte sie Miss Gounegale. Fragend schauten sie Kai und Xara an.

»Keine Angst. Ist nichts Schlimmes. Für euch gibt es nun zwei Möglichkeiten, euren Lauf fortzusetzen. Der erste ist der Weg, auf dem ihr seid.« Miss Gounegale zeigte den Waldweg entlang, der flach weiterführte und man konnte sehen, dass er in ein paar hundert Metern wieder aus dem Wald herausführte.

›Und die Alternative ist ein Taxi‹, dachte Kai grinsend.

Nun zeigte Miss Gounegale auf einen schmalen Pfad, der durch die Bäume steil nach oben führte.

»Oder ihr müsst da rauf!« Kai konnte sich vorstellen, dass das kein gemütlicher Weg war und sie viel Kraft und Zeit kosten würde.

»Was müssen wir tun?«, fragte sie forsch, denn so langsam hatte sie genug von den Spielchen und Hindernissen.

»So ist es richtig! Immer mutig drauflos!«, antwortete Miss Gounegale, wartete trotzdem etwas, bis sie fortfuhr.

»Da ich hier stehe, geht es natürlich um ein Rätsel«, meinte sie augenzwinkernd. »Dabei ist es ganz einfach: entweder habt ihr es in zwei Minuten richtig gelöst und es geht gerade aus weiter oder ihr müsst den Umweg nehmen.«

»Na, dann los!« Auch Xara war nun ungeduldig und wollte es hinter sich bringen. Miss Gounegale kramte etwas in ihrer Tasche und holte einen Briefumschlag hervor.

»Also, die Zeit läuft ab dem Moment, in dem ihr das Kuvert geöffnet habt«, erklärte sie und gab Kai den Umschlag. »Soweit klar?« Kai und Xara nickten. Miss Gounegale schaute auf ihre Armbanduhr und machte sich bereit, die Zeit zu stoppen.

»Kann's los gehen?«, fragte Kai Xara, die erneut nur nickte. Hastig riss Kai den Umschlag auf, holte einen Zettel heraus und begann ihn laut vorzulesen: »Es sagt einer: Komisch, vorgestern war ich noch 15 und nächstes Jahr werde ich schon 18. Wie geht das?«

Als sie endete, starrten sich beide ratlos an. Dann begannen beide angestrengt nachzudenken.

»Das geht doch gar nicht«, meinte Kai nach einem Moment leise zu sich selbst, schaute noch einmal auf den Zettel und grübelte weiter.

»Noch eineinhalb Minuten!«, unterbrach Miss Gounegale ihre Gedanken.

»Pst!«, machte Xara und Miss Gounegale konnte sich ein Lächeln nicht verkneifen. Kai und Xara dachten so verkniffen nach, wären sie Comicfiguren, hätte man Rauchwölkchen über ihren Köpfen gesehen.

»Noch eine Minute!« Dieses Mal störte sie der Zwischenruf nicht mehr, so sehr waren sie in ihre Gedanken vertieft. Kai fiel einfach gar nichts ein und schaute verzweifelt zu Xara.

»Dreißig Sekunden!«

Kai konnte an Xaras Gesicht nicht erkennen, ob sie mit dem Rätsel weitergekommen war und sie stellte sich schon auf den Umweg ein, als sich Xaras Gesicht aufhellte.

»So, Zeit vorbei. Eure Lösung?«, fragte Miss Gounegale.

Kai schüttelte nur den Kopf, als es aus Xara rausbrach: »Er hat Silvester Geburtstag und sagt das am Neujahrstag.« Xara war sichtlich stolz auf ihre Lösung und wartete nun gebannt, ob sie wirklich richtig lag. Kai sah sie nur verblüfft an. Miss Gounegale wartete eigenen Augenblick, bis sie endlich ihr Schweigen brach.

»Richtig! Gut gemacht!«, mehr sagte sie nicht.

Kai und Xara fielen sich freudestrahlend in die Arme, und man hätte vermuten können, dass sie gerade ein Endspiel gewonnen hatten. Als Miss Gounegale sich räusperte, schauten sie sie erwartungsvoll an.

»Worauf wartet ihr noch? Weiter geht's! In knapp einem Kilometer habt ihr es geschafft, dann seid ihr an der letzten Station, dem Klettern. Also, viel Glück!«

»Danke!«, murmelten beide und begaben sich fröhlich auf das letzte Stück der Etappe. Sie näherten sich langsam dem Ende des bewaldeten Weges, als plötzlich dreißig Meter vor ihnen zwei Mädchen den Berg herunter gelaufen kamen.

»Schau mal, da sind ja Elli und Maja. Wollen wir sie nicht rufen?«, fragte Xara.

»Lieber nicht«, meinte Kai.

»Wieso? Bist du immer noch sauer auf sie?«

»Nein, nein! Aber sie mussten sicherlich den Umweg laufen und du kennst ja Maja - die müsste nun stinksauer sein. Da will ich nichts riskieren.« Xara nickte ihr zustimmend zu. Daraufhin versuchten sie, unbemerkt zu bleiben und ließen dabei den Abstand immer größer werden.

»Wenn Miss Gounegale Recht hat, sind wir sowieso gleich da. Und dann müssen wir sicherlich warten, bis die beiden hochgeklettert sind.«

Xara nickte wieder.

»Ich bin erst froh, wenn ich das Klettern auch hinter mir habe. Habe wirklich Angst davor.«

»Ach, was kann dir denn schon passieren? Du bist doch angeschnallt.«

»Naja, das war ich angeblich das letzte Mal auch und du weißt ja, was dann passierte - bin im Matsch gelandet!«

Kapitel 38

Miss Gounegale hatte nicht zu viel versprochen. Es dauerte wirklich nur noch ein paar Minuten und Kai und Xara waren bei der Kletteranlage angekommen. Hier standen Herr Vögli und ein älterer Junge, den die beiden bisher noch nie gesehen hatten. Beide hielten ein Seil in der Hand und verfolgten Elli und Maja, die gerade auf dem Weg nach oben waren.

»Ah, da seid ihr ja auch«, begrüßte sie Herr Vögli als er Kai und Xara bemerkt hatte. »Ihr habt aber noch ein wenig Zeit, bis die beiden oben sind. Ruht auch ein bisschen aus.«

Der Einladung konnten sie nicht widerstehen und setzten sich ins Gras, um Elli und Maja beim Klettern zu zuschauen. Es ging wirklich steil nach oben. Man musste sich an einem gespannten Seil festhalten und man konnte dann mit den Füßen an der Bergwand hochgehen. Es war scheinbar gar nicht so schwer, denn Elli und Maja hatten recht schnell an Höhe gewonnen.

»Mann, das sieht aber gefährlich aus«, meinte Xara ängstlich.

Kai wusste nicht, was sie darauf erwidern sollte und betrachtete lieber die Klettervorrichtung genauer. Auf dem Gipfel hatte man einen Holzsteg gebaut. Über ihm ragten zwei Stahlträger hervor, an denen jeweils das Kletterseil befestigt war und das Sicherungsseil über eine Rolle wieder nach unten geführt wurde. Was Kai ungewöhnlich fand, waren die zwei kleinen Plattformen auf dem Weg nach oben. Sie schätzte, dass darauf Personen stehen konnten. Warum sie nicht gleichmäßig verteilt waren, sondern der Abstand von der zweiten zum Ziel größer war, konnte sie sich nicht erklären.

»So schlimm ist das gar nicht«, versuchte sie Xara zu beruhigen. »Schau dir doch Elli an. Sie ist zusätzlich mit einem Seil gesichert. Das geht da oben durch das komische Gestell und dann wieder nach unten zu Herrn Vögli. Der hat sie immer sicher im Griff.«

Xara betrachtete das Ganze skeptisch und war sichtlich noch nicht beruhigt.

»Komm! Du hast das Kletterseil und das Sicherungsseil, wie sollen denn auf einmal beide reißen?«, versuchte Kai zu beruhigen.

»Keine Ahnung«, antwortete Xara, »aber du weißt ja: nichts ist unmöglich.«

»Und dann gibt es ja schließlich noch diese kleinen Holzdinger, auf denen du dich zwischendurch ausruhen kannst. Also halb so schlimm.«

Kai merkte, dass es nichts brachte und hoffte nur, dass Xara nicht plötzlich in Panik verfiel und aufgab. Zu ihrer Erleichterung hatten sie aber keine Zeit mehr darüber nachzudenken, denn Herr Vögli rief sie gerade.

»So, ihr seid dran!« Kai schaute nach oben, wo Elli gerade mit Fesls Hilfe auf den oberen Steg stieg. Sie hatte es geschafft. Einen Augenblick später baumelte die Sicherungsausrüstung über den Abgrund und wurde nach unten gelassen.

»Das ist Toni, mein Sohn«, sagte er zu Kai und zeigte dabei auf den Jungen. »Er wird dir helfen, das Klettergeschirr anzulegen und wird dich auf dem Weg nach oben sichern.« Dann wand er sich an Xara. »Das gleiche mache ich bei dir.« Er schaute sie freundlich an. »Ich weiß, dass du nach deinem Sturz Angst hast. Das ist ganz normal. Aber ich selber lege die das Geschirr an und sichere dich den ganzen Weg nach oben. Da kann dir wirklich nichts passieren.« Scheinbar schien die warme, volle Stimme von Herr Vögli Xara zu beruhigen, denn sie schaute nicht mehr so verängstig und nickte ihm zu. Kai ging zu Toni, den sie mit einem kurzen Blick begutachtete. Sie fand, dass er einfach toll aussah: groß, sonnengebräunt, sportlich, aber mit nicht zu viel Muskeln; eigentlich genau ihr Typ. Sie schätzte, dass er 18 oder 19 sein musste. Bevor sie jedoch weiter ins Schwärmen geraten konnte, hatte er ihr mit ein paar fachmännischen Handgriffen geholfen und sie war startbereit. Auch Xara war fertig und sie gingen zu ihrem Kletterseil.

»Dann viel Erfolg«, wünschte ihnen Hr. Vögli. »Und verausgabt euch nicht. Es gibt keine Zeitbegrenzung. Ihr könnt euch ruhig Zeit lassen.«

»Ich bleibe immer auf deiner Höhe, okay?« Kai schaute in Xaras ängstliche Augen, spukte demonstrativ in ihre Hände und zog sich am Seil hoch. Dann versuchte sie ihre Füße an die Wand zu bekommen. Als ihr das gelang, probierte sie die ersten paar Schritte. Es ging wirklich einfacher, als sie gedacht hatte. Das gut gespannte Sicherungsseil half dabei mit, sich so langsam nach oben zu bewegen.

»He, warte auf mich!«, rief auf einmal Xara. Kai schaute sich um und merkte, dass sie inzwischen schon ein paar Meter Vorsprung hatte.

»Entschuldige! Kommst du klar?«, rief sie Xara zu.

»Ja, geht schon. Aber kannst du trotzdem warten?«

Kai schaute nach oben, wo in ein paar Metern bereits die erste Plattform war.

»Ich warte auf dem ersten Podest, okay?«, rief sie nach unten.

»Okay!«, antwortete Xara.

Auf der Zielplattform wartete Fesl auf die beiden und schaute ihnen interessiert zu, wie sie langsam nach oben kletterten. Er war froh, dass nun die Trainingswoche wieder einmal geschafft war. Morgen, wenn alle verschwunden sind, würde endlich sein Urlaub beginnen und er sah sich schon am Strand liegen, mit einem Cocktail in der Hand. Bei dem Gedanken konnte er sich ein Lächeln nicht verkneifen und er erschrak, als ihn plötzlich Antus ansprach.

»Fesl, so vergnügt?«, meinte diese etwas spöttisch.

Fesls Gesicht verfinsterte sich schlagartig. Er konnte Antus nicht leiden. Irgendwie hatte er immer das Gefühl, ihm nicht trauen zu können. Als er sich zu Antus umdrehte, stutzte er, denn Antus war nicht alleine. Ein Mädchen war bei ihm, aber er konnte sich nicht an ihren Namen erinnern.

›Was will der alte Zauseln denn nun schon wieder?‹, fragte sich Fesl.

Kai hatte in der Zwischenzeit die erste Plattform erreicht und wartete nun auf Xara, die noch ein, zwei Schritte brauchte, bevor auch sie sich etwas ausruhen konnte.

»Komm schwing dich etwas rüber«, meinte Kai und hielt Xara eine Hand hin. Xara wusste nicht, wie sie auf die Plattform kommen sollte.

»Einfach hängen lassen! Ich ziehe dich schon rüber!«, rief ihr Kai zu. Xara nahm die Füße von der Wand und hing nun am Seil. Sie bekam es aber nicht richtig zu fassen.

»Mit den Füssen einklemmen!«, schrie Kai als Xara an ihr vorbei rutschte. Dann begriff Xara und stoppte das Abrutschen. Mit viel Mühe zog sie sich wieder nach oben. Kai schnappte sich ihren Sicherungsgürtel und zog sie zu sie rüber.

»Kannst loslassen«, meinte sie und hielt Xara weiter fest. Unsicher landete Xara auf den Holzbrettern.

»Puh, ganz schön anstrengend!«, meinte sie erschöpft.

»Dann lass uns ein wenig ausruhen.«

»Ich kann fast nicht mehr und wir haben nicht mal die Hälfte geschafft«, meinte Xara deprimiert.

»Ach, dass schaffst du schon. Macht doch irgendwie Spaß, oder?«

»Spaß?« Xara schaute Kai erstaunt an. »Na, unter Spaß verstehe ich etwas anderes.«

»Fesl, ich brauche Sie ganz kurz im Ziel«, meinte Antus und zeigte auf ein in etwa zweihundert Meter entferntes Banner, das quer über dem Weg hing. Es stand jedoch nicht das übliche Wort ›ZIEL‹ darauf, sondern ›Du bist QUALIFIZIERT!‹. Wie es aussah, tummelten sich dort alle Teilnehmer.

»Ich kann hier nicht weg. Es sind noch zwei Mädchen unterwegs!«, antwortete Fesl mürrisch.

»Kein Problem. Es dauert ja nicht lange und außerdem habe ich Elli mitgebracht, die kann notfalls den beiden helfen.«

»Kann das nicht jemand anderes machen? Es stehen da doch genügend rum!«

»Fesl, so langsam reicht es mir mit Ihnen!« Antus wurde laut. »Ewig haben Sie Widerreden. Was soll das?« Antus ging ein Schritt auf Fesl zu.

»Wenn ich sage, ich brauche Ihre Hilfe, dann meine ich das auch!«, sagte er sehr eindringlich.

Elli, die stumm dabeistand, schaute Antus erstaunt an. Sie hatte ihn noch nie so energisch erlebt. ›Der kann ja richtig fies werden‹, dachte sie.

»Okay. Wenn es sein muss. Aber auf Ihre Verantwortung!« Fesl senkte den Kopf. Er hatte resigniert. Wortlos drehte sich Antus um, nickte Elli kurz zu und ging in Richtung Ziel.

»Pass bloß auf, während ich weg bin!«, ermahnte Fesl Elli und folgte dann Antus. Nach einer kurzen Weile kam ihnen Maja entgegen. Da aber Antus stur an ihr vorbei ging, sagte auch Fesl nichts, sondern schaute ihr nur kopfschüttelnd hinterher.

»Wo will die denn hin?«, fragte er sich.

»Und? Können wir weiter?«, fragte Kai. Xara nickte und schnappte sich ihr Kletterseil. »Dieses Mal bleibe ich wirklich neben dir«, versicherte Kai und griff ebenfalls ihr Seil.

Einen Augenblick später hingen beide wieder in Wand und bewegten sich langsam nach oben. Für Xara schien es jetzt besser zu gehen. Schweigsam machten sie ein Schritt nach dem anderen und näherten sich der zweiten Plattform. Kai stieg als erste darauf und half wieder Xara. Dieses Mal ging es ohne Probleme. Xara sah nun schon zuversichtlich aus.

»Was bin ich froh, dass wir das meiste geschafft haben«, meinte Xara sichtlich erleichtert.

»Ich auch«, antwortete Kai. »So langsam tun mir die Arme weh. Ist auf die Dauer schon anstrengend.«

»Ich denke, es macht dir Spaß.« Xara zwinkerte Kai lächelnd zu und schnappte sich ein letztes Mal ihr Kletterseil.

»Mann, bist du auf einmal gut drauf«, gab Kai zurück und beeilte sich, hinter ihr her zu kommen, denn Xara war schon los geklettert und legte ein ganz schönes Tempo vor.

»Nicht so schnell«, rief ihr Kai zu. Sie hatte Angst, dass Xara sich völlig verausgabte. Aber Xara marschierte unbeirrt nach oben und näherte sich immer mehr der Zielplattform.

»Xara, immer mit der Ruhe«, kam es nun auch von unten. Scheinbar war auch Hr. Vögli beunruhigt. Kai schaute wieder zu Xara nach oben und was sie sah, konnte sie erst nicht verstehen. Es sah so aus, als würden Hände an Xaras Sicherungsseil rumhantieren. Dann waren sie wieder verschwunden. Dann waren sie wieder da.

»Was soll das?«, fragte Kai.

»Was ist?«, fragte Xara zurück, denn sie hatte Kai gehört.

»Halt mal an! Da oben fummelt doch jemand rum!« Xara hörte auf zu Klettern und starrte auch hoch.

»Ich sehe nichts!«

»Doch, da war was! - Hr. Vögli, da stimmt was nicht! Da fummelt jemand an Xaras Seil rum!«

Hr. Vögli, der bisher immer auf Xara geschaut hatte, blickte nach oben, konnte jedoch auch nichts sehen. Plötzlich sah auch er eine Hand, die einen kleinen Gegenstand festhielt. Was es war, war aus der Entfernung nicht zu sehen.

Dann ging alles blitzschnell. Xara fing an zu schreien und hing an ihrem Kletterseil. Das Sicherungsseil war plötzlich spannungslos und segelte aus der Rolle nach unten. Hr. Vögli war steif vor Schrecken und starrte ungläubig nach oben.

Kai sah nur, wie das Seil an ihr vorbei fiel.

»Oh Gott, nein!«, schrie sie. »Halt dich fest, ich komme zu dir.« Kai versuchte etwas schneller nach oben zu kommen, doch Xara war inzwischen ein paar Meter über ihr gewesen. Die war starr vor Schrecken und klammerte sich an das Kletterseil. Plötzlich tauchte Majas Gesicht über dem Gipfelsteg auf.

»Dieses Miststück!«, fluchte Kai los. Kai machte einen Schritt nach dem anderen. Plötzlich rutschte sie ab und konnte sich gerade noch festhalten und hing am Kletterseil. »Ganz ruhig«, ermahnte sie sich. Mit Schwung versuchte sie wieder mit den Füßen an die Wand zu kommen. Als sie endlich wieder Halt hatte, machte sie einen ersten vorsichtigen Schritt. Zum Glück funktionierte es. Xara war immer noch starr.

»Ich bin gleich bei dir!«, rief Kai, die nun auch die Panik erfasst hatte. Sie schaute beim Gehen nach oben und befürchtetet gleich wieder Maja zu sehen. Auf einmal war oben Ellis Gesicht zu sehen und dann auch Majas. Sie wollte scheinbar Elli vom Rand wegziehen.

»Was geht da ab?«, fragte sie sich. Noch einen Meter trennte sie von Xara. »Xara, ich bin da!« Doch die schaute vor sich hin - sie reagierte nicht.

»XARA!«, schrie Kai. Keine Reaktion. ›Verdammt, was soll ich tun?‹, dachte sie verzweifelt. Sie sah wieder nach oben, und sah, dass wieder eine Hand mit dem komischen Dingen auftauchte. Panik stieg erneut in ihr auf. ›Warum tut Hr. Vögli nichts?‹, fragte sie sich verzweifelt.

»Xara, gib mir deine Hand!« Aber Xara reagierte immer noch nicht. ›Ich muss zu ihr rüber‹, Kai dachte schnell nach und fasste einen Entschluss. Sie ließ ihr Kletterseil los, hing nun in ihrem Sicherungsseil und holte Schwung, um zu Xara zu kommen. Doch es reichte nicht, kurz vor Xara ging es wieder zurück. »Mist!«

»Versuch's nochmal!«, hörte sie von unten. Toni hat verstanden, was sie vorhatte und er hielt ihr Seil nun zusammen mit Hr. Vögli. Kai war nun etwas tiefer als Xara.

Sie holte noch mal Schwung und flog auf Xara zu. Da entspannte sich auch Xaras Kletterseil. Kai war nur ein paar Zentimeter von Xara entfernt, als die zu fallen begann. Kai griff zu und griff ins Leere. Plötzlich merkte sie, wie eine Hand sie vorn packte. Xara war aus ihrer Starre erwachte und klammerte sich an Kais Gurte. Sofort schwang Kai ihre Beine um Xaras Hüfte und endlich schaffte sie es, sie fest zu halten. Wie ein Wollknäuel waren sie ineinander verschlungen. Sofort ging es abwärts, Toni ließ sie nach unten. Aber Kai merkte, wie sie allmählich Xara verlor.

»Schneller!«, schrie sie panisch.

Xara rutsche immer weiter nach unten. Nur mit letzter Kraft hielten sie sich an einander fest. Es ging rasant nach unten, doch sie hatten keine Kraft mehr. Plötzlich rutsche Xara heraus und war verschwunden.

Kapitel 39

Fesl und Antus hatten fast das Ziel erreicht, als ihnen Frau Schwartz entgegenkam.

»Antus, ich hatte Ihnen doch gesagt, dass wir es schaffen und Fesl nicht brauchen!«

Antus hob entschuldigend die Hände. »Tja, tut mir leid, Fesl. Dann wieder zurück zum Klettern mit Ihnen!«

Fesl schaute ihn wütend an. »Du Volltrottel!«, murmelte er vor sich hin. »Was meinen Sie?«, fragte Antus. Doch Fesl reagierte gar nicht darauf, sondern machte kehrt, um wieder zurück zu gehen. Schon von weitem erkannte er, dass da was nicht stimmte. Die beiden Mädchen schienen zu raufen.

»Spinnen die?«, rief er aus und lief los. Als er näherkam, blieb ihm fast das Herz stehen. Auf der rechten Seite war das Kletterseil verschwunden. Fesl sprintete nun zur Plattform. ›Das kann doch wohl nicht wahr sein!‹, dachte er. ›Das Seil kann doch nicht ab sein.‹

Als er ankam stockte im endgültig der Atem, denn er sah, dass auf Xaras Seite beide Seile weg waren. Er wusste nicht was er tun sollte und starrte nur die Stelle an, an der normalerweise die Seile hingen. Dass Maja und Elli neben ihm wie wild rauften, bekam er gar nicht mehr mit. Wie betäubt ging er ganz langsam an den Rand und schaute nach unten.

Kais Aufprall war heftig und sie viel zu Boden. Ihre Beine, ihr Po, einfach alles schien zu schmerzten.

›Xara!‹, schoss es ihr durch den Kopf. Sofort versuchte sie sich wiederaufzurichten.

»Komm, bleib erst mal liegen!« Toni hatte sich über sie gebeugt und drückte sie wieder nach unten.

»Xara! Was ist mit Xara?«, schrie sie. Mehr brachte sie nicht heraus. Tausend Gedanken schossen ihr durch den Kopf. Sie hatte Xara fallen lassen. Tränen füllten ihre Augen.

»Alles klar bei mir!«, hörte sie eine schwache Stimme.

Kai verharrte für einen Moment. Bildete sie sich es nur ein oder war das gerade Xaras Stimme.

»Und bei dir?« Das war eindeutig Xara.

Ungläubig versuchte Kai sich in Richtung der Stimme drehen. Da saß sie wirklich! Xara! Und Hr. Vögli kniete vor ihr.

»Das kann doch gar nicht sein! Du bist doch gefallen!« Kai konnte es einfach nicht fassen und starrte Xara stauend an.

»Aber wir waren zum Glück fast schon unten«, antwortete Xara, »waren keine zwei Meter mehr.«

Kai konnte es immer noch nicht begreifen, aber Xara stand nun auf und kam humpelnd zu ihr.

»Und ich glaube, ich bin weicher gelandet, als du«, fügte Xara lächelnd hinzu.

Toni hatte inzwischen Kais Beine abgetastet, was sie jedoch gar nicht gemerkt hatte. Er nickte nun seinem Vater zu, um zu signalisieren, dass wohl auch Kai Glück gehabt hatte.

»Versuch mal aufzustehen«, sagte er zu Kai. Die schaute nun Toni mit großen Augen an und ließ sich aufhelfen. Erst dann begriff sie, was geschehen war.

Überglücklich fiel sie Xara um den Hals und sie verharrten lange in ihrer Umarmung.

»Ich kann es noch gar nicht fassen«, meinte Herr Vögli mehr zu sich selbst, als zu den anderen. Kai und Xara lösten ihre Umarmung und man sah, dass beiden Tränen die Wangen herunterliefen.

»Also, deinen Schutzengel möchte ich haben!«, fügte Herr Vögli hinzu. Er stand da und schüttelte ungläubig den Kopf.

»So etwas habe ich jedenfalls noch nie erlebt.«

Jetzt hielt auch ihn nichts mehr und er nahm beide Mädchen überglücklich in die Arme. Toni stand etwas unbeholfen daneben und wusste nicht so recht, was er tun sollte. Daher begann er die Kletterausrüstung zusammenzusuchen.

Es dauerte eine ganze Weile, bis sich alle wieder losließen.

»Und wie sieht es aus? Könnt ihr gehen?«, fragte Herr Vögli beide.

Kai machte ein paar Schritte und sie nickte.

»Es geht. Am meisten tut mir mein Hintern weh.« Als der Satz aus ihrem Mund flutschte, schaute sie vorsichtig Herrn Vögli an. »Upps! Ich meinte natürlich meinen Po!« Der grinste aber nur.

Auch bei Xara schien es wieder zu gehen. Sie hatten beide unendliches Glück gehabt. Zusammen humpelten sie zu Toni, der inzwischen mit dem Zusammenräumen fertig war.

»Seht euch das mal an!« Er hielt die Enden der beiden Seile hoch. »Wie geschmolzen.«

Schlagartig erinnerte sich Kai, dass das ganze ja kein Unfall war. »Maja!«, stieß sie gehässig aus. »Die hat die Seile irgendwie durchgesäbelt!«

»Oder Elli - ich habe beide gesehen«, fügte Herr Vögli hinzu.

»Nein, Elli war es garantiert nicht. Sie ist eine Freundin«, meinte Xara zaghaft, aber man hatte das Gefühl, dass sie nicht wirklich davon überzeugt war.

»Kann nur die Zicke von Maja gewesen sein. Die hat schon die ganze Zeit Xara geärgert.« Kai war sich absolut sicher, dass sonst niemand in Frage kommen konnte.

»Ich kann es nicht sagen, wer das war. Das müssen wir oben klären. Mich wundert nur, dass Fesl nicht eingegriffen hat«, warf Herr Vögli ein.

»Aber warum macht sie so etwas?«, fragte nun Toni, der die ganze Zeit stumm zugehört hatte. »Und wie hat sie das so schnell hinbekommen?«

»Also, ich habe da eine Vermutung. Aber darüber möchte ich erst einmal mit Mr. Antus sprechen«, antwortete Kai. Hr. Vögli und Toni schauten sie fragend an, ließen es aber auf sich bewenden.

»Okay! Dann wollen wir auch mal da rauf«, sagte Hr. Vögli stattdessen und zeigte nach oben. Xara und Kai stöhnten gleichzeitig, was ihn laut auflachen ließ.

»Keine Angst. Gleich um die Ecke steht mein Jeep. Damit sind wir ruckzuck oben!«

Erleichtert folgten sie ihm und als sie endlich losfuhren, schoss Kai noch ein Gedanke durch den Kopf, den sie mit einem bittersüßen Lächeln quittierte: ›Jetzt fehlt nur noch, dass wir durchgefallen sind, weil wir nicht oben angekommen sind!‹

Kapitel 40

Fesl stand immer noch am Rand des Stegs und versuchte zu erkennen, was unten los war. Er konnte Herrn Vögli und seinen Sohn sehen, die sich jeweils um ein Mädchen zu kümmern schienen. Dann half Herr Vögli dem einen Mädchen auf, das dann zum anderen humpelte. Scheinbar war zum Glück beiden nichts Ernsthaftes passiert. Verstört schaute er den Rest des Kletterseils an, an dem bis vor kurzen noch Xara versucht hatte, den Berg zu erklimmen.

»Was ist hier zum Teufel passiert?«, fragte er sich und drehte sich zu den raufenden Mädchen um. Entschlossen ging er dazwischen und zerrte sie auseinander.

»Hört sofort auf!«, schrie er sie an. Fesl war in der Tat stärker, als man vermuten konnte. An jeder Hand hielt er ein Mädchen fest, die sich nicht beruhigen wollten. Dann fing er an, sie zu schütteln.

»Aufhören!« Das schien auf Elli zu wirken, denn sie entspannte sich plötzlich. Fesl ließ sie auf den Boden sinken, wo Elli sich hinhockte. Maja war nicht so leicht zu beruhigen. Immer wieder versuchte sie, Elli zu attackieren.

Fesl packte sie mit beiden Händen.

»Jetzt reicht es aber!«, schrie er sie an. Maja beruhigte sich etwas, war jedoch so angespannt, dass Fesl vermutete, dass sie jederzeit wieder auf Elli losspringen konnte.

»Du Mörderin!«, schrie Maja Elli an. Elli reagierte gar nicht, sondern starrte nur vor sich hin.

Das ganze Geschehen war bei den anderen im Ziel natürlich nicht unbemerkt geblieben. Inzwischen kamen die ersten angelaufen und betrachteten die Szene voller Interesse. Als Fesl das bemerkte, fauchte er sie an: »Haut ab! Ihr habt hier nichts zu suchen!« Doch es war hoffnungslos, immer mehr kamen dazu. Endlich waren auch die ersten Ausbilder da und versuchten ebenfalls rauszubekommen, was hier eigentlich los war.

»Fesl, was machen Sie schon wieder für Schereien?« Antus baute sich vor Fesl und Maja auf. »Lassen Sie verdammt noch mal das Mädchen los!« Dann sah er in die Runde.

»Und ihr verschwindet hier! - Frau Schwartz, Miss Porter, sorgen Sie dafür, dass alle wieder sich im Ziel versammeln!«

Die beiden angesprochenen begannen sofort die übrigen zurückzudrängen und allmählich leerte sich die Plattform wieder. Antus wand sich wieder an Fesl.

»Was ist hier los?«, wollte er nun wissen. «Und, lassen Sie endlich Maja los!«

Fesl schaute Maja kurz an und ließ sie dann los, machte sich aber bereit, sofort wieder einzuschreiten. Irgendetwas hat sie so wütend gemacht, dass sie jederzeit über Elli herfallen konnte.

»Ich habe keine Ahnung«, antworte Fesl. «Als ich wieder hier ankam, waren die beiden bereits am Raufen.« Antus schüttelte nur den Kopf. Elli saß immer noch wie ein Trauerkloß am Boden.

»Sie hat Xara umgebracht!«, brach es aus Maja heraus. Antus sah sie verblüfft an.

»Was?«, fragte er sie.

»Sie hat die Seile gekappt!«

»Wovon redet sie?«, fragte er Fesl.

»Sehen Sie doch selber hin. Beide Seile sind durchtrennt worden.«

»Was? Und dann stehen Sie hier noch so ruhig rum?« Antus eilte zum Abgrund und schaute nach unten.

Es dauerte einen Augenblick, bis er sich wieder umdrehte.

»Da ist überhaupt niemand«, meinte er verwirrt.

Im gleichen Moment kam ein Jeep angebraust. Als er bremste, wirbelte er eine riesige Staubwolke auf, in der das Auto nun verhüllt war. Plötzlich kam aus der Wolke Kai gesprungen und fiel Maja an.

»Du elendes Miststück!«, schrie sie. Maja war völlig verblüfft und reagierte zunächst gar nicht. Auch Fesl benötigte eine Weile, bis er registriert hatte, dass nun die nächsten anfingen zu raufen.

»Jetzt habe ich aber die Nase voll!« Erneut musste er zwei Streithähne trennen.

»Alle aufhören, aber sofort!«, schrie er völlig entnervt und plötzlich verharrten alle. Es wurde still, nur das Knacken des Motors war zu hören.

Dann stiegen auch Xara und Herr Vögli aus dem Jeep und gingen zu der kleinen Gruppe. In dem Moment kam zum ersten Mal wieder Leben in Elli. Sie sprang plötzlich auf und einen Moment später hing sie an Xara Hals. Fesl wollte gerade wieder losbrüllen und sie packen, als er merkte, dass Elli Xara eigentlich nur umarmte. ›Jetzt Blick ich gar nicht mehr durch‹, dachte er. ›Diese Mädchen rauben mir noch den letzten Nerv!‹

»Es tut mir so leid«, sagte Elli leise. Sie war kreidebleich. Xara verstand zwar die Worte, aber den Sinn nicht. Auch Kai blickte irritiert auf.

»Was meinst du?«, fragte Xara.

Aber man hörte von Elli nur einen Satz, den sie immerzu wiederholte: »Es tut mir so leid!«

Antus schien inzwischen die Situation erfasst zu haben und winkte Frau Schwartz herbei.

»Bringen Sie sofort Elli zurück in mein Büro.« Frau Schwartz nickte nur, packte Elli unsanft an den Armen und schob sie vor sich her. »Und Abschließen nicht vergessen«, rief er hinterher.

»Es tut mir leid«, rief Elli nach ein paar Metern erneut, »man hat mich gezwungen!«

»Was hat sie damit gemeint?«, wollte Herr Vögli wissen.

»Keine Ahnung«, antwortete Antus. »Aber das wird schon die Untersuchung klären.«

Kai konnte nicht fasse, was sie hörte und es platzte aus ihr heraus. »Eine Untersuchung? Dazu brauche ich doch keine Untersuchung! Die gehört ins Gefängnis!«

»Immer eins nach dem anderen«, versuchte Antus sie zu beruhigen. »Erst einmal möchte ich sie befragen und dann wird entschieden, ob sie der hiesigen Polizei oder den Sicherheitskräften der FoP überstellt wird.«

»Das dürfen die?« Kai schaute ihn staunend an.

»Aber gewiss! - So jetzt reicht es erst einmal hier. Alle zurück zum Start, äh ich meine natürlich zum Ziel.«

Eigentlich wollte Kai das sofort klären, denn sie hatte noch tausend Fragen und den anderen ging es auch nicht anders. Aber es blieb ihnen nichts anderes übrig, als Antus zu folgen, denn der hatte sich bereits auf den Rückweg gemacht.

Xara blieb völlig verwirrt stehen. »Elli war das?«

»Ja, scheinbar«, antwortete Kai. »Und das wahrscheinlich schon die ganze Zeit.«

»Arme Maja«, meinte Xara darauf hin.

»Oh Gott, Maja!« Kai schaute sich um und lief hinter Maja her.

»Bitte entschuldige!«, rief Kai, als sie Maja eingeholt hatte. Doch die reagierte nicht und ging weiter.

»Biiittteee, entschuldige!«, flehte nun Kai und lief neben Maja her. Maja blieb stehen und schaute sie an, sagte aber nichts. Ihr Blick war völlig ausdruckslos. Kai konnte weder Zorn, Wut oder sonst irgendetwas daraus ablesen.

»Es tut mir unendlich leid, dass ich dich verdächtigt habe.«

Maja schien zu überlegen. Aber bevor sie etwas erwidern konnte, fiel ihr Xara um den Hals.

»Mann, du hast mir das Leben gerettet!« Xara drückte Maja so heftig, dass sie nach Luft ringen musste. Als Xara sie wieder losließ, konnte Maja nicht mehr anders und musste anfangen zu lachen.

»Ihr seid mir schon ein paar Vögel!«, meinte sie kopfschüttelnd und ging wieder weiter. Xara und Kai schauten ihr fragend hinterher, als sich Maja noch mal umdrehte. »Worauf wartet ihr? Da ist das lang ersehnte Ziel.«

Xara und Kai holten Maja wieder ein, hakten sich rechts und links unter und freudestrahlend gingen alle drei durchs Ziel. Gleichzeitig hatten sie den gleichen Gedanken: ›Geschafft!‹

Kapitel 41

Im Ziel schauten alle interessiert Kai und Xara an, denn die meisten hatten mitbekommen, dass was Ungewöhnliches passiert war. Maja ging gerade zu ihren Freunden, als Jan und Topper sich durch die Gruppe schlängelten und auf sie zukamen.

»Ist das wahr? Ihr seid abgestürzt?«, fragte Jan aufgeregt.

»Na, so kann man es auch nennen«, antwortete Kai.

»Was soll das denn nun wieder heißen?«, bohrte Topper nach.

»Kommt, lasst uns etwas bei Seite gehen. Muss ja nicht jeder mitbekommen«, forderte Kai auf und ging ein kleines Stück abseits.

»Nun redet schon!« Topper war ungeduldig geworden. »Ich platzte gleich vor Neugierde!«

Kai wollte gerade antworten, dass das auch beim nächsten Essen passieren könnte, verkniff es sich aber rechtzeitig.

»Schon gut. Wir erzählen ja alles. Ich will ja nicht, dass sich jemand ernsthaft verletzt«, antwortete sie stattdessen spöttisch.

Dann erzählten Xara und Kai ausführlich, was ihnen passiert war. Jan wurde während der Schilderung immer bleicher. Selbst Topper war sprachlos. Wie gebannt hingen beide Jungen an den Lippen der Mädchen. Als Kai und Xara endeten, schwiegen alle vier für eine Weile.

»Alles meine Schuld«, meinte auf einmal Topper. Verwirrt schauten sie ihn fragend an.

»Na, wir hätten bei euch bleiben müssen. Doch ich wollte ganz vorne starten, damit mich nicht alle überholen. - Was ja auch prima geklappt hat«, fügte er sarkastisch hinzu.

»Und ich dachte, ihr seid noch sauer auf mich gewesen«, meinte Kai. »Aber dass Elli hinter allem steckte, konnte ja nun wirklich keiner ahnen.«

Jan grinste. »Na, du hattest ja schon so eine Ahnung.«

»Ach Quatsch! Lassen wir das!«, antworte Kai.

»Am meisten hat mich Maja überrascht«, sagte Xara.

»Genau, was für ein Luder!«, meinte Topper. «Erst sabotiert sie dich, wo sie nur kann und dann rettet sie dir das Leben. Man kann sich wirklich auf keinen mehr verlassen!«

Wieder hatte Topper es geschafft, dass alle herzhaft lachen mussten. Anschließend verfielen sie in ein nachdenkliches aber auch beruhigendes Schweigen, als Frau Schwartz zu ihnen trat.

»Auch ihr solltet nun zurück. Viel Zeit ist nicht mehr, dann startet doch das Abschlussfest.«

Sofort rappelten sich die vier auf und machten sich auf den Rückweg.

»Aber warum hat das Elli bloß gemacht?«, fragte Xara nach einer Weile.

»Keine Ahnung. Vielleicht die gleichen Gründe, die wir Maja unterstellt hatten: Neid, Angst oder was auch immer«, antwortete Jan.

»Du hast sie doch gehört. Jemand wollte, dass sie das tut«, warf Kai ein. Wieder dachten alle nach.

»Aber wer zum Teufel will deinen Tod? Und warum?« Topper sprach aus, was die vier die ganze Zeit beschäftigt hatte.

»Wenn du mich fragst, hat das alles mit deinem Onkel zu tun«, behauptete Kai. Xara schüttelte nur den
Kopf, da sie sich das nicht vorstellen konnte.

Inzwischen hatten sie das Gebäude wieder erreicht.

»Das ganze Spekulieren nützt doch nichts. Wir sollten nachher mit Antus sprechen. Der muss wissen, was
los war«, schlug Jan vor. Topper, Xara und Kai nickten
zustimmend.

»Okay, dann bis nachher!«

Als sie sich nach fast zwei Stunden wieder vor dem
Gebäude trafen, verschlug es ihnen vor Staunen fast die
Sprache. In der Mitte des Platzes brannte ein riesiges
Lagerfeuer mit vielen Hockern ringsherum. Am Rand
standen einige Tische, wieder einmal gedeckt mit allem
erdenklichen Essen. Am erstaunlichsten war jedoch die
Beleuchtung. Soweit das Auge reichte, hingen dort unzählige kleine Lampions. Es sah einfach himmlisch aus.

»Wow, Hogwarts ist nichts dagegen!«, rief Topper
staunend aus. »Das hier sind die wahren Zauberer!«

»Ich bin geneigt, dir zu zustimmen«, antwortete ihm
Kai spöttisch.

»Also, wenn ich das so sehe, bekomme ich wirklich
hungern«, meinte Xara, nachdem sie sich näher umgeschaut hatte.

»Ich rede von der irren Beleuchtung und die denkt
nur ans Essen. Ist ja typisch«, kommentierte Topper
kopfschüttelnd. Xara schaute ihn verwirrt an, bis sie begriffen hatte, dass das natürlich nur ein Scherz war.

»Also mir knurrt auch der Magen«, meinte Jan.

»Dann lasst uns zuschlagen. Und anschließend sprechen wir mit Antus«, schlug Kai vor. Alle nickten und
stürzten sich heißhungrig aufs Buffet.

Nach diesem anstrengenden Tag hatte jeder einen Bärenhunger und es dauerte eine lange Zeit, bis sie sich gesättigt und etwas träge am Lagerfeuer wieder trafen.

»Sagt mal, hat irgendwer von euch Antus gesehen?«, fragte Jan.

»Nö, ich habe ihn auch schon die ganze Zeit gesucht«, antwortete Kai.

»Merkwürdig. Ich hatte erwartete, dass er noch ein paar erbauliche Worte an uns richtet«, fügte Topper hinzu.

In der Nähe schlenderte gerade Maja durch die Reihen und schaute sich suchend um. Xara winkte ihr zu und als Maja sie bemerkte, kam sie sofort zu ihnen. Sie machte dabei den Eindruck, als ob sie die vier gesucht hatte. Bevor sich Maja jedoch setzen konnte, sprang Xara auf und nahm sie erneut in der Arm. Kai war mit ihren Gefühlen gegenüber Maja immer noch zwiegespalten: ja, sie hatte geholfen, Xara zu retten, aber konnte sie ihr wirklich trauen? Wenn es sich ergab, wollte sie unbedingt mit Maja unter vier Augen sprechen und klären, was sie die ganze Zeit gegen Xara hatte. Aber jetzt wollte Kai ihr eine zweite Chance geben und fand es ganz gut, dass sie nun bei ihnen saß.

»Habt ihr schon gehört?«, fragte Maja aufgeregte.

»Was?«, antwortete sie gleichzeitig.

»Antus ist mit Elli verschwunden!« Alle schauten sich fragend an.

»Aber das ergibt doch gar keinen Sinn!«, sagte Jan darauf hin.

»Naja, vielleicht doch«, meinte Kai. «Er hatte doch angedeutet, dass er mit Elli sprechen wollte, um dann zu entscheiden, was mit ihr passieren soll.«

Jan und Topper, die vorhin ja nicht dabei waren, verstanden nichts und schauten immer noch fragend in die Runde.

»Antus meinte, dass Elli eventuell sich auch vor der FoP verantworten muss.« Da verstanden die beiden und nickten.

»Na toll«, sagte Topper nach einer Weile. »Dann können wir nicht mit Antus reden und werden überhaupt nicht rausbekommen, was hinter allem steckt.«

Dem mussten alle zustimmen und entsprechend deprimiert schauten sie sich an.

»Echt blöd! Dabei wollte ich so viel wissen. Was hat das mit Xaras Onkel zu tun? Wieso hat er immer so getan, als ob nichts wäre...«, fing Kai an ihre Fragen aufzuzählen.

»...womit konnte sie die Seile durchtrennen! Und woher hatte sie das Gerät?«, fügte Maja hinzu.

»Ja, ja! So viele Fragen und keine Antworten«, unterbrach Topper ihren Redefluss.

»Topper hat recht«, meinte Xara. »Das ganze nützt nichts. Wir werden es heute nicht mehr erfahren und morgen sind wir schon auf den Weg nach Hause.«

»Aber keine Sorge«, versuchte Topper sie aufzumuntern. »In ein paar Monaten treffen wir uns doch wieder und dann lösen wir den Fall!«

Erst da fiel den anderen ein, dass es ja zu Ostern weitergehen wird und nickten zustimmend.

»Schade, ist noch so lange hin«, meinte Jan enttäuscht.

»Ja, ich freue mich auch schon, euch wieder zu sehen«, meinte Maja.

»Dann lasst uns nicht weiter Trübsal blasen! Wir bleiben im Kontakt, oder?«, fragte Kai und alle nickten begeistert.

»Seht ihr, das ist doch das Wichtigste. Wir sind nun alle Freunde«, meinte Xara. Zu fünft bildeten sie einen Kreis und legten die Arme um sich.

»Auf unsere Freundschaft!«

Kapitel 42

Der Rest des Abends wurde noch recht fröhlich und erst nach Mitternacht sind wir dann müde ins Bett geschlichen. Zwischendurch haben wir zwar immer wieder etwas weiter spekuliert, was mit Elli nun passiert und wer sie gezwungen haben könnte, aber es kam natürlich nichts Brauchbares dabei heraus. Also sind wir allmählich dazu übergegangen, dass wir endlich mal ein paar private Sachen über uns erzählt haben. Vor allem haben wir unsere Adressen ausgetauscht. Ich werde nachher erst mal mit Xara chatten, wie sie so nach Hause gekommen ist. Und vielleicht dann auch mal Maja anschreiben. Die war nun richtig aufgeschlossen und super nett, wie ausgewechselt. Weiß der Teufel, was in die gefahren war, denn ich habe nicht geschafft mit ihr alleine zu reden. Was soll's! Nächstes Jahr sehen wir uns ja wieder.

Tja, und dann kam der Morgen der Abreise. Was soll ich große Worte machen. Mal wieder »Morning has broken«. Ich hoffe, bis zum Aufnahmetest haben sie eine andere CD gekauft. Oder ich schicke Ihnen meine Playlist.

Meinen Trolley habe ich in Rekordzeit gepackt. Mama wird entsetzt sein, wenn sie das Chaos sieht. Aber irgendwie wollte ich nun auch wieder nach Hause. Mama und Papa haben mir doch ein bisschen gefehlt. Aber psst, nicht verraten!

Apropos Papa. Der hat mal wieder in seiner Schusseligkeit den Vogel abgeschossen. Als sie mich abgeholt haben, fuhr er doch wirklich an mir vorbei. Er hat mir noch nett zugewunken. Das war's dann aber auch. Ich nehme mal an, Mama hat was gesagt, denn plötzlich machte das Auto eine Vollbremsung. Zum Glück war niemand hinter ihm.

Und nach ein paar Stunden konnte ich mich endlich wieder auf mein Bett fallen lassen. Es geht doch nichts über das eigene zu Hause. Mama hat schon gerufen. Gleich gibt es Pizza und einen schönen Film. Aber ich möchte noch etwas vor mich hindösen. War schon eine aufregende Woche. Mist ist nur, dass ich Sophie nichts davon erzählen darf. Nicht, dass die Schwartz wieder sauer wird. Keine Ahnung, wie ich das die ganze Zeit durchhalten soll. Würde so gerne mit ihr über die ganzen rätselhaften Fragen reden. Aber naja, geht halt nicht. Muss ich mit Xara, Maja, Jan und Topper vorliebnehmen. Mal sehen, wer sich zuerst meldet.

Das Foto von Antus habe ich immer noch auf meinem Handy. Ich werde es mal die Tage den anderen schicken. Xara könnte ja ihren Onkel danach fragen - falls sie ihn mal wiedersehen sollte.

Jedenfalls freue ich mich jetzt schon darauf, die anderen wieder zu sehen. Bin nur gespannt, was dann auf uns zukommt. Aufnahmeprüfung - hört sich schon ernst an und wird sicherlich wieder ein Abenteuer.

Aber zusammen werden wir es schon schaffen.

ENDE

Danksagung

So, wie viele Autoren vor mir, möchte auch ich mich herzlich bei einigen Menschen bedanken:

Hallo ihr Lieben aus Riege. Danke für die vielen Stunden mit euch. Meine Besuche bei euch habe ich immer genossen und ich freue mich schon auf die nächste Einladung. Nur eure Kirchenglocken nerven schon ein wenig! Danke für die Ratschläge, das Probelesen und das immer leckere Essen! Ohne euch und den endlosen Diskussionen wäre dieses Buch nie erschienen. Gerade den für mich schwierigen Umgang mit der deutschen Sprache habt ihr geduldig versucht, mir beizubringen - ganz gelungen ist mir die Umsetzung sicherlich nicht.

Nun zu euch, liebe Leserinnen und Leser: ich möchte mich recht herzlich bedanken, dass ihr es bis zu dieser Stelle geschafft habt. Ich hoffe, die erste Geschichte um *Kai Antonia* hat euch gefallen. Auch ich bin gespannt, wie es im zweiten Teil weitergehen wird: der Aufnahmeprüfung. Ich freue mich schon, Kais neue Erlebnisse niederzuschreiben. Denn mein Anliegen ist es, euch zu unterhalten. Ich hoffe, es ist mir mit diesem Buch ein wenig gelungen.

Euer

Wolly W. Watson
wolly.w.watson@gmail.com